조선왕조실록 & 야사(野史)

하룻밤에
읽는
역사
야담소설
4집

[필독서] 구전문학 소설

(하룻밤에 읽는) 역사 야담소설 4집
: 조선왕조실록 & 구전 야사(野史)

발   행 | 2019년 12월 02일
저   자 | 윤백남
펴낸이 | 한건희
펴낸곳 | 주식회사 부크크
출판사등록 | 2014.07.15.(제2014-16호)
주   소 | 서울 금천구 가산디지털1로 119 SK트윈테크타워 A동 305-7호
전   화 | 1670-8316
이메일 | info@bookk.co.kr

ISBN | 979-11-272-9032-0

www.bookk.co.kr
ⓒ 윤백남 2019

조선왕조실록 & 구전 야사(野史)

하룻밤에
읽는
역사
야담소설
4집

[필 독 서] 구 전 문 학 소 설

윤백남 지음

목차

머리말

하룻밤에 읽는 역사 야담소설 4집

머리말

(1888-1954) 본명은 교중(教重). 충남 공주(公州) 출신.

1904년 일본에 건너가 도쿄 고등상업학교를 졸업하고 귀국, 1911년 보성전문학교(普成專門學校) 강사를 거쳐 1912년에 일재(一齋) 조중환(趙重桓)과 함께 한국에서 두 번째로 신파극단 문수성(文秀星)을 조직, 1916년 해산될 때까지 임성구의 혁신단 신파보다 수준 높은 신파극을 하려고 노력했다. 문수성이 해체된 후 반도문예사(半島文藝社)를 창립하여 월간지 "예원(藝苑)"을 발간하는 한편, 이기세, 이범구 등과 극단 예성좌를 조직했다. 1917년에는 백남(白南) 프로덕션을 창립, 여러 편의 영화를 제작·감독하여 영화계에 선구적인 공로를 세우기도 했다. 또 한때는 경남 김해에 내려가 합성학교(合成學校)의 교장을 지내기도 했으며, 1920년 "동아일보" 창간 때 입사하여 "수호지"를 번역·연재했고, 우리나라 최초의 대중소설인 "대도전(大盜傳)"을 발표하였다. 1922년에는 개량신파극단인 민중극단(民衆劇團)을 조직·주재했고, 1931년 극예술연구회(劇藝術研究會)의 창립동인으로서 신극운동의 선구자 역할을 했다. 한편 야담사(野談社)를 경영하여 월간지 "野談"을 발간하는 동시에 직업적 야담가로 활약하기도 했다. 이와 같이 그는 연극인·언론인·영화인·작가·야담가 등의 다면적인 마스크를 지닌 인물로서 근세에 드문 개화 계몽가였다.

*

"김동인" 작가의 원작 그대로 토속어(사투리, 비속어)를 담았으며 현대 문법에 맞게 오탈자와 띄어쓰기만을 반영하였습니다.(작품 원문의 문장이 손실 또는 탈락 된 것은 "X", "O', "■", "?", "△로 표기하였습니다.)

하룻밤에
읽는
역사
야담소설

제01편. 안류정(安流亭)

1

서강 와우산(臥牛山) 기슭에 있는 정자 안류정(安流亭)에 기류하고 있는 이종성(李宗城)은 오늘도 조반을 마친 후에 점심을 싸 가지고 강변으로 나갔다.

동저고리 바람에 삿갓을 쓰고 낚싯대를 메고 가는 그의 모양은 누가 보든지 한 개 늙은 어옹에 틀림이 없었다.

와우산을 서남쪽으로 흘러 내려 강물로 흘러 들어가는 곳에 조그마한 절벽과 몇 개의 바위가 홀연히 솟아 있었다.

이종성은 그 한 개의 바위 위에 가지고 온 점심 그릇을 곁에 놓고 낚싯줄을 늘였다. 위수에 곧은 낚시를 느리고 때를 기다린 태공 여상(呂尙)도 있거니와 이종성도 고기 잡히기를 고대하는 눈치는 없었다.

이때 대갓집 별배 같은 위인이 와서,

"대감, 소인 물러가겠습니다."

하고 노옹의 등 위에서 굽실하고 절을 하였다.

어옹은 강물을 내려다보는 시선을 옮기지도 아니하고,

"왜 하루 묵어간다더니."

"대감께서 기력이 안녕하신 줄 아오면 곧 돌아가서 젊은 영감께 전갈을 올리는 게 지당하올가 해서 곧 물러가겠습니다."

"오냐, 가거라. 가서 나는 아무 별고 없다고 하고 서울 집에도 별일이 없더라고 해라."

하고는 돌아다보지도 아니하였다.

삿갓 쓴 어옹이 대감이라 불리다니 이 과연 뉘인가?

이조 제 이십 일대 영묘조(英廟朝) 때의 유명한 재상 영의정 이종성이다.

그런데 일국의 영상이 어이하여 안류정 별장에 기식하고 삿갓 쓰고 낚시질하기로 날을 보내고 있는가. 거기에는 이러한 이유가 있었다.

당시 영조는 문소의(文昭儀)라는 간악한 궁녀에게 고혹하여 궁중에 있어서의 모든 처사가 그릇되어 가고 있었다.

왕세자로서 나중에 아버지 영조의 미움을 받아 참혹한 죽음을 한 사도세자도 이 문소의가 없었더라면 그러한 인륜상의 참변을 당했을 리 없다. 그러나 조정에는 영의정 이종성이 있어 정치를 바로잡아가고 있는 터이더니 문소의 세력에 아부하는 소인들은 이종성의 존재를 눈의 가시처럼 싫어하였다 그래서 그자들은 은밀히 간관(諫官)을 매수하여 엉터리 트집을 잡아 영상 탄핵의 상소를 올리게 하였다.

이때에 우리나라 조정 전례가 대신으로서 탄핵에 대론(臺論)을 받으면 유죄 무죄 간에 벼슬을 내놓고 해야 하는 법이었다.

이 대신도 그 전례에 의하여 즉일로 벼슬을 내놓고 곧 고향인 장단으로 내려갈 가 하였지마는 요즈음 와서 문소의 간악무쌍한 행동이 날로 심하고 조정에 그득한 소인배들이 나라를 그르칠 생각을 하니 안연히 장단향저에 돌아갈 생각이 없었다. 서울 가까이 있어 몸은 비록 무관의 한개 백성이 되었더라도 나라를 위하여 만분의 일이라도 충성을 다해 볼 결심을 한 것이었다.

그리하여 그는 서강 친구의 별장 안류정에 묵고 있어서 몰래 서울과의 연락을 취하고 있었던 것이다.

더구나 요즈음 와서 간악한 문소의는 배지 않은 아이를 배었다고 배에다가 솜으로 보탬을 하여 흡사히 포태한 양으로 사람의 눈을 속이고 영조의 귀염을 한층 더 받으려 한다는 비밀정보가 이 대신의 귀에 들어왔다.

"해괴한 일이로구나, 나라는 망하고야 말 것이다."

이 대신은 이렇게 차탄하며 스스로 속깊이 결심한 바 있었다.

영상의 자리를 떠난 이상 적극적으로 간신배를 숙청할 도리는 없지마는 소극적이나마 요녀 문소의 간악한 행동을 제거하여 먼저 궁중을 숙청할 필요가 있다고 생각하였다.

2

해는 한낮이 훨씬 겨웠다. 키가 육척이 가까운 장대한 중년 하나가 이지러진 갓을 쓰고 조그만 괴나리봇짐을 어깨에 짊어진 듯 만 듯, 무심히 강물을 내려다보고 있는 이 대신의 등 뒤에 와서, 후유 하고 한숨을 쉬며 대견한 듯이 쭈그리고 앉았다.

이 대신은 비로소 뒤를 잠간 돌아다보아 그 위인의 행색을 살피는 듯하고는 다시금 강심을 내려다보았다.

"웬 사람인데 잡히지도 않는 낚시질 구경을 하는가?"

"지나가는 행객으로 다리를 쉬입니다."

"어디서 오는 사람인데."

"경상도 밀양서 옵니다."

"밀양서 오는 사람이 서울로 가려면 곧장 문안으로 들어갈 것이지 왜 와우산 끄트머리를 헤맨다는 거야."

"그런 게 아니라 노수가 다 떨어져서 서강에 있는 친구에게 돈을 좀 얻을 가하고 왔더니 그 사람 역시 왕여마디로 골 가고 없구먼요."

"그거 낭패로군 그런데 당초 길을 떠날 때 노수를 적당히 마련할 것이지."

"서울 오고도 남을 만큼 가지고는 나왔지요. 그렇지만 주막에 들고 보니 한 상밥 가지구야 요기가 됩디까. 그래서 한 끼에 두 상씩을 사 먹으니 노수가 곱들었습니다."

"어지간하군. 그런데 서울은 무엇 하러 올라 온 길이야."

"시골에 있어서 밥만 죽이고 있으니 뭘 하겠습니까. 그래서 서울와서 무변으로 나 벼슬을 구해볼가 합니다."

"음, 힘깨나 쓰는 겔세그려."

"네 시골서는 장사란 말을 들었습니다마는."

"오라!"

"이번에도 문경 새재를 넘다가 호랑이를 만나서 혼이 났습니다마는 다행히 그 놈이 내가 호통 치는 바람에 달아가긴 했습니다."

"장사 소리 듣겠군. 성명이 무언가."

"손호관(孫浩觀)이라 합니다."

"손호관. 밀양 손씨네 일문일세그려."

하고 이 대신은 그때야 비로소 다시 한 번 손가의 얼굴을 돌아다
보며,

"점심이나 자셨나?"

"못 먹었습니다."

"이것이나마 자시게."

하고 이 대신은 자기가 먹지 아니한 점심밥 그릇을 턱으로 가리
키었다.

"염체 없이 먹겠습니다."

손가는 기실 그 밥이 퍽 먹고 싶었던 모양으로 밥그릇을 집어 들
고 잡은 참에 밥풀하나 남기지 아니하고 말끔히 맛있게 먹었다.

"잘 먹었습니다."

하고 손가는 밥그릇을 내려놓았다.

이 대신은 돌아다보지도 아니하고 또 다시 묻는 말이다.

"서울 가면 아는 사람이 있는가?"

"없습니다."

"배짱이 어지간 허이구려. 그러나 누가 뒤를 보아주는 사람이 없
으면 여간해서는 어려울걸. 내가 서울서 높은 벼슬을 하고 있는 친
구가 하나 있는데 무변 하나를 구하고 있는 모양이니 그리나 찾아
가 보게. 그이는 설혹 자네가 무변 재목이 못 된다 할지라도 찾아

온 손님을 그냥 돌려보낼 사람이 아닌즉 며칠 밥이야 안 먹여 주겠나."

"어디 오니까?"

"서울 북촌 안동으로 가서 이영부사댁을 찾게. 주인 대감이 계시거들랑 서강 안류정에 묵고 있는 낚시질 하는 늙은이가 대감을 찾아 뵈오라고 일러 주더라고 하게. 해가 기울어져 가니 저녁 전에 빨리 들어가 보소."

손호관은 그 어옹의 말이 진담도 같고 허탄스럽기도 하나, 설마하니 처음 보는 사람을 속일이야 있을까 하고, 어옹이 댓자곳자 허게를 붙인 태도에 불쾌도 느끼지 아니하고,

"그러면 말씀대로 곧 가보겠습니다."

하고 일어섰다.

"빨리 가 뵈옵게."

하고 이 대신은 역시 돌아다보지도 아니하였다.

3

손호관은 그길로 바로 문안으로 들어가 안동에 이르러 이영부사댁을 찾았다.

문간 수청방에 있던 별배는,

"대감께서 지금 아니 계신데요."

"그러면 어느 때나 환택을 하신단 말요."

"글쎄요, 종잡을 수 없소이다. 오늘쯤은 한번 들어오실 듯도 허외다마는."

"경상도 밀양서 일부러 찾아왔으니 좀 기다려보게 해주시오."

하고 간청하였다.

그 집의 하인들은 주인의 신칙이 엄하였던지 오는 손에게 극히 친절하였다.

"그러면 저 작은 사랑에 가서 기다리시지요."

하고 허락하였다.

손호관은 보따리를 끌러 놓고 그것을 베개 삼아 베고 고단한 몸을 쉬고 있었다.

어렴풋이 잠이 들었다. 얼마나 시간이 지났는지 알 수는 없지마는 이미 해는 떨어진 듯하였다.

이때에 문득 귓결에 들리는 소리가 대감 환택하셨다 하는 소리였다.

손호관은 정신이 번쩍 나서 일어나 앉으며 문틈으로 큰 사랑 쪽을 바라보았다.

거무하에 큰 사랑 장지문이 열리며 노인 하나이 나타나서 마침 하배가 떠온 물에 발을 잠거 씻으려 하는 것이었다.

동시에 손호관은 '앗'하고 소스라쳐 놀라며 부지중 벌떡 일어섰다.

지금 대청 끝에 앉아서 발을 씻고 있는 주인 대감이란 꿈인가 생신가 천만 뜻밖에 서강 강변에서 낚시질 하던 어옹 그가 아닌가. 그러자 밖에서는 주인 대감이,

"여봐라 날 찾아온 시골 손이 없더냐?"

하고 하인에게 묻는 소리가 들린다.

"네 —— 소인 여기 있습니다."

하인 대신 손호관 자신이 이렇게 음성을 높이어 대답을 하고 밖으로 뛰어 나와 댓돌 아래에 굴복하였다.

"소인이 식견이 부족하여 대감인 줄 몰라 뵙고 무례한 수작을 허온 죄를 용서합시오."

하고 사과를 하였다.

주인 대감은 빙긋이 웃으며,

"삿갓 쓴 상공이 어디 있겠나, 자네가 몰라본 것도 실책될 것이 없지, 하여튼 이리 올라오게."

하고 조금도 거만한 태도를 짓지 아니하였다.

주인대감 이종성은 서울집에 자주 들어오지 않지마는 오늘은 특히 손호관을 먼저 들여보내고 그의 뒤를 쫓아 들어온 것이었다. 그는 손가가 힘이 장사요 성격이 순박하여 장차 자기의 계획을 실행할 만한 인물인 것을 간파하고 그와 하루 밤의 밀담을 하여 그의 결심 여하를 시험해 보고자 하는 것이었다.

그리하여 이 대신은 손호관을 후하게 대접하여 저녁밥을 배불리 먹게 하고 특히 자기방으로 불러들이어 앞에 앉히고,

"내가 예조판서를 잘 알고 있는데 그 사람에게 부탁하여 자네를 대궐 금요문(金曜門) 수문장으로 추거할 터이니 해 보겠는가?"

"황감하옵니다. 하다뿐이겠습니까?"

"벼슬을 구하러온 사람이 쉽게 수문장을 시켜준다기 반갑게 여기는지도 모르지만 기실은 자칫하면 자네의 목이 달아날지도 모르는 위험한 자리인데 그래도 해 보겠나?"

"글쎄올시다. 사람의 죽고 사는 것은 하늘에 달려있사온즉 어찌 그것을 염려하여 벼슬자리를 놓치겠습니까?"

주인 대감은 그 대답에 만족한 듯이 고개를 끄덕이고,

"내 편지 한 장이면 내일부터라도 출사하게 될 것일 세마는 오늘 밤은 자네와 더불어 얘기를 하고 부탁도 할 일이 있네."

하고 상노아이를 불러 침실에다가 촛불을 밝히고 손호관을 그리로 데리고 들어갔다.

그 방은 으슥한 뒷방이라 여간 음성을 높이어 담화를 하여도 그 말소리가 밖으로 흐르지 아니하였다.

그날 밤 이 대신은 궁중의 부패한 사태와 문소의 간악한 **흉계**, 그리고 조정에 그득한 간신들이 현명한 영조의 머리를 어지럽게 하여 이 나라의 장래는 바야흐로 위태한 지경에 이른 것을 세세히 얘기해 들리고,

"일개 수문장의 벼슬은 미미한 자리에 불과하지마는 자네의 의리를 지키는 결심과 나라를 위하는 충성으로 목숨을 내놓고 단행할 일이 하나 있는데 자네가 그것을 능히 하겠는가?"

하고 손호관의 기색을 똑바로 바라다보았다.

아까부터 주인 대감의 눈물을 흘리다시피 하는 강개 비분이 흐르는 이야기와 나라의 일이 한개 여자의 손에 그릇되어 감을 크게 분하게 여기고 있던 손호관은 약간 떨리는 음성으로,

"미미한 수문장의 지위로써 그러한 국사를 좌우하는 일을 할 수 있다면 그 자리에서 목숨을 버린들 아까울 있으리까?"

"음!"

하고 이 대신은 커다랗게 고개를 끄덕이었다. 그리고 한자리 다가 앉으며 음성을 낮추어 한동안 무엇인가를 신신당부하였다. 그리고 얘기를 다하고 나서,

"하겠는가?"

"하다뿐이오리까."

하고 든든한 대답을 하였다.

四[사]

이튿날 손호관은 이 대신의 추천으로 금요문수문장이 되었다.

수문장으로 등청한지 닷새 후.

이날 손호관은 점심때가 지나서부터 몸소 금요문 옆문에 버티고 앉아서 특히 궐내로 들어오는 인물에 대하여 비상한 주의를 하고 있었다.

이 날이 바로 이 대신이 특히 지정한 날이고 그리고 자기의 목숨을 내놓고 대사를 단행하는 비밀 청탁을 받은 날이기 때문이다. 보통 때이면 수문장이 직접 문에 나와 지키는 일은 없다. 수문지기들은 이상히 생각하여 자기들끼리 수군대긴 했지마는 손호관의 위엄에 눌리어 감히 그 이유를 묻는 자는 없었다.

간악무쌍한 문소의는 해산날이 가까웠다고 선언하고 몰래 소인배를 시키어 민간에서 갓 나서 이삼일 밖에 안 되는 어린 아기를 막대한 돈을 주어 사 가지고 그것을 큰 이남박에 담아 가지고 그 어린아이를 자기가 해산한 아이라고 하여 왕자탄생의 총애를 기리받고 왕자의 사친되는 권세를 써 보자는 것이었다. 천인이 용서할수 없는 간악무쌍한 흉계라 아니할 수 없었다.

손호관은 이것을 처치하여 문소의 흉계를 철저히 폭로 시키자는 것이었다.

어느덧 해가 떨어져 사면은 땅거미 질 무렵이 되었다.

손호관은 더욱 긴장하여 환도를 지팡이 삼아 짚고 대문 옆에 버티고 있었다.

이윽고 웬 젊은 여인 하나가 붉은 이남박을 식지로 덮어 머리에 이고 천연덕스럽게 금요문을 향하여 걸어오는 것이었다.

손호관은 속으로

"이게다."

하고 한걸음 나서며,

"뉘냐."

하고 탄하였다.

"내전에 있는 무수리올시다."

"무수리가 대궐 밖에 무엇 하러 나갔던 거야?"

"문소의 마마의 사가댁에 심부름 갔다 옵니다."

"머리에 인 것은 뭐야?"

그 무수리는 그 말 한 마디에 안색이 싹 변하였다. 약간 떨리는 음성으로,

"문소의 사가댁에 생일잔치가 있었는데 그 음식을 가지고 들어갑니다."

"생일 음식을 그 큰 이남박에 담았을 적에는 상당히 먹을 만한 게 많겠구먼. 몇 접시 수문지기 방에 내놓고 가지."

"안돼요."

"왜?"

"소의 마마께서 그런 소리를 들으시면 어떠한 엄한 처분이 내리실는지 모릅니다."

"사갓집 음식 좀 나누어 먹었다고 엄한 처분? 하여튼 몇 접시 내놓기 전에는 못 들어간다."

하고 버럭 소리를 질렀다.

"왜 못 들어가요 누가 막는 거예요."

"내가 막아."

하고 손호관은 비로소 눈을 부릅떴다.

"무수리가 궐내에 못 들어가요?"

"무수리 아니라 상궁이라도 못 들어간다. 못 들어가."

"아니 수문장을 며칠이나 해 먹으려고 이러세요?"

하고 무수리는 발악을 하였다.

손호관은,

"이년!"

하고 벽력같은 소리를 지르며,

"너 같은 년은 문소의와 함께 천벌을 받을 년이다."

"무어 어째요?"

하고 무수리의 발악이 끝나기 전에 손호관의 손은 어느덧 번개같이 환도를 빼어 들고,

"천벌이닷!"

하며 무수리의 어깨로써 가슴에 걸쳐 후려쳤다.

무수리는 비명도 올리지 못하고 선혈을 내뿜으며 앞으로 고꾸라

졌다. 물론 즉석에 절명이다.

 수문지기 들이 '와아'하니 내달았을 때에는 금요문 앞에 선혈이 괴인 가운데에 무수리의 차디찬 시체와 이남박에 담겨 있던 영아 역시 한칼에 절명하여 무수리 시체 위에 포개져 있었다.

 손호관은 얼핏 피 묻은 환도를 자루에 꽂아 들고

"얘들아 저 시체를 빨리 치워라."

 하고는 문 옆 청사 뒤에 매어 놓았던 말을 끌러 타고 바람같이 내달리었다.

제02편. 경벌포의(警罰布衣)

 손생원(孫生員)은 난생 처음 어려운 길을 걷는 것이었다.

 서울을 떠난 지 이미 열흘이 지났건만 아직도 강원도(江原道)땅을 벗어나지 못하였다. 뜨거운 염천이라 한 낮에 걷는 거리란 불과 몇 십리에 지나지 못하는데다가 나날이 기진역진 하여 가는 것이 현저히 나타나는 것이었다.

 더구나 길이 험하고 자갈 많은 강원도 산길은 그에게 여간 고생이 되지 않는 것이었다.

 노수가 아직도 남아 있는 동안에는 장돌림 말을 만나면 사정을 간곡히 이야기하고 술값으로 얼마를 주기로 하고 얻어 탄일도 있었다. 그러나 나중에 엽전 한 푼 남아 있지 않게 된 후로는 그것도 할 수 없어서 오로지 과객질을 하여 가며 길을 걸었다.

 그것도 상당히 사는 사람의 집을 찾아 들어 가게 되거나 사랑 한 칸이라도 지니고 사는 사람의 집을 만나게 되면 대접도 상당히 받을 뿐 아니라 짚신 값이라도 얻어 가지고 나오게 되지마는 길을 잘못 들어서 그러한 집을 찾지 못하고 날이 저무는 때는 그야말로 노찬풍숙을 하는 고생 몇 차례나 하였다.

그럴 때마다,

"예끼 내가 이게 무슨 고생인고! 이런 고생을 하면서도 급기 함흥에 갔다가도 여의치 못하면 그런 놈의 고생이 더 어디 있을꼬."

하고 곧 돌아서서 서울로 오고 싶었다. 그러나 그럴 때마다 눈앞에 떠오르는 것은 굶주리어 부황이 나다시피 한 늙은 아내의 얼굴이며 밥을 달라고 울며불며 하는 자식들의 참상이었다.

손 생원은 가기 싫은 길을 강잉하여 희양(淮陽)땅으로 들어섰다.

돈 있고 여가 있는 사람 같으면 금강산 구경도 하고 온정에서 묵은 때를 씻어버리기라도 하련마는 그럴 여유가 없는 손 생원은 희양 읍을 이십 리 앞둔 어느 촌에서 하룻밤을 드새게 되었다.

읍내까지 겨우 이십 리 밖에 아니되니 그대로 걸어서 읍내로 들어가려도 못 갈 것은 아니련마는 읍내로 들어간들 환영할 친구가 있는 것도 아니고 그 촌에는 고래 등 같은 기와집에 십여 명의 노비를 거느리고 사는 부호 한 집이 있는 것을 보고 그 집에서 하룻밤을 과객질하자는 것이었다.

그 집은 홍승복(洪承復)이란 사람의 집으로 분명히 원근에 떨친 사람이지마는 인색하고 교만하기 짝이 없어 과객으로 들어오는 사람은 만나보긴 고사하고 객청 하나를 지어 놓고 여간한 사람은 그리로 몰아넣고 개다리소반에다가 보리밥 한 그릇을 대접해 보내는 것이었다.

그런 것을 모르고 손 생원은 부근 사람들이 이 근처에서 하룻밤을 드새고 가려면 홍 영감댁 밖에 없소 하는 소리를 곧이듣고 찾아 들어갔던 것이었다.

홍 영감집 하인은 손 생원의 의표를 한번 훑어보고는

"이리 들어 앉으슈."

하고 객청에다가 몰아넣었다. 벽은 흙벽이고 방바닥은 기직이다.

더구나 그 방에는 먼저 들어와 앉은 손 하나가 있었다.

나이는 젊되 초초한 시골 선비였다. 오늘까지 과객 절을 하고 온 손 생원이 지마는 소위 부호라 하고 양반이라 하는 집에서 객의 대접을 이다지 박하게 하는 집을 보지 못한지라 내심에 다소 괘씸하고 분한 생각이 나서

"쥔 양반을 좀 뵙자고 여쭤라. 서울서 오신 손님이 그런다고 그래."

하고 억지로 거드름을 피우면서 총각 아이놈에게 호령하듯 하였더니 총각은 아무 말도 없고 곁에 있는 하인 하나이

"쥔 나리는 읍내 가시고 아니 계슈."

하고 뻣뻣이 대답을 하는 것이었다. 그러자 먼저부터 앉아 있는 선비가 빙그레 웃으며 나지막이,

"참으슈."

한다.

"아니 참고 안 참고가 어디 있겠소마는 아무리 과객질을 하오만은 자기가 양반이면 나도 양반인데."

하는 것을 그 선비는,

"주인이 없다는 데야 할 수 있습니까. 원래 이 홍영감이란 사람은⋯⋯"

하고 그 집 내력과 인색하고 교만하다는 소문이 파다하다는 것을

이야기하고

"노수 없이 과객질 하는 형편이니 피차 마음을 죽이는 수밖에 있습니까."

하고 위로하는 것이었다.

* * *

"그래 지금 함흥으로 들어가시는 길이올시다 그려."

"여부가 있소."

"감사로 계신 분이 동문수학하셨다니 설마 푸대접이야 하겠습니까."

"글쎄 그런 생각으로 가오 마는 사람의 맘처럼 믿을 수 없는 것은 없으니까 게까지 갔다가 허행이 될는지 그야 아우."

"동문수학이시라니 설마 그럴 리야 있습니까. 그런데 그이가 도임하기 전에는 못 만나셨던 가요?"

"흥, 생각하면 사람의 신수란 알 수 없는 것입니다. 젊어서는 절간에서 서로 너냐 내냐 하고 지냈지마는 피차 출세가 다르고 보니까 고만 멀어집니다 그려."

하고 자탄을 하며 아래와 같은 이야기를 파적겸하는 것이었다.

벽상에 걸린 기름불은 금방 죽을 듯 깜박이었다.

손 생원은 나이 열일곱 때에 동문수학하는 유항(絳)과 또 하나 양(揚)모와 세 사람이 절에서 두 달 동안을 공부하게 되었다.

젊은 사람들이라 독서에만 종일을 보낼 수 없어 저녁이 되면 이런 이야기 저런 이야기 잡담에 꽃이 피는 것이었다.

하루는 유생(生)이 읽던 책을 탁 덮어 놓으며,

"여보게들, 책 좀 고만 덮게. 글에 미친 무엇이란 말이 있더니 그러다간 자네들 정말 글에 미치겠네."

"무슨 재미있는 이야기가 있나?"

"있고 말구 오늘은 각기 우리 자기의 소망이야기 해보세."

"그거 좋은 말일세. 소원 없는 사람이 어디 있겠나마는 기위 자네가 먼저 말을 냈으니 먼저 소원을 이야기 해 보려나."

"나는 별다른 소원이 없네. 글을 왜 읽는 건가 과거에 급제를 해서 벼슬을 얻게 되거들랑 한번 장상거위에 올라서 부귀를 마음껏 누리고 금의환향하는 것이 소원일세. 아마 내 소원이야말로 백인이면 백인이 다 갖고 있는 소원이요 인정이라고 생각하네."

하고 손생을 돌아보며

"자네는?"

하고 물었다.

"나는 산명수려한 곳에 일간 초옥이라도 얌전히 지어 놓고 않고 적도 않은 전토에서 나는 곡식으로 그저 남에게 궁한 소리 아니 할 만큼 먹고 살 수 있으면 좋겠네. 벼슬을 하자는 것도 따져 보면 논밭 전장을 장만하는 것이니까 임천(林泉)아래 소용하고 강에 고기 낚아서 유유자적하는 것이 그 또한 인생의 낙이 아닌가."

"그도 그럴 듯한 생각일세."

하고 유생은 고개를 끄덕이고 양생을 바라보았다.

"자네는?"

"나는 말할 만한 생각이, 아니, 소원이 없네."

"이 사람 사람 쳐 놓고 소원 없는 사람이 어디 있단 말인가? 자

어서 이야기 해보게."

양생은 다만

"흥, 흥."

하고 코웃음만 치고 있다. 그 중에도 촌부자(村夫子)같은 풍도의 손생은,

"이사람 아마 일국의 왕이 되고 싶은가 보이 그려."

하고 비웃었다. 양생은 그 말에 흥분이 되었던지,

"그다지 내 소원이 듣고 싶은가, 그럼 이야기 하지."

하고 잔 기침을 하고 나서

"장부의 몸이 불행히 해동 변방에 태어나서 환고일세에 무가 득의 처(環顧一世無可得意處)하니 차라리 심수궁곡에 녹림지도(綠林之徒)를 모아 양산박을 꾸미고 장충행의(仗忠行義)에 소향무적으로 불의의 재물(不義之財)을 뺏어다가 유용하게 쓴다하면 그야말로 취지무금(取之無禁)에 용지불갈(用之不竭)이 아닌가, 도리어 사사의 생활을 생각할진대 가동무녀(歌童舞女) 안전에 나열하고 산해진수를 먹기싫어 아니 먹을 것이며 명 즉 경인(鳴則驚人)하고 비즉충천(飛則沖天)의 기세를 맘대로 펴볼 것이니 그 어찌 공경세도집에 분주 아첨하고 부패한 대관들의 여력(餘歷)을 얻어먹음으로써 영화라 하는 우추들과 동일(同一)로 논할 바이겠는가 소위 영위계구언정 무위우후의 심지라고도 말할 수 있겠지마는 계구이니 우후이니 하되 도대체 벼슬을 얻지 못하는 자비비유지하니 그는 어찌하는가. 벼슬은 구하여도 얻지 못하지마는 도적이야 하려면 언제라도 할 수 있지 않은가. 돈 주고 벼슬 사서 백성의 고혈을 뺏어먹을진댄 차라리

녹림객이 되려네. 자네들 같은 녹녹한 여름 벌레 같은 무리와 더불어 이야기할 수 없으되 재삼 묻기로 대략 이야기가 이러하이."

하고 호쾌한 웃음을 웃는 것이었다. 유생과 손생도 따라서 크게 웃으며,

"농담 좀 고만하게."

하고 웃음의 소리로 부쳐 버렸다.

이야기를 다 마친 손 생원은,

"사람의 운수란 알 수 없소. 그때의 유생은 나중에 과거 급제하여 지금 함경감사로 세도를 하고 양생은 그 후 어디로 갔는지 부지하락이 되고 손생은 오늘까지 포의를 면치 못하고 가세가 빈한하여 옛 친구를 찾게 되는구려. 그때의 손생이란 즉 이 사람이오."

하고 탄식하였다.

그 젊은 사람은 함께 누워 이야기를 듣고 나더니 벌떡 일어나 앉으며,

"그 양생이란 이가 지금 나이가 몇이나 되었습니까?"

"가만있어라, 그때 나보다 한살인가 더 먹었으니까 지금 갓 쉰이 되었나 보우. 그건 어째 물으시오. 혹시 무슨 생각나는 일이 있소?"

"아뇨, 그런 게 아니라 내 동네에 양가라고 하는 사람이 있는데 나이가 어떤가 하구 물어 보았습니다. 그래 지금 유감사를 찾아가는 길이구료."

"별 수 있습니까? 감사를 찾아 설마하니 빈손으로 돌려보내기야 하겠소, 그래서 찾아 가는 길인데 노수가 떨어져서 과객질을 하려

니까 별별 아니꼬운 일 다 보게 되는구려."

"없으면 하는 수 있습니까?"

"당신은 뭘 하슈?"

"저는 농사를 짓습니다마는 서울에 있는 일가를 찾아 갔다가 허행을 하고 노수가 없어서 역시 과객질을 하며 고향으로 가는 길이올시다."

"인제 여기서 얼마 되지 않습니다."

하고 말끝을 흐리어 버린다.

* * *

이튿날 손 생원이 눈을 떴을 때에는 곁에서 누워 자던 그 손은 벌써 길을 떠났는지 보이지 않았다.

아침밥을 얻어먹은 손생원은 긴한 일이 없는데 동숙한 손의 일을 물을 필요가 없어서 그대로 길을 떠나, 한 사십 리가량이나 걸었을 때였다. 뒤에서 말을 달려오는 낯모르는 젊은 사람 둘이 손생원의 곁을 지나며,

"어디로 가시는 손이슈?"

하고 묻는다.

"함흥으로 가오."

"혹시 손씨가 아니십니까?"

"그렇소, 내 성이 손가요."

"지난밤에 홍감역 집에서 유숙하신 손님이십니까?"

"그렇소마는……."

그 대답을 듣더니 그 젊은이 둘은 일제히 말께 내려서

"그럼 어서 이 말에 오르십시오."

"아니 누가 보내는 말이관데?"

"염려 마십시오. 우리 대감께서 말을 보내시면서 모셔 오라는 분부가 계셨습니다."

"우리 대감?"

"아따, 가시면 아실 게 아니오니까!"

하고 어리둥절히는 손 생원을 말께 떠싣다시피 태워가지고는 비호같이 달려간다.

마상에서 손 생원은 이리저리 상상해 보았지마는 도무지 판단을 할 수가 없었다. 우리 대감이란 대관절 어떤 대감인가…….

손 생원은 말이 달리는 대로 끌려가면서도 하도 괴이한 생각이 나서 뒤에서 달려오는 마상인을 돌아다보며,

"우리 대감이란 누구며 그 댁이 어디인가?"

하고 물으니까 그 자는,

"대감이 아니라 우리 장군이십니다."

"여기서 얼마나 되는가?"

"인제, 얼마 아니 남았습니다."

손 생원은 입속으로 장군! 장군 하면서 또 얼마를 달려가려니까 한 주막거리에 새 말을 가지고 여러 사람이 대령을 하고 있다가 손 생원을 새말에 바꾸어 태워가지고 또 달리기 시작한다.

손 생원은 어쩐 영문을 아지 못하면서도 끌려가는 수밖에 없었다. 장군이 누구인지는 모르되 죄진배 없으니 못 된다 헌들 더 못될 것이 무엇이랴 하는 생각으로 담을 크게 먹었다.

점심때가 되어서는 주막거리에서 융숭한 점심 대접까지 하고서는 다시 말께 태워가지고는 이번에는 깊은 산중으로 끌고 들어가는 것이었다.

산에는 수림이 그윽하여 천일이 암담하였다. 이윽고 한 고개를 넘으니 문득 안계가 열리며 경개절승한 곳에 고루 거각이 즐비하고 기치창검이 일광에 번뜩인다.

그제야 손 생원은 몸이 비상한 소굴에 빠진 것을 깨닫고 간담이 콩만 하여 사면을 둘러보는 중에 말이 그 대문 앞에 이르매 문안으로부터 여러 부하에게 옹위를 받으며 위연히 이리로 걸어 나오는 일개 장부가 있었다.

몸에는 홍의전복에 청색 쾌자를 눌러 입고 머리에 준립(駿笠)을 썼는데 그 늠름한 기상과 좌우위풍이 당당하여 감히 정시할 수 없었다.

손 생원은 어마지두에 말께 내리니 그 장부는 손 생원의 손을 잡고 대청으로 인도하며,

"자네 그 동안 죽지 않고 살아 있었네 그려."

하고 무한히 반가워한다. 손 생원은 우두망처하여 어쩔 줄을 모르다가 그 장부의 얼굴을 다시 숙시하니 전일 산사에서 헤어진 후로 부지하락이 된 양생이다.

"자네 이게 웬일인가. 일별 이래로 오늘까지 격조하여 어찌 된 줄 몰랐더니 그런데……. 무얼 하기에 이렇게 부귀를 누리고 있는가?"

"지금은 황지부사(潢池府使)를 지내고……."

"황지부사?"

"모르겠나? 양산박 대도독이라면 짐작하겠네 그려 허 허 허."

손 생원이 아무 말도 못하고 놀란 눈으로 좌우를 살펴보니 수십 명의 늠름한 부하가 전상전하에 늘어서서 무슨 영이 있을까 등대하고 있는 폼이 마치 군왕 전에 시립하고 있는 대소 신하들과 다름이 없다.

"보게 저 앞 너른 광에는 기치창검의 무기와 황금 전곡이 가득히 실려 있어 평생을 먹어도 남음이 있을 것이고 한번 영을 내리면 무부 건졸(武夫健卒)이 수백 명 문 앞에 등대하니 방가위 녹림대왕이 아닌가? 동서남북을 유의 소적(惟意所適)하고 행장굴신(行藏屈伸)을 무불자유하니 자네들 같이 군수는 방백의 비식을 살피고 방백은 묘당에 아첨하여 전전긍긍의 날을 보내니 그래 가지고 어찌 살았다 할 것인가 내가 일찍이 절에서 말한 것이 이것일세. 유지자는 사경성(事竟成)이라더니 과연 나를 두고 하는 말인 듯하다. 지금은 뱀같은 건졸이 수만이오. 황금이 곳간에 가득하니 무엇을 부러워할 것인가. 그러나 나는 결코 양민의 재물을 탐내지 않으니 탐관오리의 불의의 재물과 인색한 부호의 재물을, 또는 연시일관(燕市日)의 진귀한 보물을 가져올 뿐일세. 이것으로 말하면 군등이 나라 일 한다는 핑계로 국고의 전곡을 도적질하여 먹고 백성이 피땀 흘린 고혈을 빨아 먹는 데에다가 대할 것인가, 어차피 인생이란 초로와 같은 것이니 세상의 뜬 허영을 물리치고 은은히 물외의 행락을 받는 것도 또한 세상을 보내는 길이 아니겠는가."

하고 목을 높이어 웃음을 웃는다.

손 생원은 그의 말도 엄청나거니와 좌우시위가 하도 엄엄하여 한

마디 대답을 하지 못하고 단지

"음 음."

하고 고개만을 끄덕이고 있노라니 이윽고 선연한 미소녀가 십여 명 몸에 능라주의를 걸치고 배반을 날라 들이는데 음식도 보지 못한 음식이려니와 옥반금준에 진귀한 그릇이 눈이 현할 지경이다.

양생은 잔을 들어 술을 권하며

"자네와 나는 길이 다른 사람이니 다시 만날 기회가 있겠는가, 우리 대취토록 먹어보세."

하는 말이 끝나자 대하에서 일어나는 풍악소리, 가위 선경이라 이를만 하였다.

배반을 몇 번이나 갈아들이고 저녁상을 물린 후에 다시 아담한 술상이 들어온다. 손 생원은 난생 처음의 입사치를 하였다.

"그런데 들으니 자네 가세가 어려워서 함흥 유감사에게로 돈을 얻으러 가는 길이라네 그려."

"과연 그러하이마는 그건 자네 어찌 아나."

"그것을 모르고 어찌 자네를 맞았겠나. 자네가 어제 홍감역 집에서 동숙한 사람이 나의 막하일세."

"허 ―."

하고 손 생원은 눈을 흡떴다.

"홍감역은 만석꾼의 부호로되 인색하기 짝이 없고 작인에게 박하기 도내 제일이라 그 위인을 경계할 필요가 있어 막하를 은근히 그리로 보내서 그 집안의 형편을 엿보게 하였더니 우연히 자네를 만나게 돼서 급히 달려와서 나에게 고하기로 자네를 중도에서 맞게헌게 아닌가…… 그런데 함흥가는 것은 그만 두게."

"그만 두면 어떻거나."

"내가 서울 자네 댁으로 전곡을 치송할 테니 염려 말고 며칠 묵어서 바로 서울로 가게."

"고마운 일일세마는 여기까지 왔다가 유감사를 찾지 않고 갈 수야 있나.

그 역시 우리의 옛벗이 아닌가."

"그건 그러하이. 내가 왜 가지 말라고 하느냐 하면 자네는 유생의 성질을 모르는가, 자네가 머나먼 길을 찾아 갔다하더라도 아마 자네 집안이 반 년 먹을 것도 주지 않을 것 같으이."

"글쎄 그럴 듯도 허이."

* * *

이튿날 한낮이 겨워서 손 생원은 산채를 하직하였다.

가만히 보니 서울 집으로 전곡을 보내겠다고 말은 선선히 하지마는 언제 보내는 건지 기필할 수도 없고 또 함흥이 멀지 않았는데 유감사를 보러 왔다가 그냥 돌아가기도 무미할 뿐만 아니라 그래도 감사 지위에 오른 사람을 믿고 가야지 제 아무리 호강을 한다 한들 도적괴수를 믿을 수야 있는가 하는 생각이었다.

"그러면 곧 서울로 도로 올라가려는가?"

"아니 기위 예까지 왔으니 함흥으로 가서 서회나 하고 가려네."

"그것도 해롭지 않은 말일세. 그러면 자네한테 한 가지 신신당부할 것이 있네."

"무엇인가."

"유생을 아니 유감사를 만나더라도 내가 여기서 이 짓을 하고 있더란 말은 명심하고 누설 말게, 내가 그를 무서워하는 게 아니라 목민관으로 있어 그런 소리를 들으면 직책상 그냥 있을 수 없을 것이고 그냥 있지 않으려니 자연 나와 그 사이에 싸움이 일어날 것이니 피차 동문수학한 친구로서 병화 간에 만나기가 싫어서 그러네."

"좋은 말일세. 결코 누설하지 않음세."

"당부하네, 자네가 만일 신을 지키지 않고 누설한다면 십보지내에 자네 몸에 해가 있을 것이니 그리 알게."

하고 신신당부를 하였다. 손 생원은,

"염려 말게."

하고 장담을 한 연후에 후한 노수와 준마 한필을 얻어 타고는 산채를 떠나 함흥으로 직행하였다.

수일 후에 함흥부중에 이르러 우선 사관을 정하고 하루를 쉬인 후에 유감사에게 자(刺)를 통하니 유감사 역시 반가이 그를 맞아들였다.

"일자이후에 그러니 어쩌면 그렇게 못 만나겠나?"

"대감은 대신의 몸이고 이놈은 포의이니 자연 그렇게 될 수밖에 있나."

"그런데 이번에 어떻게 날 이렇게 멀리 찾았나."

"다른 게 아니라 궁설을 하러 왔지, 별 수 있는가, 얼마간 부조를 해 주어야겠네."

"글쎄. 나 역시 어려워서 자네 청을 듣기 어려우이 마는 노수나 넉넉히 만들어 줌세."

유감사를 만난 결과는 역시 뜻대로 되지 않았다. 그래서 손 생원은 감사에게 호감을 사기 위해서 동문수학하던 양군이 산적괴수가 되어 거기서 자기가 대접까지 받고 왔은즉 그를 토벌해서 공을 세워 보라고 권하였다.

유감사는 그 소리를 듣더니 웬일인지 눈살을 찌푸리며

"그거 긴치 않은 말을 냈네, 그 사람이 설혹 도적이라 해도 양민을 못살게 하는 터가 아닐 뿐 아니라 자네에게나 나에게나 죽마고우가 아닌가. 목민관으로 앉아 있어 그런 소리를 들으면 체면상 그냥 있을 수 없고 그렇다고 내가 군사를 움직이면 친구 하나를 없애게 되니, 그 아니 딱한가. 그런 긴치 않은 소리 말게. 더구나 자네로 말하면 대접까지 받고 온 사람이 어찌 그리 신이 없는가."

하고 도리어 좋지 않게 여기는 모양이었다. 손생은 아첨을 하느라고 그런 말을 하였다가 되레 긴치 아니 생각하니 마음에 뉘우친 바가 있었지마는 기호지세라 그냥 있을 수 없었다.

"자네가 어려우면 나에게 군사 백 명만 빌려주면 당장에 체포해 보임세."

"자네와 그와는 인물이 달라. 당랑거철이니."

"천만에 그게 무슨 소린가, 염려 말고 내가 공을 세우거든 포상이나 두둑이 하게."

하고 조르는 것이다.

유감사는 경박한 손 생원의 심지를 가엾이 생각하였지마는 또 한 편으로는 자기가 자진해서 한다는 것을 굳이 말리면 상경 후에 어떤 말을 낼는지도 알 수 없으니까 필경 그의 소원을 들어 주기로 하고 군사 백여 명을 풀어 주었다.

"암만해도 숙호충비 같으이."

"천만에 자네의 지정불고(知情不告)의 죄를 내가 대신 풀어 줌세."

손 생원은 이렇게 장담하고 군교 백여인을 영솔하고 함흥을 떠났다.

그에게는 일단 감사에게 아첨하는 마음과 공을 세우자는 것 외에 친구를 팔아먹는다는 양심의 가책이 없었다.

수일 후 — 손 생원 스스로가 앞장을 서서 그 산중으로 들어가서 산채가 머지않은 곳에 군교를 매복시키며

"자 너희들은 여기 매복하고 있으면 나 혼자 산채에 가서 기회를 엿보고 올 테니 기다리고 있으되 십분 조심하여 인기척을 내지 마라."

하고 얼마를 더 가려니까 전일에 손 생원을 중노까지 마중 나왔던 부하 하나 이 말을 타고 와서

"생원님 웬 일이십니까."

하고 반가워한다.

"서울 가는 길에 다시 들렸네."

"그럼 어서 가십시다."

하고 그 위인은 손 생원이 말께 내리려 하자마자 포성이 꽝하고 나더니 수십 명 건졸이 내달아 잡담 제하고 손 생원을 끌어 내려서 결박을 한다.

"네 이놈들!"

하고 호령을 하려는 손 생원의 두빰을 보기 좋게 후려치고 고작을 번쩍 들어 허깨비재비를 시키는데 큰 수리가 참새 한 마리를 후려 차가지고 가듯이 손 생원의 발은 땅에 다 보지도 못한다.

손 생원은 정신이 들락날락하였다.

"얼굴을 들게 ―"

하는 호령소리에 정신을 차려 쳐다보니 대청 위에 위의를 갖춘 양생이 노안을 부릅뜨고 내려다본다.

"자네 무슨 낯으로 나를 다시 보러 왔는가."

하고 꾸짖는다.

"아니 내가 무슨 죄가 있어서 이렇게 욕을 보이는가?"

"자네 죄를 자네가 모르는가, 내가 작별시에 그렇게 신신당부하였거늘 경망히 입을 놀려 친구를 잡으러 오기까지 하니 그럴 법이 있나."

"천만에 하느님이 내려다보시지 그런 일은 없네."

"흥."

하고 양괴수는 코웃음을 친다.

"사내답지 못하게 이렇게 되어서도 날 속이려고 하는가. 가련한 인물이로군. 얘 여봐라 ―."

"네 ― 이."

"하옥해 논 교졸을 이리로 대령시켜라."

"네 ― 이."

이윽고 산채 건졸들이 결박한 영교 수십 명을 끌어 들이어 대하에 꿇린다.

양괴수는 그 관졸을 가리키며

"저게 다 누가 데려온 관졸인가."

하고 호령을 한다. 손 생원의 얼굴은 흙빛이 되고 말았다.

"과연 내가 경솔했으니 용서하시오."

하고 고개를 숙인다.

"경솔하다고만 해서 옳은가 신과 은의를 잊고 나를 잡으러 오다니 내 너를 죽일 것이로되 너 같은 소인의 피로 내 칼을 더럽힐 수 없다. 얘, 여봐라."

"네 — 이."

"곤장 열개만 쳐라."

"네 — 이."

영이 떨어지기가 무섭게 건졸이 달려들어 손 생원을 엎어 놓고 곤장을 친다.

"그리고 관졸들의 결박을 모두 풀러 놔라."

하여 단단히 묶은 줄을 풀어 놓고는

"너희들은 공연히 저 맹추의 말을 듣고 예까지 와서 고생이 막심하니 되려 불쌍들 하다. 너희들에게 전포(錢布)를 나눠 줄 테니 각기 돌아가서 다시는 이런 범남한 짓을 하지 말라.

" 하고는 허다한 돈과 포백을 내서 한 짐씩을 지어 주어 내보내는 것이었다.

관졸들은 꿈인 듯이 기뻐하여 칭송을 마지아니하며 하직하는 것이었다.

수령은 그 길로 광에 가득가득한 전곡을 말끔 실리며 전각에 불을 질렀다.

"기위 남이 알았으니 여기 오래 있기 부질없다."

는 이유이었다.

그리고

"저 위인을 대로상으로 내다가 버려라."

하는 영을 내렸다.

건졸들은 생원을 묶은 대로 말에 올려 앉혀서 큰길까지 데려다가 결박을 끌러 주었다.

손 생원은 목숨만이 살아가는 것을 다행으로 여기어 역시 과객질을 하여 가며 십수일 만에 간신히 서울로 올라와서 오막살이 자기 집을 찾아 가니 집은 의연한 옛집으로되 들어 있는 사람은 생전에 보지 못한 딴 사람이었다.

"아니 이집이 손 생원댁이 아니오."

"손 생원님댁은 떠나셨습니다."

"어디로 떠났소?"

"여기서 둘째 골목 막다른 소슬대문집이 올시다."

소슬대문집이라니 견디다 못하여 남의 집 행랑채에 들었나보다 하고 힘없이 찾아가니 낯모르는 행낭사람이

"뉘댁을 찾소?"

하고 괄시한다. 그러자 안에서 전부터 있는 할멈이 나오다가 손 생원을 보고는 놀라서 안으로 뛰어 들어가며

"우리 댁 생원님 오신다."

하고 고함을 친다.

                    * * *

 손 생원은 아랫목 비단 보료 위에 앉아서 한 짐 풀어 들인 전곡
의 목록을 읽어보고는 뉘우침과 기쁨의 눈물을 흘리었다.
 거의 평생을 먹을 만한 허다한 전곡은 양괴수가 보낸 것이었다.
올려 보낸 날짜를 손꼽아보니 손 생원이 산채를 하직한 바로 그
날이었다.

제03편. 괴승신수(怪僧信修)

파주(坡州) 낙수(落水) 남편에 있는 승(僧) 신수(信修)의 암자에는 오늘밤에 무슨 일이 있는 모양으로 불빛이 절 밖에까지 비치어 흐르며 흥에 겨운 듯한 사람들의 말소리까지 드믄 드믄 들려온다.

때는 여말(麗末) 홍건적의 난리입네, 김용(金鏞)의 반란입네 하고 온 나라가 물 끓 듯하건만 이 파주 한 고을만은 세상사를 등진 듯이 지극히 평화하게 지내가는 터이다.

"또 이 화상 한잔 하시나보군."

하고 마침 그 암자 앞을 지나가던 사람 하나가 발을 멈추고 절 속을 기웃거렸다.

"흥 저자의 한잔이란 남의 백잔 꼴은 되거든."

같이 가던 한 사람이 이렇게 말을 받으며 역시 발을 멈춘다.

신수는 이미 육십 가까운 노승으로 몸이 비록 승상(僧相)이나 원체 술을 잘 먹어 얼마든지 있는 대로 한자리에서 마셔 버리고 마는 고로 이것을 보는 사람들은 그 모양을 바닷속의 고래가 물먹듯한다고 모두 웃었다.

더욱이 그 음주하는 태도가 유쾌하니 사람들이 실없이 놀리느라

고 혹 소(牛) 오줌 같은 것을 가져다주며 먹으라고 졸라도 허허 웃고 단숨에 들이키면서,

"이 술이 심히 쓰다."

하고 배를 두드렸다.

또 음식을 잘 먹어 쉰 고기나 마른 떡일지라도 가림 없이 다 먹어 없애며 심지어 많은 사람이 모이는 회중에서라도 고기, 생선을 가리지 않고 양껏 먹으니 그 상좌가 민망해하며,

"좀 삼가시오."

하고 주의를 시키나 못들은척 하므로 사람들이 모두 웃으니 그제야 자기도 허허 대소하면서 하는 말이,

"고기는 원래 물에 있는 것인데 이 고기가 땅에 있으니 내가 죽인 것이 아님은 알겠지요? 그러니 먹은들 무슨 상관이 있겠소."

다른 사람들은 웃고 상좌도 웃고 신수도 또한 가장 우스운 듯이 박장대소하였다.

이날 밤도 신수는 상당히 먹고 취한 모양으로 그 활달한 웃음소리가 길 가는 두 사람의 귀에까지 들려와 이렇게 발을 멈추게 하였으나 먼저 가던 나이 좀 지긋해 보이는 사람이 오늘 신수의 절에 무슨 일이 있는 것을 짐작하는 모양으로 공연히 열심히 그 속을 들여다보고 서 있다. 뒤따라가는 친구는 딱해졌다.

그러나 동무가 이처럼 열심히 귀를 기울이고 있는지라 차마 탓할 수는 없고 이맛살을 찌푸리며 눈치를 살피다가,

"어서 가세."

하고 그 소매 끝을 잡아당긴다. 그러나 친구는 무엇을 생각하는

듯이,

"참 세상에 횡재하는 놈도 많으이."

하며 혼자 탄식하였다.

같이 가던 친구는 더욱 못 마땅한 듯이 입맛을 쩍쩍 다시더니,

"이 사람 정신이 바뀌었네."

하고 기가 막혀 하늘을 쳐다볼 뿐이다.

사실 신수의 식음이라면 원체 유명하여 마을 사람들도 이를 탓하기는커녕 도리어 일종의 애교로까지 여기고 으레 예사롭게 보아 넘기거든 이렇게 같이 가던 친구가 새삼스레 떠날 마음이 없어하는 것을 보고,

"글쎄 무엇을 생각하기에 이 모양이야 정 그럴 테면 혼자 밤이라도 새게"

하고 젊은 편 사람은 먼저 갈 뜻을 말하였다.

"참 저런 삼촌이나 하나 있었으면 좋겠다."

그러나 먼저 말하던 사람은 친구의 재촉이 들리지도 않는 듯 여전히 절 안을 들여다보며 혼자 말을 계속한다.

"이 사람아 무슨 말을 그렇게 하는가 하필 그 십육나한(十六羅漢)을 숙부로 섬기지 못해 애란 말인가."

십육나한이란 신수의 별명이니 그가 머리를 흔들며 입을 삐죽거리고 눈방울을 굴릴 때마다 그 형상이 모두 기이하므로 십육나한의 상 같다하여 마을 사람들이 이렇게 지어 부르는 것이다.

"상판이야 어떻든 원통한 일이 있으니 말이지."

처음 입을 열던 사람이 겨우 그 친구의 존재를 발견한 듯이 비로

소 이렇게 대꾸를 하니,

"이 사람 암만해도 망령이 났네그려."

하고 그 친구가 어이없는 듯이 웃었다.

"자네야말로 정말 까닭도 모르고 욕부터 해야 그래 옳단 말인가."

늙수그레한 사람이 정색을 하며 다가서는 것을 보자 웃던 친구도 당황한 듯이 손으로 막으며,

"아니 그까짓 중의 일로 이렇게 시비조를 걸며 따질 건 없네."

하고 물러섰다. 덤비던 친구도 민망한 듯이 웃으며,

"참 기가 막히네."

"무엇이 그처럼 기가 막힌단 말인가."

"신수의 이번 처사 말일세."

"난 점점 모르겠는걸."

젊은 친구가 머리를 홰홰 내젓는 것을 보자 차마 떠나지 못하던 사람이 설명하는 말이다. 신수는 원래 파주출생으로 근읍에 전지가 많이 있었으나 가난한 사람 고독한 사람들을 위하여 이럭저럭 끊어주고 그리고도 아직 많은 가산이 있는 것을 오늘밤은 모두 털어내어 그의 조카들에게 마지막 갈라주려는 것이라 한다.

"그 사람이 원래 재물을 아끼지 않는 것은 알지만 참 이번 처사야말로 남의 눈에도 갸륵하네."

친구가 이렇게 말을 맺는 것을 가만히 듣고 있던 한 사람도,

"그것 참 내 삼촌 아닌 게 원통하겠군."

하고 놀렸다.

"그래 자넨 원통하지 않나?"

"글쎄 원통할 것까진 없지만 부럽기는허이."

두 사람은 함께 웃었다.

과연 이날 신수는 세 사람의 조카들을 모아 놓고 주안을 배포하여 실컷 먹고 마시게 한 후 각각 지점을 분별하여 땅을 갈라 주었다.

그중 한 사람이

"우선 잡수실 건 남겨야지 이렇게 모두 주셔서야."

하고 간절히 사양하는 것을,

"나는 중이니 동냥을 댕길 테다."

하며 그 뚱뚱한 배를 두드리고 웃었다.

그 모양이 어찌 기이하든지 방안 사람도 웃고 심지어 기명이며 등불까지 허리를 펴지 못하는 것 같았다.

* * *

이리하여 신수는 수중 무푼전하여져 집집으로 탁발을 다니나 수단이 심히 묘하고 또 입에서 나오는 말이나 그 행동의 일거일투가 모두 우스워 한번 본 사람에게라도 숙친한 감정을 주므로 서로 불러 '너 나' 하니 여름에도 오히려 흰밥을 상식치 않는 때가 없었다.

어느 날 그는 가득 찬 시주바랑을 메고 절을 향하여 돌아가는데 문득 그의 두 눈은 집마을로 향하는 언덕길에 쏠리어 움직이지 않았다.

"응 저게 누구냐."

처음 그의 입에서는 안간힘이 나오고 드디어 전신에 열이 핑 돌았다.

남치마에 노랑저고리로 비록 때 묻은 무명일망정 아직 빛만은 선명한 색 옷을 떨쳐입은 한 젊은 여자가 물동이를 이고 총총히 마을을 향하여 들어가는 것이다.

"흥, 고것 괜찮은데. 사람 참, 눈꼴사납겐 해주네."

신수는 빨리 그 여인의 뒤를 따라갔다.

원래 성질이 호탕한데다가 색을 즐기는 그는 눈에 드는 여자가 있으면 어떻게 달래든지 능청맞게 내 것을 만들고 말았다.

사람들이 혹 무어라고 말하면

"지금 세상 사람들은 모두 이욕(利慾)이 서로 얽혔으며 혹은 심장이 포악하여 번뇌(煩惱)에서 깨어나지 못하므로 좋은 것을 보면 침을 흘리고 고운 여인을 보면 음심을 품으나 이루지 못하고 바둥거리지만 나는 그렇지 않아서 먹고 싶은 것이 있으면 곧 먹고 색을 보아도 곧 취하므로 그 뒤는 꼭 여름날 소나기 오는 것과 같이 순간에 씻어버리나니 이것이 그래 제일 아니요?"

하며 여전히 크게 웃어 버렸다.

그러므로 마음이 걸쭉한 계집이나 바람기 있는 여자들이면 도리어 고리탑삭한 범부(凡夫)보다 신수의 이 호담 패연(沛然)한 것을 좋아하여 슬슬 기어드니 그도 밉지 않게 보는 계집이면 그 만큼 치다꺼리도 해주어 이 방면에 있어서의 평판은 결코 나쁜 것은 아니었다.

그러므로 지금 물 긷는 여자의 뒤를 이렇게 따르나 그 계집은 눈치를 채었는지 안채었는지 핼끔 돌아보더니 한번 방긋 웃고 더욱 걸음을 빨리 하였다.

"어구, 고것 사람 녹인다."

신수도 급히 따라갔다.

무너진 싸릿짝 문턱에 이르러 계집은 약간 돌아보는 듯 하더니 다시 한 번 쌩 웃고 쑥 들어가 버린다.

신수는 따라 들어갈까 하다가 차마 그러지 못하고 울타리 밑에 주저앉아서 가만히 동정을 살피고 있었다. 물독에 물을 죽 들어붓더니,

"아이고 이 망나니 어딜 갔을까."

이따위 입을 놀리고 뭐라고 알아 들리지도 않게 연방 종알대는 그의 사설소리가 들린다.

"허 ― 고것."

신수는 고개를 흔들고 눈으로 미소하였다. 어떤 충동이 한순간 획 온몸에 돈 것이다.

"영감은 나갔나보다."

하고 그는 드디어 벌떡 일어났다.

이 집은 성옹(成翁)의 집이다.

원체 가난한 모양이므로 탁발의 내왕에도 들려본 일은 없으나 이 마을에서 자란 신수라 집안 형편쯤이야 짐작 못할배 아니다.

가난하고 늙고 착할 뿐인 성옹 ― 그러면 저 계집은 아마 그의 아내인 모양인데 언제 저렇듯 예쁘고 젊고 팔팔한 것을 맞아들였을 가.

"험, 험, 험!"

신수는 연해 헛기침을 해가며 코를 씰룩거리고 입을 빙글거리도

록 두 손을 뒤꽁무니에다 짐지우듯이 얹어가지고 그만 그 집 속으로 들어갔다.

툇마루 앞에다 시주 자루를 들이대고 방안을 기웃이 들여다보았다.

세간이라고는 허리 부러진 고리짝 한 개 없는 방구석을 등지고 가만히 앉아 있는 계집을 슬쩍 쳐다보나 그는 알은체도 안 하고 빈 바느질 광주리만 뒤지고 있다.

"새침한 계집년!"

하고 신수는 픽 웃음이 나왔으나 당장 저 계집에게 의논을 부쳐 보아야 이 아쉬운 정을 풀 수가 있겠는데 하고 마음을 다잡아먹고 정작 말을 붙이려니 혀가 굳었는지 입이 떨어지질 않았다. 몇 번이나 슬금슬금 눈치를 보다가 기껏 한 소리가

"시주 좀 합쇼."

해버렸다. 계집은 이 말을 못 들었다니보다도 여태껏 들여다보는 신수를 한 번도 거들떠보지도 않고 배 앓는 고양이 상을 한 채, 여전히 쭈그리고 앉았다.

웃음을 참는 모양이었다.

"조런 얌통머리, 아무것도 없는 반짇고린 뒤져 뭘 하는 거야."

신수는 약간 속이 뒤집혔다.

그러나 그것이 도리어 이상한 흥분을 가져와 가뜩이나 괴로운 충동을 더욱 북돋아 주었다.

그는 더 섰을래야 더 섰을 수가 없었다.

"시주 좀 허우."

신수는 거듭 들이대었다.

계집의 입술이 펴지더니 웃음이 흐른다. 신수는 겨우 용기를 내어,

"내 말 한 가지 듣겠소?"

하고 성큼 마루 위로 올랐다. 계집은 새빨갛게 되었으나 반항하는 기색은 보이지 않았다. 신수는 속으로 은근히 반가웠다.

방문을 열고 들어서니 계집은 고개를 숙인 채, 몇 걸음을 뒤로 물러앉았다.

"그럴 건 없네."

하며 신수는 음탕스러운 눈으로 계집의 몸을 굽어보았다.

"성옹은 어디로 갔소?"

여인은 대답이 없다.

― 이건 벙어리인가 말대답을 해 줘야 그놈의 의논을 해보지. ―
신수는 능청스럽게 웃었다.

"벙어리가 아니거든 말 좀 하소. 글쎄 성옹은 어디 갔소?"

"산에 나무하러 갔나봐요."

"나무하러갔다? 허 그 늙은이가 오죽 고될라고."

신수가 하도 참말처럼 맞장구를 쳐보이자 계집의 눈에는 아련히 눈물까지 스며 올랐다.

"모두가 가난 때문, 가난이 죄지요."

"그래 그 가난을 면할 도리는 없소?"

"어떻게 있겠어요."

어둑한 방안, 온몸에서 발휘하는 강열한 정욕감 때문에 점점 가느

스름해 오는 신수의 눈에는 계집의 모습이 꽤 예쁘게 비춰었다.

"내 말 한마디 들우, 우선 이 가난만은 면하게 해줄 테니."

신수에게서 기어이 최후의 선고를 들은 계집의 얼굴은 약간 창백해졌다.

몸을 가늘게 떨었다.

"내가 이 방에 들어온 것을 가만히 두는 데는 필시 무슨 결심이 있을 것.

자 — 그 결심을 어디 실행해 보지."

신수는 발발 떠는 계집의 손을 잡았다. 여인은 갑자기 몸을 떨치며 손을 빼앗으려 한다.

"세상에 억울한 일도 있다. 그래 이처럼 예쁜 여편네를 고생기 키다니, 자 내게로 온. 면해볼 도리가 있겠지."

신수는 그만 계집의 목을 얼싸 앉았다.

"에구머니."

계집은 중의 손을 뿌리치고 일어나려 하였다.

그러나 그때 벌려진 신수의 넓은 품은 계집을 놓지 않았다.

성옹의 처는 마치 독수리에게 움키올 닭과 같이 그의 품속으로 말리어 들어갔다.

저녁 해가 붉게 산마루를 몰들일 때까지 한 갈퀴라도 더 모으고자 힘없는 팔에 힘을 돋우던 성옹은 드디어 어슬렁어슬렁 집을 찾아 들었다.

아침 식량이 떨어졌는지 빤히 아는 터에 저녁밥을 찾아들어오기는 너무도 서글픈 일이지만 그래도 빈창자가 쪼르륵 소리를 내며

무엇을 요구하는 통에 역시 내 집 밖에는 찾아갈 곳이 없는 것이
었다.

"그것이 어디서 변통을 해다 죽이라도 끓여 두었으면……."

굽어진 등을 마구 내려 누르는 듯한 나뭇짐을 겨우 지탱하여 싸
리문을 돌아 들어오려던 성옹은 잠깐 멈칫하고 물러섰다.

댓돌 위에 어지럽게 굴러져 있는 한 쌍의 남자의 신발과 툇마루
에 자빠진 시주자루, 그 방탕한 신수가 아내에까지 손을 뻗쳤음은
말할 것도 없는 일이었다.

"응 저것들이……."

그의 콧구멍에서는 휘파람소리같은 단 숨결이 드나들며 눈에는
서릿발같은 찬 빛이 뻗치는 것 같았다. 그러나 다음 순간,

"오죽해야 저런 생각까지 날라고 불쌍한 것."

이렇게 억지로 생각을 돌려 뒤집힌 배알을 바로 잡았다.

"암 오죽 배가 고파야."

그러나 그는 눈앞에 밥사발이 보이기보다도 실상 보아서는 두 눈
에서 불이 일어날 듯한 그 무슨 광경이 꼴딱 서니 사납게도 자꾸
두 눈에 비쳐오는 것이다.

그러나 이러고 있을 때가 아니었다.

힘없는 어깨 위의 나무가 자꾸 체모 없이 내리 누르는 통에 점점
머리가 홀쭉한 뱃가죽을 향하여 굽어드는 때문이다.

성옹은 미닫이를 드륵 열어젖히고 싶은 것을 억지로 참으며 부엌
바닥에 나뭇짐을 부려 던지고 맨 봉당 위에 터덜썩 주저앉았다. 방
안에서도 남편이 돌아온 기색을 알자 수성수성하는 모양이었다.

이윽고 방문이 열리며 신수가 나오고 치마꼬리를 여미며 이내 계집이 뒤따라 나와 함께 문밖으로 사라진다.

성옹은 아무말도 없이 슬며시 방으로 들어와 찢어질듯이 피곤한 몸을 아랫목 바닥에다 부치고 쭉 두 다리를 뻗으며 눈을 감았다.

눈에 뜨이는 것이 모두 육중한 신수와 팔팔한 젊은 아내와의 사이에 일어났을 그 무슨 이상한 모양을 연상케 하여 눈을 뜨고 있을 수가 없었던 것이다.

부엌에서는 무엇을 하는지 덜그럭 덜그럭 하는 소리가 연해 나며 얼마가 지났을 때 밥상을 가져다 방 한가운데 놓는다.

"진지 잡수."

성옹은 씨근씨근 숨결만 되게 내고 누워 있었다.

밥이고 무엇이고 한바탕 때려 부수고 싶은 생각이 울컥울컥 치밀어 오르건만

"모두 내 탓이다."

하고 그는 그저 참았다.

"글쎄 진지 안 잡수세요?"

재차 독촉하는 아내의 눈에서는 눈물방울이 구슬같이 굴러 내렸다.

"불쌍한 것."

하고 성옹은 비로소 일어나 앉았다.

신수가 시주자루를 털어놓고 감이리라. 언제 먹어 보았는지 기억조차 아득한 쌀밥이 두둑하게 사발 위에 솟아올라 있다.

몇날을 굶어 때리고 눈앞에 흰밥이 생겼을 때 동치 않을 장사가

어디 있으랴.

슬슬 다가앉는 성옹의 떨리는 손이 숟가락을 잡자마자 순식간에 남은 것이라고는 사발 밖에 없다.

빈 밥그릇을 부족한 듯이 멀거니 바라보다가 멀뚱해서 물러앉는 늙은 남편을 까치랑 밤송이처럼 윗목에 옹숭거리고 앉아 있는 아내가 민망한 듯이 쳐다보며 웃으니 성옹도 그처럼 놀랍던 분이 모두 어디로 사라진 듯 마주보고 싱긋 웃었다.

다음날도 성옹이 없는 틈을 타서 신수는 찾아 왔다.

늦게까지 계집을 끼고 희롱하다가 역시 시주전대를 털어놓고 가니 성옹은 모르는체하고 전날처럼 분도 그리 나지 않았다.

"계집을 못 쓰게 만든 것도 모두 내 죄다."

하고 깨달으니, 밤낮 마실도리해서 늙은 서방 먹여 살리지 못해 바둥거리는 모양이 도리어 아내의 고마운 덕같이 생각되며 그처럼 밉게 보이던 신수의 육중한 몸짓까지 치가 떨리게 원통하지는 않았다.

"가난이 죄야 그놈의 가난이."

성옹의 마음에는 활달하고 아낌없는 신수의 성의가 도리어 미덥게 생각되며 자기를 먹이기 위하여 그 몸까지 버리는 불쌍한 아내를 어떻게 해서든지 한번 좋은 세월을 보여주고 싶었다.

성옹의 마음이 점점 이렇게 풀려드는 것같이 그 아내에게로 쏠리는 신수의 사랑도 더하여져서 혹 자기가 오지 못하는 날엔 기필 상좌를 시켜서 식량을 보내주니 으레 몇 날씩 연기를 올려보지 못하던 성옹의 집 굴뚝에서는 하루 세 번 거르지 않고 기운차게 푸른 연기가 높이 떠오르곤 하였다.

 일이 이렇게 쯤 되니까 입빠른 마을 사람들이 가만히 있으리 없
어, 저녁 먹고 남의 사랑방에 모여 앉았을 때나 논물을 보러 논두
렁에 몰렸을 때면 으레 신수의 이야기가 나왔다.

 "성옹의 여편네는 마치 그 집 쌀가마닐세."

 "허허 참 그래 신수는 하필 남의 임자 있는 계집을 다친담……"

 "아니 이번에야말로 정말 반한 모양인가 보던데?"

 "성옹이 또 못본체하니 더 가관이야."

 가는 곳, 이르는 데마다 모두 이 일에 대한 화제뿐이라 성옹의
귀에나 신수의 신변에도 안들 릴리 없다.

 물론 신수의 이야기임에 모두 농이나 웃음거리들로 하는 말이지
만 당자되는 사람들의 마음에는 그렇지 않아서 성옹은 이 같은 말
이 들려올 때마다 하염없이 탄식하였다.

 더욱이 요사이는 아내의 배가 점점 달라가며 입맛이 걷히어 끙끙
거리는 것을 눈치 채일 만큼 되었다. 어떻게 해서든지 무슨 도리를
세워야 하겠다고 생각하는 판이라 한편 신수의 비호를 받고자하는
생각도 간절하여 어느 날 아침 일찍이 낙수변(落水邊)에 있는 신수
의 암자를 찾아갔다.

 어릴 적부터 절의 부처를 섬김으로 일찍 깨는 버릇이 배었던 신
수는 벌써 일어나 아침소세를 마치고 있었다. 성옹이 들어오는 것
을 보자 반가이 맞아 드리며

 "어떻게 이처럼 일찍 오나?"

 하며 예의 눈방울을 굴레굴레 십육나한 상을 짓는다.

이것은 신수가 몹시 반갑거나 놀라거나 우스울 때같이 무슨 감정의 격동이 있을 때이면 으레 지어보이는 일종의 습관으로서, 그 표정에서 발산하는 감각이 언제나 상대편의 마음을 따뜻이 싸주는 것이었다.

"왜 몇 날 안 보였어?"

성옹도 맞받아 허게를 하는 터이다.

"응, 소다리 한 개에 청밀주(淸密酒) 열 되를 먹었더니 좀 배탈이 나섰다네."

"신수도 탈날 때가 있나?"

두 사람은 크게 웃었다.

"그런데 여편네가 점점 달라지는 모양이니 어떡했으면 좋겠나?"

이말 저말이 오고간 후 성옹이 꺼낸 의논은 역시 그것이었으나 그 말하는 태도는 여전히 평화하였다.

지금은 신수에게 대한 분노의 마음은커녕 처음에 그처럼 아옹거리고 애타하던 일조차 우습게 생각하고 있는 그이다.

"이리로 이살 오게."

하고 신수는 태연하다.

"이사를 오다니?"

"글쎄 우리 함께 모여서 살잔 말이지."

영감은 기가 막혔다.

가뜩이나 마을사람들이 돌려세우고 수군거리는 게 약이 올라 죽겠는데 의논이랍시고 오니 이사를 와서 한 집안에서 같이 살자는 태연한 통에 그만 넋을 잃고 쳐다보다가

"이 사람아 다른 사람들이 뭐랄지 알고 있나."

하며 풀이 꺾이었다.

"번뇌를 깨치지 못한 자들의 소리 탓해선 뭘한담."

신수는 아주 뱃장이 태평성세다.

"글쎄 방도 없는 곳엘?"

하고 성옹이 여전히 망설이니 신수는 허허 웃으면서

"한 방에 있지."

하였다. 그 말하는 태도가 태연자약하여 봄새벽에 운무가 개이는 것 같다.

드디어 성옹도 감탄하여 꺾이며

"내 곧 옮겨 옴세."

하고 그 길로 이사할 준비를 시작하였다.

살림이라야 원체 쌀 담을 독 한 개 없는 터이니 두 사람이 몸만 빠져나오면 그만이지, 집도 남의 집이라 인사말깨나 치뤄야할테고 역시 얻어 부치는 밭떼기가 있으니 사정을 말하고 주인에게 돌려 주어야 하겠으므로 이럭저럭 맘가는 곳 없이 동네인사까지 치르고 난 때는 벌써 해가 뉘엿뉘엿 넘어가는 황혼이었다.

성옹은 배부른 젊은 아내를 데리고 이렇게 하여 신수의 절속에 동거하게 되었다.

방도 한방 이불도 한 이불속, 처음 이사 온 첫날밤은 세 사람이 모두 기괴한 광경이었다.

신수는 그 풍풍한 배를 내어 놓은 채로 이불 한 끝을 겨우 얻어 가서 아랫도리만 두르고도 제일 먼저 곯아떨어지고 그 곁에 누운 성옹의 아내는 무엇을 생각하는지 눈만 말똥말똥하게 뜨고 있으나 삼경이 가까워 오자 역시 정신없이 코를 골기 시작하거만 제일 아랫목 뜨뜻한 자리를 차지한 성옹만 잠을 이루지 못하고 새벽까지 애를 태웠다.

날이 밝으니 성옹과 그 아내는 상좌 보기도 부끄러운 듯하여 얼른 일어나지 못하고 있는데 신수는 여전하게 진령송경(振鈴誦經)하니 두 사람도 할 수 없는 듯이 해가 높이 오를 때에야 겨우 일어났다.

그러나 흉을 보고 따돌릴 줄 알았던 상좌 놈은 도리어 이 사람들이 동거케 됨을 기뻐하였다.

그 까닭은 남자뿐인 이 우사(禹寺)안에 한 여자가 들어오자 설거지 같은 것도 갑자기 깨끗해지며 손끝에 물을 묻혀 동자해먹을 필요가 없어진 것이요, 성옹 역시 매일 나무하고 또 틈 있는 대로 채전을 가꾸어주어 상좌를 편케 해주는 것이었다.

그러므로 신수만 그들을 끔찍히 위하는 것이 아니라 상좌까지 이들 부처를 대접하고 사랑하여 옷과 밥을 덥게 해주며 좋은 것이면 아껴두었다가 성옹만 대접하므로 성옹은 차차 마음이 붙고 서로 뜻이 통하여 힘을 내어 일하며 신수가 절에 있을 때면 정성으로 그의 뒤를 돌보아주고 혹 멀리 향할 일이 있으면 그 짐을 지고 따라가되 종같이 오히려 사양하지 않았다.

처음에 이 기괴한 광경을 손가락질하며 욕도 하고 비웃기도 하던 마을사람들까지 점점 신수의 초연한 태도에 감동되고 혹은 그의 '문형 즉 식, 견색즉취하여 번뇌에 사로잡히지 않는다'하는 주의주

장에 공명하는 사람까지 생겨나서 도리어 존경하고 농담하게 쯤
되었다.

이러는 동안에 한해 두해 세월이 흘러가며 성옹이 이사 올 때 이
미 아내의 뱃속에 들었던 것이 사니이로 세상에 나오고 뒤이어 또
증후가 나타나더니 계집아이를 낳았다.

그러나 다른 사람들은 말할 것도 없고 당자들까지 그것이 누구의
소생인지 알지 못하여 그저 '유념(惟念)', '연심(蓮心)'이란 두 불명
을 주었을 뿐 성은 정치 못하고 있었다.

* * *

이렇게 하여 이제는 암자 속 넓은 방에 다섯 사람이 함께 기거를
하되 서로 미워하는 법도 없고 시기하는 빛도 없이 지극히 평화하
여 그야말로 낙토였다.

하루는 성옹이 큰놈을 무릎 위에 올려 앉히고 머리를 쓰다듬다가
손가락으로 그의 턱을 받쳐 들고 물끄러미 들여다보며

"암만해도 화상을 닮았는걸!

하고 빙그레 웃으니 신수도 지지 않겠다는 듯이

"그 입모습과 이마는 자네와 한판에 박은 듯 하이."

하고 시침을 떼었다.

성옹은 한손으로 자기 이마를 쓸어보고 더욱 웃으며

"주름살이 이렇게 있는데."

하나 그 태도는 조금도 불평한 기색이 없다.

"그 아이는 자네 아일세, 나야 이제 나무 한 짐질 기력도 어려운
데 어느 결에 새끼 만들 기운까지 있는 줄 아나."

"아니야 적은 년은 몰라도 큰놈만은 자네 걸세. 아마 내 동냥나간 새 슬그머니 만들었는지 모르지."

신수의 말이 점점 음탕한 지경에 빠지려하므로

"내 아이가 자네 아이고 화상 아이가 내 아이지 따져서 뭘 하나."

하고 성옹은 말허리를 꺾었다."

이렇게 하여 평화한 세월은 더욱 빨리 흘러갔으나 예기치 못하는 것은 사람의 수명이다.

성옹은 그동안 몸이 늙었으나 강잉하고 신수는 늙을수록 기름지며 원기 왕성하나 성옹의 아내만은 아직 삼십을 바라보는 젊은 나이에 심히 약하고 쇠약하더니 둘째아이를 낳고부터는 더욱 파리해지며 애타다가 급기야 자리에 눕고 말았다.

신수의 정성은 보는 이로 하여금 혀를 내두르도록 지극한 것이었다.

아닌 게 아니라 세 사람이 동거한 뒤에도 원체 체력이 좋고 성욕이 강한 신수는 때때로 오입을 나다니며 밤늦게까지 기다리는 성옹부처를 잠못 들게 하더니 한번 성옹의 아내가 자리에 눕는 날부터는 갖은 애를 써가며 이것을 간호하고, 나날이 받아내는 분뇨(糞尿)까지 몸소 가져다 버리며 미식(美食)과 좋은 의복으로 위로하니 감탄하고 상좌도 감심하여 그 인정의 후함을 성 옹도 감송해 마지 아니하였다.

그러나 인생이란 원래 무상(無常)한 것이었던지 이 간곡한 정성을 미처 살피지 못하고 성옹의 아내는 불귀의 객이 되었다.

성옹과 신수와 두 아이의 비통은 무엇으로 형용하랴.

가엾은 정에 눈물을 뿌리고

"늙은것에게 매어서 갖은 고생을 다 해가며 지내더니 글쎄 너 먼저 가 버리느냐."

하고 탄식하던 성옹이 그 곁에서 경을 외이고 있는 신수를 돌아보며

"그래도 죽기 전 얼마간은 자네 덕에 그 지긋지긋한 고생만은 모르고 지났네."

한다.

신수도 감개무량한 듯이

"참 가엾은 생애였어."

하며 처음으로 진지한 표정을 지었다.

"모두 자네 덕이었네. 자네 때문에 나도 탈출 번뇌하고 동네사람들도 얼마나 마음을 바로 잡았는지 몰라."

성옹의 늙은 눈에 더욱 눈물이 넘쳤다.

한 여자의 시체를 앞에 놓고 주고받는 두 사람의 대화에 보는 사람도 모두 감탄하였다.

이럭저럭 아내의 장례는 지냈으나 성옹의 마음구석에는 아직 가시지 않는 한 가지 근심이 있었으니 그것은 아내도 없는 이 절 속에서 앞으로 계속하여 신수의 신세를 지기 난처한 까닭이다.

그리하여 어느날 밤에는 잠자리에 들어가려는 신수를 붙잡고 성옹은 이 암자를 떠나갈 것을 말하였다.

"왜?"

하고 그 주먹 같은 눈방울을 더욱 둥그렇게 굴리는 신수의 얼굴

에는 어린아이 같은 치기(稚氣)가 있었다.

"내가 이절에 온 것이 아내 때문이었고 첫째 보호를 받게 된 것부터도 내 아내 때문이었는데 계집 죽은 후에야 내가 무슨 염의로 여전히 자네 보호를 받는단 말인가?"

"그래 어쩌겠단 말이야."

하고 신수는 자식을 꾸짖는 어버이 모양으로 호령하였다. 넓은 방 안이 찡 하고 울린다.

아랫목에서 딩굴어자던 두 아이가 그 소리에 놀란 듯이 눈을 떠서 작은 것이 으아 — 하고 울었다.

신수는 얼른 일어나 이것을 다독거려 재워놓고

"글쎄 어떻게 하겠단 말이야."

하고 이번에는 정색을 한다. 성옹도 민망한 듯이 따라 웃으며

"어떻게 할지."

적적히 말하였다.

신수는 갑자기 눈물이 글썽해지며

"우리 두 사람이 형같이 동생같이 수년을 지내왔거든 이제 새삼스럽게 자네가 날 버리고 내가 자넬 버리면 그게 어디 당한 말인가."

"아니 내가 자넬 버리려는 게 아니라 하도 염의가 없으니……"

"그럼 내가 계집 취해 자네를 도와주었더란 말인가 그렇게 안단 말인가.

근 십년 같이 있던 자네까지 날 그렇게 안단 말인가?"

"그렇지는 않네만."

신수는 크게 웃으며

"글쎄 그럴 리야 없겠지만 내가 하도 미친놈 같으니 자네가 아마 겁을 집어먹고 도망가려는 줄 알았네."

신수가 성옹의 어깨를 툭툭 치고 자리에 쓰러지니 곧 들보를 울릴 듯한 코고는 소리가 들리었다.

과연 다음날부터 신수의 정의는 더욱 무르녹아 성옹을 섬기되 꼭 형과 같이하고 그를 사랑하되 손아래 동생같이 하니 보는 사람들이 모두 괴상해하여 일방 그의 갓난애 같고 거울 같이 맑은 마음에 감탄하였다.

성옹은 더욱 늙어 다시 나무도 하지 못하고 밭도 가꾸지 못하였으나 신수는 조금도 싫은 상을 하지 않고 더욱 따뜻이 위하며 어디 가서 고기를 먹으면 술을 가지고 와서 혹 성옹이 없는 이로 딱딱한 것을 삭이지 못할 때는 씹어까지 주었다.

몇 해후에 성옹이 늙어 죽으매 신수가 애곡하고 후히 장례하여 한 가지도 빠짐이 없으니 칭찬하지 않는 자가 없으나 신수는 여전히 마이동풍 격으로 들은 체도 안 하고 태연하였다.

* * *

그러나 성옹마저 잃은 뒤에는 그렇듯 정력이 절륜하던 신수도 점점 노쇠해지며 강열하던 성욕조차 줄어드는지 그리 색까지 탐하지 않았다.

신수를 가장 사랑하던 사람은 당시 명상(名相)신현이다.

신현의 고향은 파주이므로 어릴 때 신수와 자주 상종하여 놀았으니 신수는 비록 나이 어리나 여러 가지 괴행(怪行)이 많아 우스운 소리 잘하고 남의 흉내 잘내고 더욱 마을 여편네들에게 대하여 행하는 장난이란 그야말로 천하의 가관이었다.

나중 신현은 벼슬하여 재상자리까지 올랐으나 항상 이 괴동을 잊지 못하던 중 마침 부모의 상(喪)을 만나 귀향곡(歸鄕谷)하였으므로 이리저리 소문을 듣고 보니 당시의 괴동이야말로 금시의 괴승 신수다.

서로 옛날을 회고하여 왕래하며 다시 여러 가지 이야기로 날을 보냈다.

"가문도 괜찮고 집안도 넉넉하였거늘 어찌 하필 중이 되었는가."

신현의 묻는 말을 묵묵히 듣고 있던 신수가 발성대소하며

"글 싫고 재물 싫고 영화 싫은 몸이 무엇이 되겠소."

한다. 신현도 옛날 보던 괴동의 기억이 삼삼하여 빙그레 웃으며

"그러면 대처식육(帶妻食肉)을 말아야지." 하니

"색을 취하고 미식을싫도록 하고보니 이제 내 마음은 아무 의심이 없고 아무 소원도 없소이다. 그러니 이 어찌 여래의 마음이 아니면 나한의 마음이 아니겠소."

하였다. 신현도 무릎을 치며

"참 귀한 마음이라고"

하고 칭찬하니 신수 갑자기 정색을 하며 꿇어앉아

"세상 사람이 어리석어 재물을 보면 들이쌓지마는 이몸 한번 죽으면 남 줄 것이 아닙니까? 그러니 생전에 잘 입고 잘 먹을 것이지, 죽은 뒤에 아무리 애통한들 무슨 소용이 있겠소이까."

가뜩이나 부모상 당하였던 신현은 이 적적한 풍자에 눈물까지 글

썽해지며

"옳은 말일세, 옳은 말일세."

하고 연해 탄복하니 신수는 더욱 기가 나서

"그러니 대감도 생전에 맛좋은 떡과 녹주(.酒)와 절육(切肉)으로 아침저녁을 잡수실 것이지 이러고 베옷에 소식을 취하시면 나중 돌아가신 후에 누가 건물(乾物)과 술잔이나 향 피움으로 관앞에 통곡한들 먹을 마음이 어찌 나겠소."

하며 합장하고 진령송경(振鈴誦經)하여 스스로 자기 혼을 부르며 사창하되

"신수 신수여, 네가 비록 이 세상에서는 미친놈 노릇을 했을지라도 왕생 극락하거던 참사람이 되어라"

하고 엎어져 대성통곡하니 소리가 온 집안에 울리었다.

신현이 놀라 만류하자 신수는 벌떡 일어나 껄껄 웃으매 사람들이 모두 정신 빠진 것 같이 되어 쳐다보는 속을 바랑을 걷어지고 인사말도 없이 달아나 버렸다.

* * *

신수는 나이 백 살이 넘고 크게 득도하여 왕생극락하였는데 그 시체에서는 발훈이 혁혁하고 기색이 화창하여 사람들이 모이어 화장할 때 공중에서 향기로운 바람이 일어 가시지 아니 하였다.

성옹의 두 아이는 그때까지 신수를 모시고 있었으니 이때 상복을 입고 애곡하여 보는 사람들까지 비창한 마음을 금치 못하였었다.

제04편. 후백제비화(後百濟祕話)

때는 경문왕 말년.

곳은 상주 가은현(尙州 加恩縣)의 어느 한적한 촌락이다.

그 촌락을 뒤로 장식하고 있는 작다란 언덕에 드문 드문 소나무가 서 있고 그 소나무 틈틈이로는 이끼 낀 바위가 비죽이 보이고 있다.

그 어떤 바위에 한 농군(農軍)이 앉아 있다.

그리고 그 농군의 곁에는 그의 아들인 듯한 열아믄살쯤 난 소년이 앉아 있다.

"그래서요."

지금껏 무슨 이야기를 하다가 중도에 끊었던지 소년은 자기의 아버지를 향하여 이야기의 뒤를 채근한다. 이 채근을 받은 아버지는 잠시 머리를 숙이고 앉아 있다가 다시 말을 꺼내 인다.

"그래서 말이로다."

그래서 신라는 우리 백제에게 원한을 품게 되었구나. 너무도 백제가 강하고 그 위에 연방 신라 각 고을이며 성을 배앗으니까 잔뜩 백제에게 원한을 품었구나.

그렇지만 신라는 우리 백제보다 힘이 약하니까 아무리 원한을 품었지만 할 수 없지 않겠느냐. 원수를 갑자기 원수를 갚을 만한 힘이 있어야지. 그래서 속이 끓는 것을 그냥 참았다.

그런데 그러는 동안에 우리나라 임금이 되시는 의자왕(義慈王)께서는 ―.

이러한 실마리로써 그 농군이 자기 아들에게 들려주는 이야기는 백제 망국의 이야기였다.

백제의 최후의 임금인 의자왕이 차차 나라 정사를 돌보지 않고 주색에만 잠기기 때문에 한때 강성하였던 백제가 차차 기울어지기 시작하였다.

그러는 동안 신라에서는 백제에 대한 옛날 원한을 풀기 위하여 극력으로 양병을 하고 또한 당나라에 빌붙기까지 하여 당나라의 세력까지 매수하였다.

이리하여 의자왕의 난정 때문에 백제는 나날이 약하여 지고 신라는 그 반대로 차차 강하게 되어 나당(羅唐)연합군의 백제 정벌이 벌어지게 되고 백제라는 칠백년 사직은 나당 연합군에 깨어져 나가고, 백제의 수천 궁녀는 낙화암에서 강으로 떨어져 죽고 의지왕은 당나라 장수 소정방에게 잡혀서 당나라 서울로 가서 거기서 외로운 최후를 보았다는 백제 망국의 사연을 들려주고 있는 것이다.

"이봐라. 우리가 지금 아무리 일개 이름 없는 농군의 집안이라고 하나, 우리 조상은 대대로 백제의 녹을 먹은 백제 명족의 줄기로다. 백제 망한지 이백년, 말하자면 우리가 신라 백성노릇을 한지도 오륙대가 넘고 백제 왕국의 자취는 지금 찾아볼래야 볼 수도 없는 지성이지만 그래도 우리는 백제의 후손이고 백제의 피를 받은 사람이로다."

아버지의 이야기를 잠자코 듣고 앉았던 소년은 그의 커다란 눈을 올려 떴다.

"아버지 그러면 신라는 백제를 정벌하기 위해서 당나라 군사와 결의를 했습니다 그려"

"그렇지."

소년은 또 잠잠하여 버렸다.

한참 뒤에 소년이 또 물었다.

"당나라 군사까지 함께 오지 않았다면 그래도 백제가 망했으니까?"

"글쎄 그건 지금 말할 수 없지만 아마 신라 하나만 넉넉히 당했으리라.

그래도 계백장군(堦伯)휘하의 작은 군사를 가지고 나당 연합군을 황산평원에서 4번을 간담을 서늘케 하였구나. 신라 단독으로는 그래도 우리나라를 당하지 못했으리라."

소년은 도로 내려 떴던 눈을 다시 굴려 서서 쪽벌을 바라보았다. 벌 뒤로 바야흐로 넘어가려는 햇볕에 소년의 눈에는 몇 방울의 눈물이 반짝였다.

— 이 농군은 백제유민(百濟遺民) 아자개(阿慈介)요 소년은 그의 아들 견훤(甄萱)이었다.

이 소년은 어린 시절에 기괴한 놀라운 일이 있었다.

이 소년의 아버지가 밭에서 농사를 짓고 있고 어머니가 젖먹이인 견훤을 붙안고 있다가 무슨 일이 생겨서 어머니는 어린애를 수풀에 내려놓고 일을 보러 갔다.

일을 끝내고 돌아와 보니 커다란 호랑이가 와서 젖을 먹이고 있는 것이었다.

이 놀라운 일을 보고 이 사연을 제 지아비에게 말하매 지아비는 다 들은 뒤에 그다지 놀라는 기색도 없이

"누설하지 마오."

하는 뿐이었다.

이 아자개의 집안의 근본에 대해서는 같은 동리의 사람들도 아는 사람이 없었다.

대대로 이(二), 산(三)대를 그 동네에서 살았다.

그러나 동네사람들과는 교제를 안했다. 몇 대를 이 동네서 살기는 살았지만 ― 그리고 이 동네가 모두 농사로 사는 사람뿐이라 그 집안도 농사로 호구를 하는 모양이었지만 농군답지 않게 자식에게는 반드시 글을 가르쳤다.

그리고 이런 농촌에서 이웃에 교제도 않고 지내면 자연히 동네에서 돌려나서 미움을 사는 법 이언 마는 동네사람들은 무슨 까닭인지 이 집안을 존경하였다. 근본도 모르고 교제도 안하는 집안이나 존경할 필요도 연유도 없지만 인격상으로 저절로 머리를 숙이는 것이었다.

남에게 경어를 쓸 줄 모르는 농군들이언만 아자개의 집안을 얘기할 때 뿐 은 반드시 '그 집'이라지 않고 '그 댁'이라 하였다. 그리고 그 집 소년은 도련님이라는 농촌에 다시없는 명칭으로 불렀다.

단 한 가지 조금 그 내력을 엿 볼 수 있는 일이 생긴 적이 있었
다.

당주 아자개에게는 형이 하나 있었다.

그 형도 아직 소년 시절의 일이었다. 그 형 되는 사람은 좀 성미
가 괄괄한 위에 입이 빠른 사람이었다.

그 소년이 어떤 때 동네 아이들과 싸움을 하였다. 싸움을 하며
서로 곱지 않은 말이 오고 갈 때에 그 소년은

"우리는 너의 한향 천인들과는 근본이 다르다 우리는 금지옥엽이
야."

하고 호령한 일이 있었다.

집에서는 낮잠을 자고 있던 소년의 아버지가 이 소리에 뛰쳐나왔
다. 그리고 두말없이 제 아들을 끌고 들어갔다. 끌리어 들어 갈 때
에 소년의 얼굴은 공포 때문에 창백하게 되었다.

이 변변치 않은 사건이 있은 뒤 소년(아자개의 형)은 하늘로 솟았
는지 땅으로 새었는지 종적이 없어지고 말았다. 그리고 그 소년의
동생 되는 아자개를 후사로 정하여 버렸다.

동네의 참견 좋아하는 늙은이들이 어떻게 아자개의 아버지를 행
길에서라도 만나서

"맏 도련님은 이즈음 안 보입니다그려 누워 앓습니까."

하고 물으면 아버지는

"장사차로 멀리 떠나보냈습니다."

하고 상세한 대답은 피하고 하였다.

이리하여 선대(先代)가 작고한 뒤에 아자개가 당주가 된 것이다.

아자개는 제 아들 견훤을 가꾸는데 무척 애를 썼다.

이 집안이 대대로 그렇게 한 바와 마찬가지로 아자개로 견훤을 소년 적에는 결코 농사에 내세우지 않았다. 집에서 학문을 가르치고 벌에 내보내서 무술을 연습케 하고 — 이렇듯 농군에게는 적당치 않은 학문만 가르쳤다.

더욱이 어렸을 때에 호랑이가 젖 먹이는 것을 본 뒤로부터는 이 아들을 더욱 힘써 가꾸었다.

그리고 틈 나는 대로 늘 제 아들에게 이백 년 전의 백제 망국의 곡절을 들려주곤 하였다.

백제 망한지 이백 년 — 다시 말하자면 신라가 당나라의 힘을 빌려 가지고 백제를 집어 삼키고 고구려까지를 없이 해 버린 지 이백 년 — 이리하여 삼국을 통일한 신라에서도 임군이 스무 번 가까이 갈린 경문왕(景文王) 말년.

본시 이 경문왕(景文王)은 희강왕(僖康王)의 증손자로서 화랑(花郎)으로 있었으며 그때의 응겸(應兼 — 흑왈(或曰) 응소(應少)이라 하였다.

선왕 현안왕 때에 응겸이 임해전에서 왕께 뵈올 때 그때 왕과 문답을 하는 중에 그 대답이 너무도 용하므로 왕의 사랑을 사고

"짐에게 두 공주가 있는데 하나를 네게 줄 테니 마음대로 택하라."

는 고마운 말씀까지 들었다.

그때에 응겸은 작은 공주를 취하기로 내정하였다. 큰 공주보다 작은 공주가 자색으로 훨씬 앞서는 것이었다. 그래서 취하는 이상에

는 자색이 앞서 공주를 취하려 하였다.

그런데 그때 응겸의 낭도(郎徒)로 있던 범교사(範教師)가 응겸의 이 의견에 단연 반대하였다.

"그것은 안 됩니다. 맏 공주를 취하십쇼. 지금 여기서 밝히 말할 수는 없지만 맏 공주를 택하시면 세 가지의 좋은 길이 있습니다."

그리고 이 범교사는 응겸의 수많은 낭도 중에서 가장 슬기로운 사람이었다.

응겸은 맏 공주가 그다지 달갑지가 않았다. 그러나 지혜 많은 범교사가 이렇듯 한사히 말하는 것을 보면 거기는 무슨 곡절이 있을 듯하였다. 그래서 왕께 맏공주를 줍시라고 하였다.

그런데 행인지 불행인지 현안왕은 이 새 사위를 맞은지 석달 뒤에 승하하셨다.

현안왕에게는 아들이 없었다. 그래서 이 왕위는 맏 사위되는 응겸에게로 구울러 들어오게 되었다.

의외에도 신라 왕위를 얻은 응겸 — 변하여 신왕께 범교사는 곧 달려와서 하례를 드렸다.

"이전 폐하 잠룡시대에 소신이 일찍이 세 가지의 좋은 일이 계시겠다고 아뢴 것이 있습니다. 지금 그 세 가지가 다 이루어졌으니 첫째로 상 공주를 맞이하셨기 때문에 대해왕께서 폐하를 더욱 귀히 보시었고 둘째로 상 공주를 맞이셨기에 천승의 위에 오르셨으며 세째로 흠모하시던 버금공주는 지금 폐하의 어의 하나에 달리셨으니 이 세 가지 좋은 일이 아니오니까."

이리하여 범교사의 지혜의 덕으로 응겸 화랑은 신라왕이 되고 선왕의 상을 치른 뒤에는 버금공주를 제 이(二)의 왕후로 책립을 하였다.

상 공주를 택한 덕에 지금 저절로 버금공주까지도 뜻대로 되었다. 그러나 왕에게는 아직도 사랑의 불만이 있었다.

즉 이전 한낱 화랑시대에 사랑을 주고받던 설씨가 지금도 그냥 처녀를 지키고 있는 것이다. 왕도 설씨와의 사랑이 그의 첫사랑이니 만치 아직도 설씨가 가장 왕의 마음을 끌었다. 그래서 버금공주를 맞은 이듬해에 설씨마저 후궁으로 대궐로 들이었다.

왕의 마음은 인젠 만족하였다. 오래 벼르던 사랑이니 만치 왕은 제일(一)왕후 제이(二)왕후를 모두 버리고 설씨만을 돌보았다.

일이 이렇듯 되매 제일(一)왕후 제이(二)의 두 왕후의 마음이 편할 리가 없었다. 더욱이 자기네는 지금 왕후라 하나 선왕의 직계요, 지금의 왕은 비록 왕이라하나 자기네를 아내로 삼은 덕에 왕이 된 것이니까, 말하자면 데릴사위 격이었다. 이러한 견해까지 붙고 보니 왕과 설씨가 좋게 지내는 것이 눈에 거슬리기 짝이 없었다.

게다가 설상가상으로 설씨의 몸에서 왕자까지 탄생되었다. 그리고 왕은 설씨를 사랑하느니 만치 왕의 사랑은 설씨 몸에서 난 왕자뿐을 사랑하고 자칫 하다가는 그 왕자가 세자로 책봉이 될 형편이었다.

여기서 제 일(一), 제 이(二)의 두 왕후의 책동이 맹렬하게 되어 일관(日官)을 매수하여 일관으로 하여 금 왕께 설씨 탄생의 왕자를 모함하였다.

처음에는 좀체 왕은 일관의 말을 믿지 않았으나 열 번 찍어서 안 넘어가는 나무가 없는 격으로 드디어 일관의 참소에 속아서 이 설씨와 및 그 탄생의 왕자를 죽이기로 하였다.

그러나 설씨는 왕사에게 죽은 바 되었으나 왕자만은 유모가 미리 빼어낸 덕에 죽음은 면하였다. 그 대신 창황 중에 너무 덤비기 때문에 유모가 그릇하여 그의 오른편 눈을 찔러서 애꾸눈이가 되었다.

이렇게 애꾸눈이는 되었지만 그래도 목숨은 분명히 부지되었으니까, 아마 지금까지도 어디 그냥 생존해 있을 것이다.

그러나 유모에게 안겨 몰래 도망한 이래 십(十)수년간을 세상의 표면에 나타나지 않았다.

지금 왕은 이 왕자에게는 육신의 아버님이건만 또 한편 어머님을 죽인 원수이다.

지금 제일(一), 제이(二)의 왕후는 단지 어머님의 원수일 따름이요 다른 은원은 없다.

왕실에 대하여 이러한 입장에 서 있는 한 소년이 지금 이마 어느 곳에서 고이 고이 생장을 하고 있을 것이다.

이런 일이 있느니 만치 대궐은 늘 불안 중에 쌓여 있었다.

그리고 또한 가정적으로 이만한 어지러운 사건을 가지고 있느니 만치 신라의 정국은 매우 어지러웠다.

백제와 고구려를 정복하고 통일한지 벌써 이 백년 남아 — 처음 병합을 한 뒤에는 신부의 백성을 회유하기 위하여 여러 가지 좋은 정치도 베풀고 힘도 많이 썼다.

그러나 신라의 정치가 차차 어지러워감을 따라서 그런 원방까지를 돌볼 여유가 없게 되었다. 옛날 고구려의 강역은 지금 명색은 신라에 편입되었다 하나 사실로는 이 하늘 아래 주인 없는 땅이 되었다. 거기는 백성은 있지만 관리가 없고 사람은 있지만 통솔자는 없었다.

옛날 백제의 강역은 신라본토에서 비교적 거리가 가까우니 만치 지방관도 보내고 경질을 하고 하지만 이것도 역시 표면뿐이지 내용으로는 역시 주인 없는 땅이었다.

신라왕의 세력은 신라 본토에 미치지 못하는 데가 많으니 어찌 신부의 영토까지를 살필 수가 있을까. 소의 왕화(王化)라 하는 것은 얻어 볼 수도 없고 어지러운 정태 아래서 이 오(五) 천리의 강역은 어디로 쓰러질지 예측할 수가 없을 지경이었다.

정국이 이렇게 어지럽다는 소문은 흐르고 흘러서 상주 가은현의 초라한 농촌에서도 사람들이 모이기만 하면 서로 수군거리었다.

이리하여 신라의 온 나라가 안정되지 못한 상태 아래서 서로들 수군거리는 경문왕 말년의 어떤 날이었다.

아자개의 아들 견훤은 뒷벌 건너 어떤 못가에 가서 하루 종일을 혼자서 머리를 숙이고 무슨 생각을 하고 있었다. 이날 뿐 아니라 이전에도 벌써 엿새를 연해서 여기 와서 생각한 것이었다.

찰싹!

물결이 뛰논다. 보니, 붕어새끼 한 마리가 수면에까지 후더덕 올라 뛰어다가 도로 물로 떨어졌다.

소년은 생각에 잠겼던 얼굴을 조금 들고 못물을 내려다보았다.

못물 위에 비친 소년, 자기의 그림자, 그것은 소년이라기에는 너무도 숙성되고 침울하고도 패기에 넘치는 얼굴이었다.

"으 — ㅁ"

때는 지금이로다. 우리 조상의 원수 — 칠백년 백제의 원수, 얼마나 오래 누릴 줄 알았더냐. 겨우 이백년이로구나. 제 힘만으로도 부족하여 비열하게 도 당나라의 힘까지 빌어 백제를 망하게 하고 또 다시 고구려를 집어 삼키기에 몇 만 년 잘 누릴까 했더니 겨우 이백년이냐.

돌이켜 보건대 지금으로부터 이백년 전 나당 연합군의 모진 발에 밟히어 의자왕은 천승의 몸으로 멀리 당나라까지 포로가 되고 왕족 이하 귀현 궁인 들이 모두 사자수(泗泚水)의 원귀로 화한 뒤 천도가 있으면 어찌 이 원을 못 알아보랴.

무엇보다도 당나라의 힘을 빌어서 백제를 망케하였다 하는 점이 이 소년에게는 억울하였다. 그리고 한 나라를 없이함에 있어서 그 나라의 왕과 및 왕족들을 좋은 벼슬로 대접을 하거나 그렇지 않으면 도륙을 했다 하는 일은 옛날의 예에도 있으되 당당한 천승지주를 만리타국으로 보내서 객귀가 되게 하였다는데 더욱 분하였다.

이 소년 견훤의 집 대대로 아비가 자식에게로 자식은 손주에게만 비밀히 전하여 내려오는 말로 듣자면 자기네 집안은 이백년 전에는 당당한 백제의 왕족이었었다 한다. 그러면 지금 자기가 신라에게 대하여 품은 원한은 한개 백제사람으로서의 망국한 이외에 또 한 백제 왕족으로서의 망가지게까지의 아우른 셈이다.

지금 신라 사직이 어지러운 때를 타서 한번 일어서서 사내의 기개를 뽐아 볼 수 없을까. 넓게는 칠백년 백제의 원한을 풀고 좁게는 자기 집안의 원수를 갚아서 이백 년간 소멸되었던 백제왕을 재건해 볼 수 없을까?

— 소년답지 않은 이런 엉뚱한 공상을 하노라고 견훤은 매일 이 조용한 못가에 와서 날을 보내는 것이었다.

이렇듯 홀로이 생각하고 생각하기를 반삭간이나 한 뒤에 어떤 날 밤 견훤은 집안이 모두 잠들기를 기다려 제 아버지 아자개를 가만가만히 흔들었다.

"응? 누구냐?"

한참 잠이 들었다가 깜짝 놀라 깨는 아버지에게 견훤은 귀에 입을 갔다 대고 속삭였다.

"아버지. 저는 오늘 밤, 어디로 좀 먼 길을 떠나겠습니다."

아버지는 두 말이 없었다. 벌떡 몸을 일으켜다 그리고 아들의 손목을 잡고 덜레 덜레 끌고 밖으로 나왔다.

부자는 후원으로 돌아갔다. 후원 조용한 곳까지 이르러서 아버지는 비로소 물었다 —

"어디로 떠나느냐."

견훤은 대답을 못하였다. 정처 — 목적한 곳이 없는 것이었다.

"응?"

"낙화암이나 잠깐 가보고 — 그 뒤는 정처가 없습니다."

"무얼하러?"

"백제왕국을 재건하겠습니다."

예기하였던 대답인 모양이었다. 아비는 그다지 놀라지도 않았다.

"네 힘이 넉넉할 듯하냐?"

"모르겠습니다. 이제부터 힘을 기르겠습니다. 십(十)년 ― 십(十)년 이 부족하면 二十[이십]년 三十[삼십]년, 사십[四十]년 ― 한을 품고 넘어지든가 백제국을 재건하든가 둘 중에 한 가지의 끝장을 보겠습니다."

이말을 듣고 아버지는 한참을 감개무량한 듯이 잠자고 듣고 있다가야 입을 열었다.

"때는 가장 좋다. 하지만 아직 네 힘이 부족할듯하구나. 좌우간 떠나는 너를 말리지 않으마. 성공해라. 부모가 집에 있는 것을 잊어 버려라. 이 세상에는 너보다 윗사람이 없다는 신념을 굳게 가져라. 만약 이후 언제든 후백제국이 건설되었다는 소문만 들리면 이 늙은이가, 그때까지 요행 죽지 않고 살아 있으면 그때 너의 발아래 가서 꿇어 엎드려 절하마. 군신이 되기 전에는 다시 안 보겠다."

넘어가는 초승달 아래서 이 부자는 마지막 작별을 고하였다.

이튿날부터 견훤의 모양은 상주 가은 현에서 다시 볼 수가 없었다. 동네사람이 이상히 여겨서 물으면 멀리 장사로 떠났다 하는 뿐이었다.

이리하여 자기의 고향에서 사라진 견훤의 모양은 그로부터 수일 후 부여 낙화암 근처에 나타났다.

하루 종일을 견훤은 낙화암 낭떠러지에 앉아서 울어 보냈다. 그리고 날이 기울어서야 거기서 발을 떼어 보냈다.

이렇듯 고향을 떠난 뒤 잠깐 부여에서 모양을 나타냈던 견훤은 그 이튿날부터는 완전히 이 세상에서 자취를 감추었다.

가은현의 한 이름도 없는 소년이 엉뚱한 야심을 품고 제 아비에게 하직을 고하고 정처 없는 길을 떠나서 다시 소식이 없이 된지도 벌써 수년간. 신라의 왕실은 더욱 어지러워 갔다.

그때의 왕이던 경문왕이 승하하고 경문왕의 제 일(一)왕후의 소생인 태자가 신왕으로 들어앉았다.

신왕이 등극하였을 때에 신라왕실에는 태후가 두 분이 있었다. 즉 경문왕의 제 일(一)왕후 제 이(二)왕후다. 이 고귀한 두 과부를에워싸고 온갖 추잡하고 더러운 일이 생겨났다. 신왕은 몹시 심약한 분이라 재위 十一[십일]년간을 두 분 태후의 추잡한 행사에 마음을 쓰느라고 국정은 조금도 여가가 없이 지내다가 여기에 대한 심화 때문에 아직 청춘의 몸으로 승하한 것이었다.

이 왕이 승하하자 이 왕대는 후사가 없었다. 그래서 왕의 근친 중에서 신왕을 세우지 않을 수가 없게 되었다.

여기서 두 분 태후의 경쟁은 백열화 하였다. 제 일(一)태후에게는 대행왕 밖에 공주가 또 한분 있었다. 제 이(二)태후에게는 아드님이 있었다.

제일(一)태후는 당신 소생(대행왕의 동복여동기)을 세우려하였다.

제이(二)태후는 당신의 소생왕자(대행왕의 이복남동생)를 세우려 하셨다.

이리하여 왕위를 두고 두 분의 경쟁이 백열화 하게 되었을 때에 재상 위홍(魏弘)이 가운데 나서서 제이(二)태후 소생의 왕자를 세우기로 하였다.

위홍이 이렇게 결정하기까지는 별별 내막이 다 있었으니 즉 제이(二)태후는 당신 소생의 왕자를 세우기 위하여 아직도 자색이 적지 않게 남아 있는 당신의 몸을 아낌없이 위홍에게 내어 맡긴 것이다. 만약 정통(正統)으로 내려가자면 대행왕께는 서자(庶子)나마 요(嶢)라 하는 아드님이 있었다. 그리고 왕위 승통에 있어서는 적서를 그다지 따지지 않는 게 선례였었다. 그럼에도 불구하고 두분 태후는 직접 자기의 소생을 왕위에 올리고자 이렇듯 추잡한 경쟁을 한 것이다.

이 경쟁의 승리자로서 왕위에 오른 정강왕(定康王)은 불행히 병약한 위에다가 환경이 너무도 순조롭지 못하여 재위 일(一) 뒤에 승하하였다.

이왕마저 승하하면 이번에는 왕위가 어디로 굴러 가려나.

당시 신라의 정국을 한 손으로 쥐었다 폈다 하는 사람은 재상 위홍이었다.

국왕일지라도 위홍의 세력을 대하지를 못하였다. 더욱이 위홍은 이번의 국왕을 왕위에 올려놓은 사람이며 신왕의 모후 되는 정부 되는 사람이매 이 위홍의 세력이야말로 당당하였다. 정강왕이 승하하매 그 뒤에 왕을 세울 권한은 오로지 위홍의 손에 달린 것이다.

이때에 대행왕의 이복 여동생이요 먼젓번 왕위 쟁탈전에서의 실패자인 공주(제일(一)태후소생)가 스스로 자기의 몸을 위홍에게 내어 던졌다. 일찍이는 자기의 어머님인 제일(一)태후의 정부요 그 뒤에는 자기의 이모인 제이(二)태후의 정부이던 위홍에게 공주는 스스로 자기의 몸을 내어 던진 것이다.

이리하여 공주가 신왕으로 들어앉게 되었다. 신왕인 진성여왕은 성질이 음탕한 사람이었다. 그는 처녀로서 몸을 위홍에게 내어 맡겼을 뿐 아니라 위홍이 죽으매 미소년들을 연하여 내전으로 불러 들여서 온갖 난잡스러운 일을 다 하였다.

왕실이 이만치 어지러웠졌으니 정치가 온전할 수가 없었다.

각처에 도적이 일어났다. 도적은 무리를 모아서 변경을 침략할 뿐만 아니라 성을 치고 도시를 빼앗아서 그 성의 수령들을 쫓아 보내고 스스로 도독(都督)이라, 혹은 장군이라 일컫고 백성을 호령하는 것이었다.

이러한 무리 중에 가장 세력이 강성한 자가 북원(北原) 양길(梁吉)의 부하 궁예였다.

이전, 경문왕의 총희 설씨의 몸에서 난 왕자로서 그새 수십 년간을 숨어 있다가 세상이 어지러운 이 기회를 타서 망모의 설움을 갚으려고 맹렬히 일어선 것이었다.

그러나 신라 정부에서는 이 궁예의 작패를 막을 도리가 없었다. 궁실이 어지럽고 나라가 피폐한 신라로서는 궁예의 하는 대로 방임할 밖에는 도리가 없었다.

그리고 일변으로는 그래도 어떻게 좀 당해보려고 늦어나마 군훈 병련을 시작하였다.

늦게나마 시작한 국방군의 훈련이 국내 여기저기 있었다.

진성여왕 오년. 명주에는 궁예가 웅거해서 그 근처 십여 군을 호령하고 그 기세가 하늘을 찌르는 듯하기 때문에 신라 서울의 민심은 자못 흉흉하였다.

궁예가 이제 몇 번만 더 움직이면 이 서울까지도 그의 발에 밟힐 것은 명확하였다. 이렇기 때문에 서울의 민심은 여간 흉흉하지 않았다.

그 어떤 날 낮이었다.

민심은 **흉흉**하지만 민심 따위는 모르노라는 듯이 온화한 가을해가 서쪽으로 넘어 갈 때였다.

이 서울 뉘 집에서 시작된 말인지

"견훤이 오늘 입성한단다."

하는 소문이 떠돌기 시작하였다.

한입 건너 두입 건너 소문은 삽시간에 서울 장안에 쭉 퍼졌다. 그리고 이 소문이 퍼지는 것과 동시에 사람들의 얼굴에 나타나 있던 암담한 그림자는 약간 씻긴 듯 하였다.

지금부터 십(十)수년전 경문왕 말년에 백제 부여에 몸을 나타내었다가 사라져 버린 견훤도 그 뒤 어떤 생활을 하였는지 아는 사람이 없다.

이리하여 십(十)수년 후, 한창 북원 도독 양길이 성하고 그의 부하 궁예의 작패가 나날이 심하여 갈 때 갑자기 서울에 나타난 견훤은 군사 되기를 지원하였다.

한창 신라에게서는 군사를 모집하던 중이라 곧 군사에 뽑혔다.

군사에 뽑히매 그의 용기와 담력과 지모는 차차 상관에게 알린바 되어 짧은 기간 동안에 상당한 지위에까지 오르게 되었다.

이러다가 발탁되어 어느 서남쪽 해안에 수자리 살러까지 가게 되었다.

그의 담력과 지모는 거기서 더욱 나타났다. 서남쪽 해안은 옛날 백제 강역으로서 신라 서울에서는 상당히 먼 곳이므로 왕하도 잘 미치지 못할 뿐더러 이즈음 뒤숭숭한 세태에 들떠서 도적도 꽤 성한 곳이었다. 그러한 곳에 가게 된 견훤은 수 적은 군사로써 늘 적을 물리치고 깨뜨려서 그 용맹과 지모에 관해서는 조정에서도 익히 아는 바가 되었다.

궁예의 세력이 더욱 왕성해지매 조정에서는 궁예 방비책을 강구하던 나머지 견훤을 불러서 이를 막으려고 진성여왕이 친히 견훤을 부른 것이었다.

이리하여 왕명에 의지하여 견훤은 왕께 뵙고자 서울로 오게 되었다.

서울 사람들은 이 갑자기 이름이 나기 시작한 무장을 보고자 길모퉁이마다 꾸역꾸역 모여 섰다. 지금 꺼져 버릴 듯한 신라의 사직을 의탁코자 왕명으로 부르는 무장이니만치 어딘가 좀 다르게 생긴 데가 있으리라고 희망과 호기심을 반씩 가진 마음으로서 견훤의 입성을 기다리고 있었다.

막하 2-3인을 데리고 견훤이 서울에 당도한 것은 황혼이 가까워서였다.

멧더미와 같은 커다란 몸집의 소유자였다. 그의 몸집이 그렇듯 크니만치 얼굴이며 그 얼굴에 있는 이목구비가 모두 놀랍도록 크게 생긴 사람이었다.

그다지 작지 않은 말께 올라앉았는데도 마치 얼른 보기에는 보통 사람이 강아지를 탄듯하였다.

그 커다란 선이 굵은 얼굴에는 담력이 어디 있는지 지모가 어디 있는지 단지 움칠할 뿐이었다.

견훤은 성하에게까지 이르렀다. 이르러서 약간 머리를 들고 한번 사면을 살피었다. 왕명으로 부른 이상은 왕사가 성문까지 와서 맞을 줄 믿은 것이었다.

한번 둘러 본 뒤에 그는 눈썹을 푸들푸들 떨었다. 그리고는 다시 아무 말 없이 천천히 말을 문 안으로 들여 몰았다.

문안에도 왕사가 없었다. 여기서 견훤의 눈썹은 다시 한 번 떨었다. 그런 뒤에는 다시 살펴보지도 않고 말을 천천히 몰아서 대궐을 향하였다. 길 연변에 꾸역꾸역 둘러서서 자기를 보며 무슨 공론들을 하는 백성들은 안중에 두지 않고.

이리하여 대궐에까지 이른 견훤은 대문을 지키는 수문장에게는 아무 말도 없이 승마한 채로 들어가려 하였다.

이것을 보고 수문장이 달려 나왔다. 나와서 창으로서 그의 길을 가로 막았다.

견훤은 두말이 없었다. 말 머리를 돌릴 뿐이었다. 그리고 그 길로 말을 천천히 몰았다.

견훤이 왔다가 그냥 돌아갔다는 것을 대궐에서 안 것은 그 이튿날 오정이 거의 되어서였다.

대궐에서는 견훤이 왜 돌아갔는지 그 심사를 알 수 없었다. 그래서 즉시로 사람을 달려서 견훤을 따라가서 다시 오라고 하였다. 그러나 거기 대해서 견훤은

"대궐에서 받지 않으니 할 수 없습니다."

하고 그냥 자기의 수자리로 향하여 길을 계속하였다.

왕이 대신들을 불러서 다시 회의를 한 결과 견훤에게 비장(裨將)

이라는 무직을 주어서 그의 마음을 회유하고 다시 부르기로 작정한 것은 그로부터 이삼일 뒤였다.

견훤은 다시 어전에 불렸다.

그의 거대한 몸집은 여왕의 앞에 꿇어앉기에는 어울리지 않았다. 그의 선굵은 얼굴을 푹 수그리고 여왕의 하문에 뚜억 뚜억 대답하는 양은 오히려 가관이었다.

여왕은 견훤에게 일천의 군사를 맡겨서 궁예 토벌의 길을 떠나기를 명하였다.

여러 남성(男性)을 이미 맛본 이 여왕이 과거의 경험에 의지하여 애교와 미소로써 견훤에게 국사를 부탁할 때에 견훤은 다만 무표정한 얼굴로 간간 머리를 더 수그릴 뿐 대답을 하는 일이 없었다.

그날 밤, 왕이 지정해준 객사로 물러나온 견훤은 밤새도록 잠을 못 이루었다.

뜰에 교자를 갖다 놓고 밤이 새도록 거기 묵묵히 앉아 있었다.

역시 침울한 얼굴이었다. 침울한 기침 소리가 간간 울렸다.

밤중에 그의 막하 한 사람이 상관을 근심하여 가까이 가 본 일이 있었다.

견훤은 누가 가까이 오는 것도 모르고 있는 듯 하다가 갑자기

"물러가 자거라."

마치 맹호의 부르짖음과 같은 호령이 내리므로 막하는 몸서리 치고 처소로 물러갔다.

이튿날 왕이 준 일천 정예를 인솔하고 토벌의 길을 떠났다.

삼사일 간은 무사히 갔다. 연변의 남녀노소들은 궁예토벌군 이라

고 환대가 여간하지 않았으며 성에 들면 성주 이하의 대접도 각별하였다.

이러한 삼사일이 지나서 서울서 거리가 좀 멀어진 때쯤 하여서 저녁 때 어떤 성에 들어갔던 이 궁예 토벌군은 갑자기 창끝을 들어서 그 성을 빼앗았다.

성은 마음 놓고 있던 때이며 더구나 도독 이하가 모두 견훤 영접에 눈코 뜰 새가 없던 때라 견훤은 한 군사도 꺾이지 않고 그 성을 빼앗았다. 그 성에 있던 군사 오백 명도 견훤의 막하에 편입되었다.

여기서부터 비로소 견훤의 태도는 선명하게 되었다.

그 이튿날부터는 견훤은 마치 창 맞은 맹호였다. 동으로 치고 서로 치고.

그의 손 안에는 일천 오백 명의 군사가 있었다. 견훤이 치면 반드시 함락이 되고 함락이 되면 반드시 몇 백 명의 군사를 얻게 되고 ─ 이리하여 십여 일간을 좌충우돌한 뒤에는 그의 막하에는 오천 명이라는 적지 않은 군사가 달리게 되었다. 이 오천이라는 대군으로서 그가 드리친것은 신라의 웅성(雄性) 무진주(武珍州)였다. 무진주도 삽시간에 함락이 되었다. 이 무진주까지 함락이 된 뒤에는 견훤은 스스로 서서 왕이 되었다.

견훤은 왕이 되었다.

그러나 그는 국호(國號)도 세우지 않고 벼슬도 베풀지 않고 자기 혼자만 스스로 왕이라 일컬을 뿐이었다.

그가 지금 웅거한 곳은 그냥 신라의 영토였다. 그가 거느린 군사는 신라 본종이었다. 이러한 환경 아래서 백제를 회복한다고 그의 본의를 피력하였다가는 도리어 민심을 잃을 염려가 있었다.

그래서 그는 스스로 왕이 되었지마는 국호도 세우지 않고 벼슬도 베풀지 않았고 더욱 힘 기르기에 주력을 하였다. 그리고 이제 이 힘을 더 길러 가지고 서쪽으로 뻗어 나가서 옛날 백제의 고토를 회복하고 그 곳에 자리를 잡을 때에 비로소 국호를 세우고 벼슬을 베풀 심산이었다.

그의 막하 장졸들은 자기네 왕, 견훤에게 이런 엉뚱한 생각이 있는지 꿈에도 알지 못하였다. 그리고 자기네 상관이 인젠 왕이 된 것을 기뻐하고 상관이 왕이된 이상에는 자기네들에게도 상당한 벼슬이 내리려니 하고 적지 않은 기대로소 기다렸다.

신라는 이때에 있어서 사실 사분 파열의 형태였다.

견훤이 서남쪽으로 차차 세력을 펴나가는 반면으로 경문왕의 세자 궁예는 또한 북쪽에서 그의 지반을 차차 넓히었다. 궁예는 칭왕(稱王)은 하지 않았지만 스스로 장군이라 일컫고 명주에 자리를 잡고 승령삭 영(僧領 ― 朔寧) 임강 장단)(臨江 ― 長湍) 등까지도 점령하고 개성까지도 그의 손아래 들어갔다.

이 땅은 모두 옛날 고구려의 강역으로서 신라가 당나라와 연합을 하여 고구려를 망케 한 뒤에 한때는 신라영토에 편입되어 신라정부의 통치하에 있었으나 날이 가고 달이 감을 따라서 신라의 정치가 어지러워 가매 미처 국내사도 보기가 힘든데 어느 하가에 그런 먼데까지를 보살 필수가 없었다. 그래서 명색은 신라 판도의 일부라 하나 신라 정부 호령 아래 있는 땅이 아니었다. 이 주인 없는 땅에서 궁예는 마음대로 강역을 넓히며 인심을 수습하고 있었다.

궁예의 실력은 지금 칭왕을 할지라도 누가 그것을 꺾을 사람이 없을 만치 되엇으나, 그는 그래도 아직 칭왕을 하지 않았으니 그것은 궁예의 목적이 견훤의 목적과 근본적으로 다른 까닭이다.

즉 견훤의 목적은 신라라는 나라는 있건 없건 옛날의 백제의 강토를 회복하면 그 뿐이다. 백제라는 나라를 재건하는 것이 이 견훤의 목적이다.

그러나 궁예는 새 나라를 건설하는 게 목적이 아니었다.

신라 경문왕의 서자로 태어난 궁예의 목적 하는바는 신라 사직이었다. 아직도 신라 궁실에 살아 있는 제일(一) 제이(二)의 두 태후는 궁예의 망모의 원수이다. 이 원수를 갚을 겸 차차 신라왕이 되고자 하는 것이 그의 목적이었다.

그런지라 그의 판도가 일국을 건설할 만 하고 그의 실력이 일국을 건설할만한 하되 아직도 왕이라 자칭하지 않았다. 그의 목적은 신라왕이지 다른 왕이 아니었다. 그런지라 임시로 스스로 장군이라 일컫고 호시 탐탐히 신라의 사직만 엿보고 있었다.

후일 견훤과 대립되고 더욱이 신라 왕실은 견훤이 보호하는 바가 되어서 궁예 자기의 힘으로서는 신라사직까지는 도저히 엿볼 수 없게 된 때에 할 수 없이 스스로 왕이 되고 국호를 마진이라 하고 후에 태봉이라 하였지만 이때는 아직도 신라의 사직만 엿보던 때라 신국 거설은 염도내지 않던 때였다.

이 궁예가 북쪽에서 옛날 고구려의 강역의 대부분을 차지하고 국민을 호령하는 한 편으로는 서남쪽으로 견훤이 신라 본토 안에서 칭왕을 하면서 나날이 옛날 백제의 강역을 회복하여 들어갔다. 그 밖에도 여기 저기 작은 도적들이 일어나서 제 각기 몇 성 씩을 빼앗고 혹은 도독이라 혹은 장군이라 칭하며 스스로 백성을 호령하였다.

이렇게 사면을 뜯기올 신라는 지금은 삼국정립시대의 신라의 강역보다도 훨씬 좁은 범위 안에서 밖에 왕령이 미치지 못하였다.

이러한 난국 안에서 갈팡질팡하다가 진성여왕도 또 승하하셨다. 그리고 그의 조카 되는 분이 새로이 왕위에 오르게 되었으니 그가 즉 효공왕(孝恭王)이다.

이 효공왕 三[삼]년 — 즉 견훤이 스스로 칭왕한지 구년 드디어 견훤의 세력은 완산주에까지 폈다.

백제의 옛 터도 인제는 자기의 손아래로 들어왔다. 완산주가 함락되던 날, 부하 장졸들은 모두 전승의 축하연을 열고 정신없이 좋다고 날뛸 때에 그들의 왕인 견훤은 홀로 사람들을 물리치고 외따른 곳으로 가서 하염없이 울었다.

한개 홍안 소년으로 무너진 백제를 재건하자는 커다란 야심을 품고 아버지의 슬하를 떠난 지 춘풍추우 이십칠(二十七) 성상 — 스스로 칭왕을 한지도 벌써 구(九)개성상이지만 당년의 홍안소년이 지금 중노(中老)의 역에 이르러 비로소 이백년 전 백제의 강역의 일부분을 회복하였다.

"이다음 군신의 예로써 너를 다시 보지 그 전에는 다시 보지 않겠다."

당시의 홍안 소년인 자기가 웅지를 품고 떠날 때에 이렇게 격려

해 주시던 아버지 아자개도 지금은 벌써 황천객이 된지도 오래다.

그새 근 삼십(三十)년을 품속에 깊이 간직하고 잇던 아버지의 족자를 눈앞에 걸어 놓고 이 왕은 그 아래서 하염없이 울었다.

"아버님을 비롯하여 그새 원한 잡수진채 황천으로 가신 아홉 대의 조상님들. 지금 소자는 조상님들의 신령의 도움으로써 백제의 구역을 회복하였습니다. 의자왕의 원한 잡수신 최후를 회복할 날도 머지 않을 줄 압니다. 이(二)백여년 전 그날 우리의 임군 의지왕을 당나라로 물아낸 신라왕의 후손을 소자의 눈앞에서 자결을 시켜 보겠습니다. 그 때에 낙화암에서 떨어져 죽은 수많은 궁녀들의 원한까지도 신라 궁실에 반드시 보복을 하고야 말겠습니다. 끝끝내 조상님들의 신령의 도움을 부어 주시기를 바라옵니다."

성내에서 어지러이 울리는 환희의 가두성을 듣는 둥 마는 둥 견훤왕은 밤이 깊도록 홀로 울고 있었다.

이튿날 견훤왕의 포고문이 비로소 나붙었다.

— 이(二)백여년전 비겁한 신라가 당나라의 힘까지 빌려가지고 우리 백제를 망케한 이래 백제의 유민된 자로서 망국지한을 울지 않는자 뉘더냐.

과인(寡人)은 백제 왕족의 후예로서 백제 망한지 구(九)대째 내려오면서 대대로 백제 회복을 꾀하다가 드디어 성취치 못한 조상의 신령의 도움과, 백제 천만 유민의 힘을 아울러서 싸우기 구(九)년, 오늘날 여기 이(二)백년 전에 없어진 백제 사직을 재건한다.

망국의 한을 울던 백제유민은 모두 모이었다. 너희들이 그새 신라에게 받던 그 고초의 대신으로 과인은 너희들에게 안락과 태평을 주리니 포악한 신라의 학정에서 울지 말고 이 낙원으로 모여들라.

이제 과인이 너희에게 맹세코 실행하려 하는 것은, 위로는 옛날 의자왕께서 맛보신 고통의 잔보다도 더 아프고 쓴잔을 지금의 신라왕에게 품갚음으로 할 것이요, 아래로는 그새 이(二)백년간을 망국의 유민으로서 맛본 온갖 고달픈 입장에서 너희들을 구하여 올려서 우리 시조 고온조(高溫祚)의 시절과 같은 안락과 태평을 무한히 너희들에게 부어 줄 것이다.

너희들은 과인과 함께 이 후백제의 만만세를 축하하자 ——

이런 뜻의 포고가 옛날 백제의 강역 방방곡곡에 붙었다.

국호는 후백제(後百濟)라 하였다.

그새 구(九)년 간을 왕이라 자칭하면서도 벼슬을 베풀지 않고 조(朝)를 열지 않던 견훤은 국토를 세운 뒤에 비로소 관제를 세우고 국가로서의 의식을 차렸다.

견훤이 혼자서 칭왕을 할 때에는 세상에서는 비교적 냉담히 보았다. 군웅(群雄)중의 한 사람이거니 이쯤으로 보아 두었다.

그러나 국호를 후백제라 하고 그의 태도를 선명히 할 때 백제의 유민들은 환호성을 지르며 견훤의 날개 아래로 모여 들었다.

나라를 잃은 지 반 오(五)백년, 망국인의 한을 통절히 느끼고 있던 백제유민들은 이 새로 선 후 백제의 날개 아래로 모여들지 않을 수가 없었다.

후백제 왕으로서 정식으로 즉위를 하고 조하를 처음 받는 날, 신왕의 궁실이 떠나 갈 만치 만만세를 부르며 돌아가는 그 소란스러운 백성들의 소리에 귀를 기울일 때 이 신왕의 얼굴에는 비로소 명랑한 미소가 떠올랐다.

 그리고 이 미소는 신왕이 한낱 무명 군인으로 있을 때부터 가까이 지내던 신왕의 장수들조차 이십칠(二十七)년이라는 짧지 않은 세월에도 본 일이 없는 가을하늘과 같은 맑은 미소였다.

제05편. 적괴유의(賊魁有義)

1

홍건적(紅巾賊)괴수 장해림(張海林)은 강부인(康夫人)이 딸아 바치는 술을 한숨에 들이켜고

"안주를 어째 아니 가져와."

하고 소리를 지른다.

방 밖에 일상 1)등대하고 있는 2)소해가 괴수의 3)질자배기 깨지는 소리 같은 음성을 듣고 몸을 한번 바르르 떨고는 주방으로 달음질을 쳤다.

"장군께 바칠 안주 좀 얼른 주."

이렇게 4)동독을 해서 가지고 나온 안주란 새끼돼지를 통으로 구은 것이었다. 어른의 토시짝만한 애 돼지 몸이 간장을 발라가며 구워서 검붉은 빛으로 먹음직스럽게 구워져 있다.

소해는 큰 쟁반에 그 것을 담아 가지고 눈높이에 까지 번쩍 쳐들

---

1) 미리 준비하고 기다림.
2) 열네댓 살의 어린 종.
3) 둥글넓적하고 아가리가 넓게 벌어진 질그릇.
4) 감시하며 독촉하고 격려함.

어 바치고 괴수의 방문 밖에 이르렀다. 가면서 몇 번이나 침을 꿀떡꿀떡 삼키었다. 나도 언제나 이런 돼지를 통으로 먹어보나 하고……

"이놈아 그걸 먹기 좋게 저며 오지, 저런 무지 한 놈이 있나."

또 한 번 호령이다.

5)무정지책이다. 소해는 일상 보아 오기를 장군님들이 새끼 돼지를 먹을 때는 으레 통으로 갖다 놓고 뜯어 먹거나 베어 먹거나 하는 것이기 때문에 오늘도 무심히 그대로 온통으로 가져온 것이었다. 그러나 6)재하자가 장군께 말대답하는 것은 첫째 군율이 용서 않는 것은 무식한 소해인들 모를 리가 없었다. 그래서 그는 울듯이 얼굴을 찡그리며 다시 그것을 들고 나가려고 하는 것을 강부인이 은쟁반에 구슬이 구르는 듯한 고운 음성으로

"소해야 이리 가져온."

하여 다시 불러들이며 괴수를 바라보고

"이것을 저며 자시면 무슨 맛이 있어요. 이것은 이렇게 자셔야죠."

하고는 소해의 손에서 쟁반채 받아 가지고 새끼돼지 곁에 놓아온 식도를 들어 가슴패기에서 하복부까지 한 일자로 한숨에 내리갈라버린다.

복부로서는 하얀 김이 뭉깃뭉깃 나오고 동시에 익어진 창자의 육취가 코를 찌른다.

---

5) 아무 까닭 없이 책망함. 또는 그런 책망.
6) 손아랫사람(나이나 항렬 따위가 자기보다 아래이거나 낮은 사람).

2

장괴수는 물끄러미 강부인의 하는 양을 바라본다.

얼굴을 보면 벌레 한 마리 죽는 것도 보지 못할 듯한 상냥하고 고운얼굴이오 음성을 들어보면 남에게 큰 소리 한마디 잘 하지 못할 듯한 인자한 음성을 가진 여자로서 어쩌면 저렇게 무지한 짓을 하는 것인가. 설혹 죽은 것일지라도 돼지의 형체 그대로를 가진 것을 단 한칼에 배를 가르다니.

장괴수는 강부인에게 대한 애정이 일시에 식어지는 것과 같았다.

장괴수는 다른 장수와 달라 자기의 직업과는 아주 정반대의 반면을 가진 사람이었다.

일찍이 부모를 여이고 어느 절에 소승으로 들어가서 다년 목탁소리와 풍경소리 속에서 자라났다. 그러다가 그 절이 어느 해에 산적에게 약탈을 당하여 당우(堂宇)가 불타버린 후에 그 역시 환속을 하여 이리저리 굴러다니다가 필경 홍건적 괴수 한 사람이 되고 만 것이었다.

그렇기 때문에 인명을 초개같이 보는 그들 가운데서도 이상한 성격의 사람으로 지(목)을 받아 한편으로는 그의 지략을 존경하면서도 한편으로는 '인백정생부처'라는 긴 별명으로 조소를 받는 터이었다.

그러한 이중성격자(二重性格者)인 장해림은 술을 그리 많이 먹지 않는 대신 계집을 좋아하였다.

그러한 성격이 고려 태생의 강부인을 삭풍이 7)늠렬한 금주(金州)

───────────

7) 추위가 살을 엘 듯이 심하다.

산성에까지 끌고 오게 한 것이었다.

강부인은 고려(高麗) 서울 개경(開京)에서 이조(吏曹) [8]고직(庫直)으로 있는 하상유(河上裕)란 자의 아내이었다.

때는 공민왕(恭愍王) 십년 시월, 홍건적은 십만 군사를 거느리고 압록강을 건너 삭주(朔州) 무주(撫州) ― 무주란 고을은 지금의 영변 근처 ― 등을 침략하여 성을 점령하고 [9]장구하여 안주를 쳐 서경을 점령하고 말았다.

조정에서는 이 패보를 받고 당황망조하여 평장사 김용(平章事金鏞)으로 원수를 삼아 이 적군을 토벌케 하였지마는 파죽지세로 쳐들어오는 십만 대군의 예봉을 막아낼 장비가 없어 김용이하 여러 장수는 단기로 도망해 버리고 적기는 도성 가까이 쳐들어 오게되매 공민왕은 급거히 난을 안동 땅으로 ― 하는 수밖에 없었다.

3

임금과 장수를 잃은 도성의 주민들은 한개 무력한 양(羊)의 무리에 지나지 아니 하였다.

홍건적은 칼에 피칠 하지 않고 개경을 점령하고 여기서 수개 삭을 묵고 있는 동안 갖은 행패를 다하였다.

불쌍한 주민들 부자거나, 가난하거나 한 집도 빼놓지 않고 그들의 약탈을 받지 않은 자가 없었다. 전곡은 오히려 둘째이었다. 얼굴이 반반한 아녀자로 그들의 수욕의 희생이 되지 않은 사람이 없었다.

---

8) 관아의 창고를 보살피고 지키던 사람.
9) 말을 몰아서 쫓아가다.

도망하려니 성문을 굳게 지키어 나가지 못하게 하고, 있으려니 이 약탈과 10)봉욕, 주민들은 진실로 산지옥에 빠지고 만 격이 되었다.

그러나 많은 여자 중에는 교묘히 은신을 하여 봉욕을 면한 사람도 없지는 않았지마는 주민 중에도 적군에게 아첨하여 이런 것을 고자질하여 기어코 봉욕을 시키고 그 대신 자기 일신의 안온을 도모하는 자가 있었다.

이러한 간악한 인물이야말로 어느 시대 어느 곳에든지 반드시 있고야 마는 것이다.

이조 고직이 하상유의 아내는 불행히 미인이었다.

아내가 미인이라고 그것이 불행될 리는 없는 것이지마는 이러한 시절을 당하고 보니 미인 된 것이 불행이라 아니 할 수 없다.

여느 때에는

"제 ― 기 내 참 천지조화도 괴상하지. 얽박고석에다가 사람이나 똑똑한가. 평생 가야 고직이든 면치 못할 위인에다가 그런 계집을 점지하다니."

"허어 저 자식 또 생강짜로군. 오늘도 봤니?"

"차라리 눈에나 띄지 말지. 오늘도 그 집 담뒤를 지나려니까 김장을 하느라고 부산한 모양이데그려."

"그래?"

"그래 아니 담으로 슬쩍 넘겨다보지 않았나."

"그게 못쓴단 말이야 이 자식아. 대낮에 남의 집 담은 왜 넘겨다보는 거야."

---

10) 욕된 일을 당함.

"안 보고 배기겠던가. 담 안에서 종달새 지저귀 듯하는 계집의 음성이 나는데, 그래 부랄 달린 위인으로야 그냥 지나?"

"그래 어서 이야기나 하게."

"쓱 넘겨다보니까 팔을 걷어 부치고 배추를 씻는데 팔뚝이 어찌 흰지 배추 줄거리보다 더 희겠지. 그리고 수건으로 허리를 질끈 졸라맨 폼이 여보게 그대로 꿀떡, 어이"

하고 말하던 자는 어깨를 으쓱하고 자라목을 만들며 혀를 내민다.

"저 자식 저러다가 정말 미치겠어."

"이 자식아 나는 미치더라도 너나 행여 상사병 들릴라."

"상사병은 틀렸네. 짝사랑은 될는지 모르지만."

"하여튼 사람 죽이게 잘 생겼어. 담 넘어서 사람이 넘겨다보는 줄 알면서도 새침을 뚝 떼고 더 아양을 부리고 있겠지. 사람 죽이더라. 그런 계집하고 하룻밤만 살아봐도 원이 없겠더라."

"자식도."

"이따 이 녀석아 너는 안 그럴 테야? 더 할 자식이 음흉스러워서 아닌 체 하지."

이러한 평판을 듣던 하가의 아내 강씨도 시절이 시절이라 요즈음 와서는

"여보게 하가의 아내는 어찌 됐다든가."

"어디 가서 숨었는지 도무지 형용을 안한다네 그려."

"잘 생긴 것도 화근이야."

"서방 작자의 꼴 좀 보지. 요즈음 바싹 말랐데. 근심이 돼서."

"안 그러겠나? 예쁜 마누라도 이런 땐 도리어 걱정이야."

"그렇지만 끝내 성할까 몰라."

4

이런 뒷공론을 듣게 되었다. 그러더니 아닌 게 아니라 끝내 성하지 못하게 되고 말았다.

이조 서리로 있는 자 하나이 자기 일신의 안전을 도모하기 위하여 괴수의 한사람인 장해림에게 곡간지기 하가의 마누라가 천하의 일색이란 것을 고자질하였다.

물론 그가 이것을 고자질하게 된 이유에는 자기 일신의 안전을 도모하기에도 있었지마는 또 하나는 강씨 부인에게 뜻을 두고 불의의 야욕을 채우려다가 서방 작자에게 눈치를 채어서 뜻을 이루지 못하였던 11)숙념도 있던 것이었다.

이것이 바로 그들 적도들이 이 개경을 버리고 다시 도망해 나가게 되는 사흘 전 일이었다.

사흘만 참아 주었다면 강씨 부인의 기구한 생애도 없었을 것이고, 남편 하가의 비극도 일어나지 않고 말았을 것을 몹쓸 놈은 이조 서리 그놈이었다.

강부인의 소식을 들은 장해림은 주린 범 같이 그를 요구하였다.

물론 그들이 바라는 바로 아니 될 것이 없는 때이라, 강부인은 남편 작자가 땅을 두드리며 통곡하는 광경을 뒤로 하고 장해림의 본진으로 끌려오지 않을 수 없었다.

장해림은 놀랐다 강부인을. 한번 본 장괴수는 그의 미모를 기뻐하

---

11) 숙원(宿願)

였다느니 보다 놀랐다는 것이 적절한 형용일 것이다.

그는 그날로 강부인을 자기 곁에서 12)촌시를 내놓지 않았다.

남편 하가는 친구란 친구, 상관이란 상관 집을 돌아다니며 울며불며 아내 강씨를 어떻게 해서라도 빼어 내 달라고 애걸복걸하였다.

그러나 그것은 물론 허사이었다.

친구나 상관이나 누구를 물론하고 겉으로는

"가여운 일일세."

하고 위로를 하지마는, 돌려 세워 놓고는

"글쎄 어림없는 사람이지, 지금 이 지경에 뺏긴 계집을 도로 어떻게 찾아낼 도리가 있단 말이야."

하고 도리어 청하는 사람을 그르게 아는 형편이었다.

5

충의의 의병은 각지에서 일어났다. 그래서 관군과 어울리어 개경 적군을 소탕코자 쳐들어 왔다.

그 중에도 이성계 장군이 통솔하는 이천 명의 정병은 선봉이 되어 개경에 박두하였다.

개경에 13)두류한지 수삭에 술과 계집에 전의를 잃은 홍건적은 이제 다시 더 싸울 용기가 없었다.

그리하여 적도들은 마치 머리를 잃은 송사리떼 모양으로 개경을 내던지고 도망하였다.

---

12) 촌음(매우 짧은 동안의 시간).
13) 체류(滯留)

이때 처녀의 몸으로, 또는 유부녀의 몸으로 그들에게 끌리어 도망하는 수효가 이루 헤아릴 수 없었다는 것도 결코 허황한 소리가 아니었다.

장괴수 역시 물론 강씨 부인을 이끌고 도망하였다.

한번 밀리기 시작한 홍건적은 다시 회군하여 자웅을 결할 힘이 없어 제각기 하루라도 빨리 강을 건너려고 눈을 흡떴다.

이리하여 장괴수 역시 강씨의 손목을 끌고 개경을 탈출한지 이십일 만에 부하 수백 명과 이 금주 산성으로 돌아온 것이었다.

여기서 그들은 다시 장졸을 모아가지고 이번에는 원나라를 들이칠 계획을 하고 있었다.

그들은 개경에서 도망해온 패군이라 할지라도 사기는 조금도 14) 저상되지 않았었다. 원래 개경을 습격한 것이 고려온통을 들이마시려는 것은 아니었다.

그들은 원래 적도인지라 도처에서 금품을 약탈하고 부녀를 간음하는 것이 목적이니 나라를 세우거나 뺏거나 하자는 커다란 목적이 있었던 것은 아니다.

홍건적의 최고 괴수라고 할 만한 유복통(劉福通)이란 자는 원나라를 뒤집어엎자는 커다란 뜻이 있었겠지마는 부하군졸에 이르러서는 대개가 토비의 무리들이라 아무런 주의 줏대가 없었다고 해도 과언이 아니었다.

그러하기 때문에 이번 개경의 실패를 실패로 생각하지 않는다.

수삭 동안 평안히 놀다가 왔다고 생각하는 터이다.

---

14) 기운이 없어지다.

그러므로 이로 해서 그들의 사기가 저상되었다고는 볼 수가 없다.

더구나 장괴수는 극히 만족하였다.

금품보다도 강씨 부인을 얻은 것이 큰 기쁨이요 만족이었다.

그의 미모는 이러한 무미한 생활에 젖은 장괴수의 가슴에 일맥의 보드라운 위안을 주는 보배이었다.

그런데다가 근자에 와서 더욱 그를 기쁘게 한 것은 강씨 부인의 태도이다.

그는 처음 끌려 올 때는 그래도 다소 고향을 그리워하여 침울한 낯을 하는 때가 가끔 있더니만 요즈음 와서는 그런 내색은 조금도 없고 괴수의 아내 생활을 지극히 만족히 여기는 빛이 농후하여졌다.

이들의 생활에 차차 익어가고 그리고 또 괴수의 아내라는 자긍과 부하들의 존경에 대한 허영이 이제 완전히 강부인의 머리를 지배하며 이 생활이 고향의 생활보다 호강이라는 생각을 먹게 되었다. 이러한 눈치를 짐작하는 장괴수는 뻔히 어떻게 대답할 줄을 알면서도

"여보 부인 고향 생각이 나지 않소?"

하고 물어보는 것이었다. 그러면 강부인은

"고향 생각을 하면 진저리가 나는걸요. 누가 가서 그 가난한 살림을 다시 하게요."

하고 남의 말하듯이 하고 나서

"왜 인제 아마 장군은 날 내버리시려고 하시는 말씀이구려."

이렇게 건성으로 비꼬이기까지 하였다.

"버리긴 왜 버려 이것을 버리고 난 무슨 재미로 살게."

하고 귀여워서 못 견디는 듯이 강부인의 팔을 잡아당기는 것이었
다.

6

새해가 되었다.

워낙이 몹씨 추운 이 땅의 겨울, 더구나 지난해 눈이 몹시 와서
길로 쌓인 것이 얼어붙어서 그 위를 스쳐오는 바람은 살을에이는
듯하였다.

이름만이 봄이지 아직도 엄동이었다.

그러나 정월 명절이 다 지나가지 않은 이 산성에는 술의 봄이 왔
다. 오늘도 술 내일도 술, 술로 새고 술로 저물었다.

추위 같은 것은 문제가 아니었다. 군졸들은 화톳불을 여기저기에
다가 지펴놓고 그 화톳불을 중심으로 술을 마셨다.

평소에는 술을 많이 먹지 못하도록 제지하는 괴수들도 정월 보름
까지는 무제한으로 내버려 두는 법이었다.

정월 열 이튿날 밤, 달이 꽤 밝은 밤이었다.

화톳불 가에 둘러앉아서 노래를 부르며 술을 마시고 있던 군졸
하나이

"저게 뭐야"

하고 턱으로 저편을 가리킨다.

술에 취해 몽롱한 시선이 일제히 그리로 쏠린다.

"웬 놈이야."

달빛에 비취인 것은 정체를 알아볼 수 없는 한 개의 사람이다.

무엇을 입었는지 모르되 하여튼 동료는 아니다.

수상한 인물 !

간자(間者)?

그들의 머리에는 차디 찬 의심이 번개같이 스친다.

"누구냐?"

소리를 질러도 아무 대답이 없다. 다만 이편을 향하여 걸어온다.

수상한 인물로 이 편 사람에게 들켰으면 의례히 도망을 할 것인데 이것은 웬 작자인지 이리로 걸어온다.

그러나 그것이 더 수상도 하고 무섭기도 한 점이라고도 할 수 있다.

여럿은 우 일어나서 그 수상한 인물을 둘러쌌다.

"누구냐?"

"네, 수상한 인물이 아니올시다. 멀리 고려 개경에서 찾아온 놈이올시다. 여기가 장장군이 계신 산성이오니까!"

아닌 게 아니라 말하는 것을 들어보니 서투른 말씨가 고려 사람이 분명하다.

그제야 여럿의 얼굴에 안도의 빛이 떠오른다.

"그래 누구를 찾아 왔어?"

"장군께 뵈올 일이 있어?"

"아니올시다. 장군께 뵈올 일이 있어 온 것이 아니라, 소인은 장군께서 이리로 데리고 오신 강부인의 사촌 오라비인데 강부인을 만나 뵙고 여쭐 말씀이 있어서 머나 먼 길을 찾아 왔습니다. 이것을 드리면 아실 것이올시다."

하고 고이 춤에서 편지 한 장을 꺼내서 가까이 있는 부하에게 전한다.

7

"어떻거면 옳아, 먼저 장군께 아뢰고 나서 부인께 기별해 드리는 게 옳지?"

"글쎄."

"무얼 그럴 것이 있나, 고려 사람이 분명하고 사촌 일가 되시는 분이라는 데 먼저 부인께 아뢰게 그려. 부인께서 어련히 장군께 말씀하실 라고."

군졸들은 종잇조각 하나를 가지고 의논이 분분하던 끝에 부인께 먼저 아뢰는 것이 마땅하다는 설이 많아서 그중의 하나가 그 종잇조각을 들고 산성 내아로 달음질하여 갔다.

그 군졸은 가면서 이런 상상을 하였다.

이 종잇조각을 바치면 부인께서는 기뻐하시고 놀라시고 그리고 곧 공손히 모셔 들이라는 분부를 내린 후에 필연 우리들까지에 라도 다소의 행하여 집안에 경사가 있을 때 주인이 부리는 사람에게 주는 돈이나 물건. 심부름을 하거나 시중을 든 사람에게 주는 돈이나 물건. 품삯 이외에 더 주는 돈을 가지고 계시라라.

술 취한 몸에 괴로움을 모르고 꽤 동안 뜬 내아로 달음질하여 들어가며

"부인께서 반가워하실 소식을 가지고 왔으니 어서 전갈하슈."

하고 소리를 지른다.

시비는 그 소리와 그 꼴을 보고 역시 반색을 하며

"무슨 소식."

하고 종잇조각을 받아 가지고 부인의 방으로 종달음질을 쳤다.

"고려 개경에서 부인의 사촌 되시는 분이라고 하시는 분이 이 편지를 들고 산성으로 올라 왔답니다."

"사촌?"

하고 수상한 눈으로 그 종잇조각을 받으며 속으로

"내게 웬 사촌인가."

하고 그 종잇조각에 쓰인 글을 읽기 시작하였다.

거기에는 개경에서 통용하는 독특한 15)이속의 글로 한 두어줄 무엇이 적혀있다.

그것을 읽고 난 강부인은 안색이 싹 변하여서 종잇조각을 든 손이 약간 떨리었다.

극히 짧은 시각이었지마는 무슨 말을 하려다가 채 하지 못하고 입술만 실룩실룩하고 만다.

밖에서 하회를 기다리는 군졸은 아무 것도 모르고 있거니와, 기쁜 소식이란 말에 무엇인지를 모르는 대로 공연히 기뻐서 가지고 들어갔던 시비는 너무나 16)예기 외의 부인의 태도에 공연히 가슴이 덜컥 내려앉았다.

"이 사람이 문밖에까지 와서 있다더냐?"

---

15) 마을의 풍속.
16) 앞으로 닥쳐올 일에 대하여 미리 생각하고 기다림.

"성문 밖에 와서 대령하고 있다나 보아요."

"그럼 곧 나가서 그놈을 결박하여 하옥하라고 그래라."

시비는 자기의 귀를 의심했다. 그가 만일에 고향에서 온 반가운 손일진댄 결박하여 하옥시킬 리 만무한 일이 아닌가.

"어서 빨리 하옥하라고 그래."

머뭇머뭇하고 서서 있는 시비를 강부인은 이렇게 소리를 꽥 질러 꾸짖는다.

시비는 모로 방문 밖으로 튀어 나와서 고개를 기웃 둥하며 대청 밖으로 걸어 나온다.

이것은 과연 누구이던가?

개경에서 사랑하는 아내를 장괴수에게 빼앗기고 주야로 눈물로써 세월을 보내던 하상유 그이었다.

그는 홍건적이 개경에서 퇴군하여 나가기 전날까지 사방으로 돌아다니며 자기 아내를 구해주기를 간청하였다.

그러나 홍건적이 퇴군할 때에 애처 역시 그들에게 끌리어 가는 것을 보고야 완전히 절망의 구렁이에 떨어지고 말았다.

그는 하늘을 우러러 탄식하고 땅을 굽어 저주하였다.

그렇지마는 아무리 저주하고 울고 한들 붙들려간 아내가 돌아올 리는 만무하였다.

어떤 친구는,

"여보게, 오랑캐 놈들에게 잡혀간 아내를 생각하면 무얼 하나. 찾아온댔자 몸은 더러워진 사람이 아닌가. 그러지 말고 다시 장가를 들 생각이나 하게."

하고 위로도 아니오. 야유도 아니고 충고도 아닌 말을 권하기까지
하였다.

그렇지마는 하가는 웬일인지 아내에 대한 애착을 끊을 수가 없었
다.

얼굴만이 예쁘다고 해서 그런 것은 아니다. 자기의 온 생활을 아
내를 중심으로 해 왔고 또 아내 자신 역시 오랑캐에게 붙들려 간
것을 서러워하여 주야로 남편을 그리워하며 울고 있을 일을 생각
하매 가슴이 아프고 뼈가 저리는 것이었다.

아내는 필경 자살할는지도 모른다.

죽기 전에 한번 만나서 서로 원통한 17)서회(敍懷)나 하였으면 죽
어도 한이 없겠다.

이러한 생각으로 하가는 집과 세간을 말끔히 팔아서 노비를 장만
하여 가지고 개경을 떠났다.

홍건적이 간 곳이면 하늘 끝 닿는 데까지라도 쫓아가서 기어코
한번 만나 보리라.

이리하여 그가 압록강을 건넌 후에 풍편에 얻어 들은 말이 장괴
수는 지금 금주산성에 있다는 소문이었다.

그는 기뻐서 날뛸듯 싶었다. 그리하여 그는 18)허위단심으로 이
금주산성에 다다른 것이었다.

그는 성문 밖에서 종잇조각을 먼저 부인께 드리어 달라고 하고,
딴은 아내가 남편의 필적을 보게 되면 반드시 발바닥으로 뛰어나

---

17) 회포를 풀어 말함.
18) 허우적거리며 무척 애를 씀.

와 자기의 손목을 붙들고 통곡하리라고 믿은 까닭이었다.

그런 생각을 하매 하가는 성문 밖에서 하회를 기다리고 있는 동안에도 가슴이 울렁거리며 몸이 떨리는 것이었다.

8

전갈 갔던 군사가 달음질하여 나온다.

"어떤 하회?"

여럿의 시선은 그리로 쏠리고 하가 역시 가슴을 두근대며 전갈을 기다리었다.

"여보게 이리들 좀 와."

달음질하여 오는 군사가 여러 동료를 보고 외친다. 여럿은 그리로 마주 달려가서 전갈 군사를 둘러싸고 무엇을 잠간 수군수군하더니 별안간 와 하고 하가에게 달려들어 잡담 제하고 결박을 하는 것이었다.

하가는 꿈인가 하였다.

발바닥으로 뛰어 나올 아내 대신 결박이란 어인 일 일고.

"여보 날 어쩔라고. 이러우 내가 무슨 죄요?"

"죄 있고 없는 것을 우리가 알아? 분부가 결박 하옥하라니 그대로 하는 게지."

그 순간 하가는

"옳지, 이것은 장괴수 놈의 짓이로구나."

"내가 마누라를 뺏어갈 양으로 온 것이 아니다. 한번 얼굴이나 보면."

"무어 어째, 사촌이라더니 네가 부인의 전 남편이냐?"

하가는 그렇다고 대답을 하였다. 이왕 이렇게 된 바에야 숨길 것이 없다고 생각하였다.

"흥, 덜 된 자식."

여럿의 코웃음 소리가 난다.

"너의 아내란 분께서 너를 하옥시키라는 분부를 내렸어, 이 자식아. 짝사랑도 분수가 있지, 정신을 좀 차려라."

여럿은 하가를 끌고 가면서 이렇게 조소를 한다.

아 — 아내가?

귀밑머리 마주 풀고 십년을 살아온 아내가 수 천리 먼 길을 찾아온 남편을 하옥?

하가는 천지가 아득하였다.

"정말이냐?"

하가는 이를 악물고 이렇게 소리를 높여 부르짖었다.

"널 속여? 못생긴 자식"

여럿이 비웃는 소리를 귀밖으로 하가는 비분의 눈물을 흘리었다.

9

"원수의 그 놈이 이 먼 데까지 찾아 왔으니 어떻게 해요. 뱀 같은 녀석."

"몇 해나 같이 살은 남편이냐?"

"십년이나 살았지요."

"어지간히 네 생각이 나던 게로구나. 그래 먼 데까지 찾아 왔으니 한번 얼굴이나 보여주지."

"싫어요. 싫어요. 난 장군 밖에 모르게 된 계집이니까."

하고 아양을 떨고는,

"하옥을 시켰지요."

"그래 어찌 해 달라는 말이냐. 내 쫓아버리지."

"죽여 주셔요."

"죽여 달라?"

"죽여 버려야지 살려 두면 일상 꺼림칙해서 쓰겠어요?"

장괴수는 아무 말이 없이 무엇을 한동안 생각하고 있다.

"뭘 그리 생각하셔요."

"아니, 그럼 당장에 죽여 버리자."

하고 괴수는 까닭모를 웃음을 높이 웃는다.

10

장괴수는 대하에 무시무시한 좌기를 차리고 하가를 끌어 들이었
다.

"너 어째서 날 찾아 들어 왔노?"

"나는 당신을 찾은 일 없오. 아내를 보러 왔오."

"음"

장괴수는 잠시 말문이 막혔다.

"내가 그대에게 아내를 배앗기고 오늘까지 주야로 통곡을 마지않
은 것은 불쌍한 아내를 생각함이었소. 그대가 나의 아내를 내놓지
않을 줄을 모르는 것은 아니로되 내가 산 동안에 한번 아내를 만

나 답답한 가슴이나 말해 들리고 죽자고 여기까지 찾아 왔소."

하가는 각오한 것이었다. 인제는 살아나갈 수 없으니 맘에 있는 대로 말이나 하고 죽자는 것이었다.

"음, 불원천리하고 애처를 그리워 오는 남편의 마음은 19)가긍히 여긴다마는 너의 계집은 이미 전날의 네 계집이 아니다."

"아오. 그 년의 지금의 변심을 아까서야 알았소."

구슬 같은 비분의 눈물이 하가의 두 뺨에 흐른다.

"그러나 장군, 장군 역시 사나이면 이 내 가슴을 헤아려 알 것이 외다. 나는 그 년을 죽여 점점이 씹고 싶소. 그러나 나는 나의 어리석음을 인제야 알았소. 나는 그 년을 한번 만나 그 고운 얼굴에서 옛 나의 애처의 면형이나마 마지막으로 찾아보고 싶소."

하가는 고개를 숙이고 느끼어 운다.

장괴수의 두 눈에도 때 아닌 이슬이 반짝이었다.

"여봐라."

"네 — 이"

"부인 이리로 나오시래라."

이윽고 강부인은 몇 시비를 데리고 대청으로 나왔다.

"네 이전 남편이 너 한번 보고 죽겠다 하니 앞으로 나서서 얼굴을 보여라."

장괴수는 빙긋도 아니하고 엄연히 이렇게 명령한다.

그다지 독한 강부인도 몸을 잘게 떨며 수보 앞으로 나선다.

축대 아래서 얼굴을 들어 아내의 얼굴을 쳐다보는 하가의 눈에서

---

19) 불쌍하고 가엾게

는 비분에 타는 불길이 사람을 쏘는 듯하였다.

"네, 이년"

하고 악을 쓴다.

"아무리 오랑캐에게 몸을 버렸을지라도 마음은 살아 있을 줄 알았더니 — 네 이년, 내 이 자리에서 죽더라도 백번 살아나서 네게 원수를 갚고야 말테다."

강부인은 몸서리를 치며 한 손으로 얼굴을 가리고 몸을 돌리어 장군에게 애원한다.

"저 놈을 어서 죽여주세요."

11

"네 이놈 들어봐라, 너의 정경이 가긍하기로 살려 보낼까 하였더니, 너의 전 계집의 간청이 있으매 내 너의 목을 친히 버리는 것이니 그리 알아라."

장괴수는 환도를 빼어들고 대청 끝으로 나선다.

"오 — 죽여라. 내 이제껏 너를 원망했더니 이제는 네게 대한 원망도 미움도 없다. 얼른 죽여라."

"음 훌륭한 쾌남아."

장괴수는 감개무량한 듯이 잠시 대하를 내려다보더니

"얼굴을 들어라."

하가는 고개를 번쩍 든다.

그 순간 괴수의 환도는 공중에 날라 곁에 선 강부인의 목을 찍는다.

"악!"

하고 느끼는 계집의 비명과 동시에 강부인의 목은 대하에 떨어졌다.

여럿은 전기를 쏘인 사람같이 실색한 채 꼼짝도 못 하고 있고 하가는 부지 중 벌떡 일어섰다.

"놀라지 말라. 너의 정경을 가긍히 여기어 이 요독한 계집의 목을 베인 것이다 너의 죽음을 바라는. 년이 다음날 나의 죽음을 바라지 않으리라고 누가 장담할 것이냐."

하고 대하로 걸어 내려와 하가의 손목을 잡는다.

괴수의 손등에 뜨거운 눈물이 한 방울 두 방울 떨어진다.

제06편. 투환금은(偸煥金銀)

연산갑자사화(燕山甲子士禍)에 간신의 이름을 받고 죽은 한치형(韓致亨)의 문인으로 있던 조성산(趙誠山)은 처자의 권에 못 이겨 길을 떠났다.

오백여리 먼 길을 노자 겨우 열아문 냥을 지니고 길을 떠난 조성산은 과객질을 하며 가기로 방침을 정하지 않을 수 없었다.

그러나 그보다도 더 그의 가슴을 무지근하게 한 것은 처자가 굶주리는 참경을 차마 볼 수 없어 행여나 하고 길을 떠나기는 하였지마는 관서 백한감사(關西伯韓監司)의 심지를 잘 아는지라 과연 얼마의 전곡을 얻어 올 수 있을가, 그것에 대한 자신이 도무지 없는 일이었다.

"세상에 그런 인사가 어디 있겠소 아무리 인색하고 무정하다 할지라도 배은망덕도 분수가 있지, 설마하니 오백여리를 걸어간 노인을 그냥 돌려 보낼 리야 있소, 벼락을 맞을 일이지."

하고 이웃 사람들도 처자와 함께 권하는 것이었다.

누구나 지나간 일의 이야기를 들으면 그렇게 생각할 것이었다. 한치형은 단독자 하나 뿐으로 슬하에 자식이 귀하더니 급기 사화를 당하여 죽을 때에는 그 외아들조차 아직 강보에 싸여 있는 고단한 신세이었다.

게다가 더욱 비참한 것은 간신으로 몰리어 죽는 신세이라 재산은 몰수를 당하고 삼족이 다 함께 죽을 운명에 있었으니 방가위 멸문의 재앙을 당하는 터이라, 그 집의 은덕을 직접 간접으로 입은 문인들도 사방으로 헤어지고 일가친척도 화에 걸릴까 두려워하여 누구 하나 돌보려는 사람이 없었다.

그러한 정경을 본 조성산은 세상인심이 야박한 것을 한탄하고 격분하였다. 그래서 밤중에 남 몰래 강보에 싸인 한씨의 고아를 업어다가 자기 집에 감추고 유모까지 얻어서 길렀다.

다소라도 은의를 입은 한씨에게 은혜를 갚는다는 생각으로 위험을 무릅쓰고 그의 혈통을 이어 주려는 것이었다.

만일에 한씨의 고아를 숨겨 기르는 사실이 탈로 되면 조성산은 한씨와 동죄로 몰릴 것은 정한 이치이었다.

그러므로 이 비밀을 아는 막역 친구들은 자기네끼리 모이면

"참 갸륵한 일이지 후분(後分)에 복을 받으리."

하고 칭송을 마지않았다.

당시 조성산은 남부럽지 않게 사는 터이라, 자기 자식과 다름이 없다느니 보다 한층 더 한 고아를 애지중지하고 갖은 호강을 다 시켜가며 길러왔다.

글도 특히 독선생을 앉히고 돌아간 그의 아버지 한치형의 거룩한 인격을 이야기해 들리어 은근히 그의 성격에 좋은 영향이 끼치도록 하고 겸하여 적개심을 고취하여 발분케도 하였다.

이래저래 장가들 나이가 되매 조성산은 우선 관례를 시키고 그 사정을 아는 어느 상당한 집과 통혼하여 장가까지 드렸다. 그리고 집을 사고 세간 배치까지 하며 한 집안을 이루게 해주었다.

어렸을 때는 그런 줄 몰랐다가 차차 장성함을 따라 성정이 괴악하고 심지 가 착하지 못한 것이 들어나매 이웃 사람들은,

"조씨가 그러다가 기른 개에게 정강이 물리는 꼴을 당할 것을."

하고 애처로이 생각도 하고 또 직접 이런 말을 하는 사람이 있어도 조성산은,

"내가 무슨 덕을 보려구 했겠소. 내가 할 도리만 했으면 고만이지."

하고 들은 체 하지 않았다.

어언 이렇게 지내기를 십 수 년 하매 별로 생재할 길이 없는 조성산의 살림 은 나날이 줄어들어 가지마는 조는 한고아의 살림범백을 전부 맡아 해주었다.

한고아가 과거에 급제하여 종관(從官)이 되어 가는 때에도 제반 치행을 조 씨가 도맡아 해주었다.

이러므로 조씨의 형세는 극도로 영락하여 이제는 다솔식구에 그 날그날을 지내기가 곤란하게 되었다.

이때는 이미 가세가 풍유해 진 한가이건마는 은덕을 입은 조씨의 궁핍한 형세를 모르는 체 하고 돌아보지 않았다.

조씨 역시 조석을 제때에 먹지 못하는 형편에 있으면서도 한가의 심지를 아는지라 속으로 괘씸히 여길 뿐으로 한 톨의 쌀도 바라지 아니 하여 왔다.

그랬더니 이제 한고아가 평양감사로 영전되어 가서 있고 가세는 점점 극도로 궁핍하고 하니 자연히 생각나는 것이 한고아의 일인데다가 이웃사람들도,

"설마하니 오백여리 간 사람을 모르체야 하겠소."

해서 조씨의 마음을 움직이게 한 것이었다.

이리하여 조씨는 노경에 먼 길을 떠나게 된 것이었다.

길을 떠난 지 십여 일만에 조성산은 평양부중에 이르렀다. 도착한 것이 저녁때라 조성산은 낭택을 거꾸로 하여 보행 객줏집에서 하루를 자고 이튿날 감영에 이르렀더니 문금(門禁)이 엄엄하여

"무어 어째 감히 사또께 뵙겠다고, 이 사람아, 기의 행색을 좀 보아야 지."

하며 관속들은 조씨의 초라하고 남루한 의표를 보고 발 한걸음 들여놓지 못 하게 하는 것이었다.

조씨는 그들 관속과 다투기에는 너무나 착하였다.

그는 감영 부근을 방황하는 수밖에 없었다. 분함과 슬픔이 가슴에 치밀어 부지불각에 눈물이 옷을 적시는지라, 그의 걸음걸인들 어찌 평탄할 리 있으랴 행보가 차상하고 얼굴이 비감에 싸인지라 때마침 지나가던 감영 서리 한 나이,

"웬 노인이 온대 그다지 비감해 허슈."

하고 물어준다. 조씨는 대략 이야기를 하매

"그럼 이 장담을 뒤로 돌아가면 일각 뒷문이 있으니 그리로 들어가서 앞뜰로 돌아가면 거기가 바로 사또가 거처하시는 데입니다."

하고 친절히 가르쳐 주었다.

조씨는 그리로 들어가는 것이 떳떳한 행동이 아닌 것은 알지마는 지금 형편에 예의를 돌볼 수 없어서 그 뒷문으로 몰래 들어가서 앞뜰로 돌아가니 과연 한감사가 장죽을 물고 댓돌 위를 거니 던 중이라 조씨가 반가움을 이기지 못하여

"대감."

하고 부르는 소리에 이편을 바라보고

"아 이게 누구요, 조시어가 아니요."

조씨는 전일에 한치형의 덕으로 시어 초사를 얻어 하였던 것이다.

"그런데 별안간 아무 소식도 없이 어찌하여 날 찾으셨소."

조씨는 냉락한 감사의 말에 비감이 먼저 솟아오르는 것을 간신이 억제하고 대충대충 자기의 형편을 이야기했더니 한감사는 눈살을 찌푸리며

"낫살이나 자신 시어가 어찌 그리 생각이 없소. 감영 영문에 그대 같이 남 누한 외표로 날 찾았다니 그게 무슨 지각없는 일요. 그래 서야 나의 존엄이 어디 있겠소. 이 길로 나가서 수청방에서 기다리슈."

하고 돈에 대한 대답은 한마디도 하지 않는다.

조씨는 얼굴에 불을 담아 부은 듯이 부끄러웠다. 더구나 막객(幕客) 수삼 인이 역시 대상에서 내려다보는 이 자리에서 모욕을 당하매 차라리 죽느니 만 못하다고 생각하였다.

"여 봐라 ─"

"네 ─ 이."

"저손을 데려다가 수청방에서 묵게 해라."

"네 — 이."

범강장달이 같은 관졸은 조씨의 등을 밀다시피 하여 밖으로 몰아낸다.

조씨는 하는 수 없이 수청방으로 내몰리었다. 그러나 차라리 죽는 게 옳지 수청방에 앉아서 처분을 기다릴 수는 없었다.

그래서 그 길로 바로 영문 밖으로 나가려 한즉 서리 하나 이를 뒤를 쫓아 나오며

"여보쇼."

"……?……."

"사또께서 노자를 주시며 곧 서울로 가시라고 하십디다."

하며 돈 열아문냥을 내주는 것이었다.

조씨는 그 돈을 받지 않았다.

"노잣냥 얻으러 오백여리를 왔겠소. 감사께 오죽 가난해야 그러시겠냐고 도로 갔다 드리우."

하고는 밖으로 나왔다. 다소 어색한 기분이 풀리었다.

그러나 노자가 없는 것도 사실이요, 다리가 아파서 꼼짝을 못하는 것도 사 실이었다.

"에라 구걸하긴 매한가지다."

하고 하룻밤을 묵은 객주로 도로 와서 하루를 쉬기로 하였다.

봄의 평양도 좋으려니와 가을의 평양은 더욱 볼 만한 것이었다.

그러나 지금의 조씨의 형편은 그것을 구경할 형편도 되지 못하려니와 그리 할 생의도 없다. 그래서 아랫목에 누워 있노라니 윗목에서 무엇을 적고 앉아 있던 위인이

"처음 오신 노인 같은데 금수강산의 구경이나 하려 나가시지 어째 그리 누 워 계십니까."

하고 말을 건넨다.

"구경이 좋겠죠마는 그런 생각을 낼 처지가 되지 못허우."

"그게 무슨 말씀요, 구경하는 사람이 따로 있단 말씀요 허면 허는 게죠."

이것이 시작이 돼서 말이 왔다 갔다 하는 동안에 조성산은 평양 감사를 찾아 온 까닭과 이전에 지내온 바를 하소연 삼아 이야기하였다.

"저런 죽일………아니 그게 사람의 자식이란 말씀요."

"쉬 ― 그런 소리 함부로 마오. 무슨 화를 당할는지 아우."

"금일 동, 내일 서(今日東來日西)하는 낸데, 무슨 화가 온단말씀요."

하고 주인을 불러 술을 차려다가 대접을 하고 저녁대접도 자기가 돈을 내겠다고하여 당면의 기갈을 면하게 하여 주었다.

이튿날 저녁이 되었다. 조씨는 그날 밤부터 신열이 대작하여 꼼짝을 하지 못하였다.

이튿날 아침에도 일어날 기력이 없어하는 것을 보고 어제 과객이 약을 지어다 먹인다. 미음을 쑤어 먹인다 하여 저녁때는 생기가 돌았다.

"활인 부처란 곡곡이 있는 게지."

조씨는 속으로 이렇게 감사하기를 마지않았다. 그러나 지난밤에 신음을 하면서도 곰곰이 생각하였거니와 무면도강동도 분수가 있지 무슨 낯을 들고 집으로 갈 것인가.

굶주리는 처자식은 손을 꼽아 애비의 돌아오기를 고대할 것이 아니냐 말 께 전곡을 싣고 돌아오기를 기대하고…….

조성산은 세상을 비관하였다. 죽자, 죽어서 이 고해를 벗어나자 고생에 시달린 몸이 부질없이 살아 있어서 무엇 하리, 뒤에 남은 처자식이 불쌍은 하지마는 하다못해 남의집살이를 하더라도 제 입이야 먹지 못하겠느냐.

조성산은 한 많은 몸을 간신이 가누어 대동문 밖으로 나가 강 언덕에 쭈그리고 앉았다.

날이 캄캄하게 되면 몸을 강에 던져 죽으리라.

무심한 선인들은 제 때를 만난 듯이 석양이 비낀 강상에 노를 저으며 애수가 흐르는 뱃노래를 불러 상심된 조노인의 눈물을 자아내고, 깃을 찾아 날아가는 새 무리도 오늘은 유달리 뜻있게 지저귄다.

부지중 조씨의 눈에서는 하염없는 눈물이 흘러나려 옷깃을 적시는 것이었다.

오십사 세 한 평생에 마지막 이 땅에서 객사할 줄 어찌 알았으리.

그동안 한고에게 내준 돈만하여도 족히 평생을 살 것인데 나 좋아 주었으니 다시 뉘를 원망할 수는 없지마는,

"내 눈이 멀었던가. 내 눈이 삐었어."

하고 뉘우쳐지기가 한량없다.

이윽고 해는 서산에 떨어지고 붉은 노을이 서천을 물들였을 때

조씨는 마침내 강물에 투신코자 강편을 향하여 한 걸음 내어드렸었을 때 웬 거대한 젊은 사람 하나이 백마를 달려 가까이 와서 말께 내리며

"노인이 평양 감사를 찾아 온 서울 어른이시오니까?"

하고 묻는다.

"그렇소마는 어째 찾으시오."

"우리 장군께서 잠간 뫼서 오라구 해서 왔소이다."

(장군이라니 이 평양에 장군이 있는가?)

"장군이라니 중군영에서 오셨소.

"아따 그건 가보시면 아실 것이니 어서 말에 오르시오."

하여 어리둥절 하는 조씨를 휘몰아 말에 태워가지고 말을 모는데 집채 같은 군마가 어찌나 속히 달리는지 귀에 바람 소리가 잉잉하고 울릴 지경이었다.

조씨의 생각에는 부중 어느 곳인가 하였더니 말은 북문을 나서서 한 이십 리가량을 숨 쉴 새도 없이 달려간다.

"여보 장군이 어디 계시기에 이처럼 멀리 가우?"

"인제 얼마 아니 가면 됩니다."

하고는 더욱 말 볼기에 채찍질을 자주 하더니 어느 산길로 잡아들어 양장 같은 굽은 길을 산속으로 들어간다.

조씨는 어안이 벙벙하여 내심에 생각하기를 기위 죽으려고 한 몸이니 어디를 간들 무서울 게 있으랴 하였다.

이윽고 한 등성이를 넘어서니 거기에 고래 등 같은 기와집이 즐비하고 허다 한 사람이 나와서 조씨를 맞이하는 것이었다.

그리고 말께 내리는 조씨를 부축하다시피 하고 정청으로 올라가 방으로 들어가니 실내의 조도라든지 깔려 있는 비단 보료 등속이 이 집 주인의 부유함을 말하는 듯하였다.

앉아 있은지 조금 후에 장군이 나왔다. 그의 늠름한 풍도가 가위 장군이었다. 그는 공손히 인사를 하고

"전일에 지면이 없는 터에 먼데를 오시라고 해서 죄송하지마는 기실은 부 하의 보고를 들으니 당신께서 한감사를 찾아 왔다가 봉욕을 한다는 것을 알고 남의 일이라도 어찌나 의분이 일어나는지 며칠 동안 잘 노시고 가시게 할 양으로 뫼서 왔습니다. 나는 녹림에 몸을 숨기고 사는 위인이올시다 마는 의리 인정만은 다소 짐작하는 터이니 아무 기탄 마시고 노시다가 가십시오."

하고 동자를 부르더니 백반을 드리라는 영을 내렸다.

조씨는 너무나 의외의 일이라 대답을 못하고 있는 중에 배반이 들어오는데 산해진수란 이를 두고 말한 듯 전에 보도 듣도 못하던 진귀한 음식이 교자상에 그득히 배치하여 있다.

"가양 술이라 맛은 없어도 진국이올시다. 어서 한잔 드시오."

장군은 그 교자상과 함께 들어온 소녀들을 시키어 미록 가득 부어 권한다.

조씨는 워낙 술을 즐겨하는 터일 뿐더러 이미 세상을 비관한 울울한 가슴 을 풀기에는 술 밖에 없는 것을 아는지라, 권함을 따라 연거푸 술을 마셨다.

아무리 속에 근심되는 일이 있다 할지라도 술만은 무심하여 취해 오른다.

취하면 맘이 호탕해 지는 것이다. 나중에는 취흥이 도도하여 밤이 짙도록 술을 마시고 비단 이불에 싸이어 그 밤을 지냈다.

하루 밤을 숙수하고 일어난 조씨에게는 새로운 오락이 그를 기다리고 있었다.

이리하여 하루는 앞내에 낚시를 느리고 뒷산에 사냥하고 하루는 시회를 여는 등 사오일 동안을 모든 근심을 잊고 놀았다.

간간이 잡생각이 나지 않는 바는 아니지마는 우선 눈앞에 있는 오락에 울울한 가슴을 풀지 않을 수 없었다.

그렇지마는 그것도 한정이 있는 일이라 사오일 지난 후에 조씨는 장군을 보고

"인제는 서울로 돌아가서 굶어 죽은 처자식의 시체나 건져야겠소."

하고 하직을 하였다.

"설마 산입에 거미줄이야 치겠습니까마는 노인의 정경이 그러실 듯하외다.

그럼 곧 길을 떠나시게 하시오."

하고 백마에 안장제구를 갖추어 싣고 돈 삼백 냥을 부담 삼아 실으며

"이건 약소하지마는 노자에 쓰시고 남으시거든 서울댁 살림에 보태 쓰십쇼."

한다.

삼백 냥이면 넉넉히 일 년을 살 돈이라 조씨는 감격하여 눈물을 흘리며

"활인부처가 따로 있겠소. 언제든지 이 은혜는 갚고야 죽어도 눈을 감겠오."

하고 길을 떠났다.

"내 집이 어디로 떠났소?"

하고 조성산은 묻지 않을 수 없었다. 서울에 도착하는 길로 내자동 자기 집에 와서 본즉 집은 밖으로 처박고 사람의 기척도 없다.

"어디로 떠나신 것을 들으시기 전에 길을 떠나셨습니다 그려 바로 이삼일 전에 떠나셨습니다."

"어디로 갔단 말요."

"자하동으로 이사하셨는데 나 역시 가보지는 못해서 자세히 알려드릴 수는 없습니다마는 자하동에 가서 무르시면 모르는 사람이 없답니다."

이게 웬 소린고 가난뱅이가 많이 사는 자하동으로 떠났다는 것은 그럴 듯 도 하지만 떠나온 지 일양일밖에 아니 된 자기 집을 물어만 보면 안다는 수작 이 너무나 허무하다.

하여튼 아니 가볼 길이 없어서 조씨는 자하동으로 올라가서 물어본즉 과연

"저기 저 댁이 조시어댁이외다."

하고 가라키어 준다.

줄행랑이 사오 간이나 되고 높은 장원이 둘러선 소슬대문의 당당한 와가이다.

꿈인가 생시인가 조씨는 스스로 어이된 곡절을 헤아리지 못하고 중문에 이르러 안을 들여다보니 완연히 자기 마누라가 대청에 앉

아서 반빗아치들을 지휘하고 있다.

조씨는 안으로 뛰어 들어 가며,

"여보 마누라."

하고 소리를 쳤다. 아내는 맨발로 축대에 내려서며

"선문도 없이 인제 올라오시오. 어서 이리 올라오시지, 왜 그렇게 마당에 서 계시오."

"아니 이게 대관절 뉘 집요."

아내는 호호하고 웃으면서,

"무슨 농담을 그렇게 하슈. 당신 댁이지 누구 집에 내가 있을 것 같소."

한다. 조씨는 안방으로 들어가면서도 갈피를 차릴 수가 없었다.

거기에는 이전에 있던 고리짝 부담짝은 형사를 감추고 화류 농장과 의거리가 으리으리하다.

"자꾸 그렇게 이상스럽게 여기시지 말고 이 편지를 보시구려. 생각이 나실 테니.

" 하고 부인은 장롱 서랍에서 한 봉 편지를 내어준다.

조씨는 그 편지를 읽어본즉 그것은 자기가 병중에 있으므로 대필하여 보낸다하는 서두를 쓰고 돈 삼천 냥을 보내니 우선 집을 사서 나가고 세간 즙물 도 남부럽지 않게 장만하라는 뜻이 적혀 있다.

"그 편지하고 돈을 가지고 왔기에 그날로 나서서 이 집을 흥정해 들고 세 간서건 다 장만을 하지 않았겠소."

한다.

조씨는 아랫목에 펄썩 주저앉아서 감루를 흘리었다.

"이것은 필시 그 녹림장군의 짓일 것이다."

올라 올 때 돈 삼백 냥을 주며

"이것은 노자로 쓰십시오. 서울 가시면 뜻밖에 편하게 계시게 될는지 뉘 알겠습니까."

하던 말이 다시 생각난다. 반드시 그 장군의 짓일 것이다.

조씨는 서관 쪽을 향하여 합장하여 몇 차례나 속으로 그 장군의 복록을 축 수하였다.

"대관절 웬 곡절인지 자세한 말씀이나 해 들려주시구려."

이번에는 아내가 놀랄 차례가 되었다.

이제까지 남편이 보낸 돈인 줄만 여기고 있던 부인이 이제 남편의 하는 양 을 보매 어이 된 곡절을 아지 못하였다.

조씨는 비로소 자기의 소경사를 낱낱이 이야기하고 그 녹림객의 후의을 눈물로써 감사하여 마지않았다.

아내도 기쁜 눈물을 흘리며

"나는 한감사의 덕인 줄만 여기고 사람이 잘 되면 마음까지 후하게 된다고 오는 사람에게 이야기를 하여 칭송을 마지않았더니 이제 말씀을 들으니 그런 못된 위인이 어디 있단 말씀요, 그럴수록 그 녹림장군이란 이는 생부지 초면에 이런 후덕을 베푸니 세상에 같은 사람에도 어쩌면 그다지 틀린단 말요. 올해는 날이 점점 추워 가니 다시 서관에 가실 수야 있소마는 내년 봄이 되거들랑 다시 한 번 그 산속에 찾아 들어가서 치사나 하구 돌아 오슈."

"그것 참 좋은 말요. 그래야만 사람의 도리가 되겠소."

하고 무한이 기뻐하였다.

이로부터 조씨는 상당히 풍유한 생활을 하게 되었다. 워낙 식구가 단출한데 논을 열아문 섬지기 장만하여 수백석의 추수를 하게 되니 살림이 부르면 부를수록 자연히 집안에 일이 생기어어언 일년 가까운 세월이 지나 갔다.

어느 날 초저녁 때이었다. 때는 초여름이라 조성산은 사랑마당에 교의를 내 다 놓고 걸쳐 앉아서 바람을 들이고 있을 즈음에 별안간 웬 사람 하나이 사 랑 일각대문을 뻐개고 들어오며

"사람 좀 살리쇼."

".........?........."

"나는 녹림호객으로 지금 포졸에게 쫓기어 갈 곳이 없어서 댁으로 뛰어 들어 왔으니 어디든지 좀 숨겨 주시면 재생의 은의를 잊지 않겠소이다."

이렇게 말하는 동안에도 황황한 태도로 밖을 기웃거린다. 녹림호객이란 말에 연전 생각이 나서 급히 그의 얼굴을 들여다보니 천만뜻 밖에 자기에게 후의를 베푼 그 녹림객이라,

"아 이게 누구요."

하며 손을 잡으매 그 역시 자못 놀란 낯을 하며 자아 이야기는

"나중에 하시고 날 좀 어서 숨기어 주시오."

한다.

조씨는 그의 손을 붙들고 곧 안으로 들어가서 여인들을 뒷채로 내 몰 고 안방 벽장 속에 은신케 하였다.

그러자 마자 홍사 오라를 허리에 찬 포졸 3-4인이 조씨 집으로

돌입하여

"우리는 방금 도적 괴수의 뒤를 쫓는데 그 괴수가 갈데없이 댁으로 들어 왔은즉 은휘치 말고 내나야 망정이지 그렇지 않으면 장적(藏賊)의 율을 면 치 못하오리다."

"아닌 밤에 남의 집에 무람이 돌입하는 것도 해괴하거니와 허다한 집에 하필 내 집에 들어왔단 말이 이 무슨 악택인가."

"우리는 도적놈 잡는 것으로 생계를 삼는 놈이올시다. 한번 여기다 하면 틀려 본 적이 없소. 더구나 댁은 외딴 집으로 다른 데로 기구 샐 데가 없습니다. 그러지 말고 어서 내놓시우."

"듣자하니 점점 해괴 망측한 일이지, 도적을 감추다니 내가 무엇 부족해 서 장적의 율을 범한단 말인가."

포졸들은 저이끼리,

"여보게 긴 말할 필요가 없네, 뒤져 보면 알 것이 아닌가."

하더니

"그럼 댁을 뒤져볼 테이올시다."

"뒤져보거나 말거나 자기네들 속 편할 대로 해보게나그려."

여럿은 광 허간 뒤꼍 심지어 장독대와 마루 밑까지 샅샅이 뒤져 보고는

"안방 누다락을 좀 봅시다."

한다.

"무어 어째 안방을 보자니 이런 변이 어디 있냐. 아무리 불학무식한 사람들이라 하더라도 안 부녀들이 있는 안방을 보자니, 그런 법이 어디 있소."

하고 호령을 하는 것이었다.

"우리들은 도적을 잡으러 왔지 부녀를 잡으러 온 게 아니올시다. 만일에 안방을 안 뵈시려거든 쥔께서 대신 포도청으로 갑시다."

하고 눈을 부라리며 조노인의 두 팔을 붙잡는다.

"포도청이 아니라 이 목이 부러져도 안방에 못 들어가지."

하고 호령을 그치지 않는다. 포졸들은

"누가 억지로 보자우 쥔이 대신 가잔 말요."

"대신 아니라 내가 도적의 누명을 쓰고 죽더라도 못할걸 못하는 법이지."

하고 더욱 강경한 태도를 지른다. 포졸들은 조노인의 몸을 꼭두잡아 시키다 시피하며 두어 걸음 대문께로 나아간다.

이때에 벽장을 박차는 소리가 나더니 그 녹림장군이 마루로 뛰어나오며

"너희들은 어서들 다 가거라."

하고 소리를 지르매 포졸들은

"녜 — 이."

하고 허리를 굽실하고는 물러나가 버리었다.

조씨는 어안이 벙벙해서 얼른 말이 나오지 않는다.

녹림객은 조씨의 손을 붙들고 사랑으로 나오며

"세상에 인제야 비로소 사람다운 사람을 보았고. 은의를 아는 사람을 만 났으니 이런 만족할 일이 없습니다. 지금 들어온 포졸은 다 나의 부하로 노인의 심지를 시험해 보고자 한 것이외다." 하고 초연히 말을 이어

"나는 본시 남의 얼자로 세상에 등용되지 못함을 한탄하여 녹림에 몸을 숨겼더니 이제 멀리 압록강을 넘어 다른 천지에서 일을 해 보기로 되었기 서울 온 김에 노인을 찾아 뵌 것이외다."

하고 인해 작별을 하며

"일간 내가 가졌던 금은을 모두 보내드릴 것이니 받아 두십쇼."

"아니 이제 작별하면 언제 다시 뵈올지 모르거든 어찌 박주 한잔 나눔이 없이 해어질 수 있소."

하고 극구 만류했지마는 그 녹림객은

"몸이 유다르니 용서하시오."

하고 기어이 소매를 나누고 말았다.

이런지 이틀 후에 십여 마리의 말이 금은 전곡을 싣고 와서 조씨 집에다 풀 고 갔다.

조씨는 그것이 녹림객의 보냄인 것을 알고 받아 두어 거익부호가 되었다.

그러자 소문에 평양 감사 한씨가 패관이 되어 상경하였다는 말이 들리매 조성산은

"저는 나한테 그리 했지만 나는 내 도리를 차려야겠다."

하는 생각으로 하루는 한감사를 그의 사저로 찾아 갔다.

한감사는 조씨의 의표가 화려하고 신수가 티인 것을 보고 심중에 이 사람 부자가 되었구나하는 생각이 나서 전일의 냉랭한 태도와는 딴판으로 아유하는 웃음을 지어 웃으며

"그 동안 나를 얼마나 원망했겠소. 실상은 발분해 돈을 모으라고 일부러 그랬소이다."

하고 청지기를 불러서

"이 애 광문을 열고 돈 오백 냥을 꺼내서 이 나리 댁으로 보내 드려라."

"아니올시다. 지금은 다행히 남의 부조를 받지 않고서 살게 됐습니다."

"글쎄 그렇더라도 돈이란 많다고 귀찮은 것은 아닙니다."

청지기는 광문을 열러 다녀 들어오더니 얼굴이 새파랗게 질려서

"대감 큰일 났습니다."

"응?"

"광속에 있는 돈 포대 속엔 돈은 한 푼 없고 말끔 해골 쪼가리뿐이올시다."

"그게 무슨 소리냐?"

하고 감사 자신이 밖으로 뛰어 나가서 광속을 검사해 보니 과연 돈은 한 잎 도 없고 전부가 해골쪼가리 등속으로 바뀌어져 있었다.

백성의 고혈을 빨아 먹어 만든 졸부는 역시 하룻밤에 거지가 되고 말았다.

조씨는 속으로 녹림객의 짓이로구나 하는 생각을 했지마는 그런 내색도 아니한 것은 물론이었다.

제07편. 사각전기(蛇角傳奇)

1

봉표사(奉表使)의 일행은 오늘도 조선 나라 이(里)수로 해서는 오십 리 길 밖에는 더 가지 못하였다.

날이 워낙 폭양인데다가 바람이 모래를 날리어 일행은 눈을 뜨지 못하였다.

그 뿐이 아니라 하늘과 땅이 맞닿은 듯한 평원광야에 유록이란 간혹 있을 뿐 눈에 보인다는 것은 오직 누르고 붉은 흙빛과 모래뿐이었고 가도 가도 끝이 없는 단조한 길에 일행은 멀미가 났다.

호지에 무화초(胡地無花草)하니 춘래 불사춘(春來不似春)이란 글귀는 독이 왕소군의 슬픔뿐이 아니었다.

봉표사의 말고삐를 잡는 김의동(金義童)이도 구슬 같은 땀을 흘리며 은근히 후회를 마지않았다.

"그냥 신대감(愼大監) 댁에 고생이 돼도 있을 것을, 저기 이놈의 고생이 무슨 놈의 고생이야. 대국 들어가면 참 별유천지 비인간이라더니, 별유천지가 아닌 건 아니라도 사람 죽일 별유천지로구나."

김의동은 본시 부원군 신수근(愼守勤)의 집 노복으로 있다가 열아홉 먹던 해에 대문 밖에서 고누를 두다가 주인 대감의 행차가 환택하는 것도 모르고 정신없이 앉아 있었다는 죄로 물볼기를 맞고 나니,

"빌어먹을 놈의 것 이집에 밖에 햇볕이 들지 않더냐."

하고 주인집을 도망해 나와 가지고 이리 저리 돌아다니다가 필경은 역마의 마부가 되었던 것이다.

그런데 원래 재간이 있는 위인이라, 마부가 된지 얼마 아니 돼서 마부로서는 더 없는 마부가 되고 말았다.

그래서 이번에 중원으로 봉표사 사신이 타고 가는 말의 마부로 뽑힌 것이었다. 의동이는 원일견지하던 대국 구경을 하게 되었다고 춤을 덩실덩실 추다시피 기뻐하며 길을 떠났다. 과연 그의 기쁨은 맞아, 옛 서울 개성이며, 산천도 곱거니와 인물 고은 평양이며, 의주(義州)와 통군정(統軍亭)에 묵은 여진(旅塵)을 떨고서 한번 압록강을 건너서고 보니 듣던 말과는 판이하여 무미하고 삭막한 벌판뿐이었다. 홍진은 용서 없이 일어부처 아침에 갈아입은 옷이 저녁때면 간장에 담갔다가 쥐어짜 입은 꼴이 되고 마는 것이었다.

"이것이 중원이야, 빌어먹을 중원이야."

하고 투덜대기를 몇 번이나 해 왔다.

오늘도 하도 기가 막혀서 중얼거리는 것을 봉표사가 귓결에 듣고,

"너 무얼 아까부터 혼자 중얼대느냐?"

하고 파적겸하여 물었다.

"아뢰기는 황송하오나, 길을 떠나기 전에는 대국이라면 굉장한 줄 여기고 좋아했더니 들어와 보니 어디 사람이 살만한 곳이오니까,

그래서 씨불인 것이올시다."

무식한 마부로는 의당 생각함직한 말에 봉표사는 빙긋이 미소하며

"너희들 무식한 것들은 그렇게 생각도 할 것이다마는, 원 중원이라고 하는 곳은 참 굉장하니라, 여기는 이를테면 저 조선 시골과 같은 데야."

"글쎄요. 그렇기나 했으면 좋겠습니다."

심지어 하배들까지도 허다한 고생을 하며 오늘도 요동(遼東)이란 곳에서 하루를 묵게 되었다.

아직 해가 많이 남았지마는 노정을 이미 작정도 하였거니와 공연히 해를 아끼다가 중로에서 고생을 하기가 일수인 까닭이었다.

일행은 요동성내에서 으뜸가는 영발상(永發祥)이라는 여관에 들게 되었다.

이 여관은 사환 행차가 떠날 날이 없는 일류여관이지마는 측간의 설비가 완전하지 못하였다.

봉표사는 이층에 방을 잡고 하배들은 아랫층 복놋방 비슷한 곳에 쓸어 넣었다.

"빌어먹을 신세가 어딜 가든지 복놋방이라, 그러나 그건 어찌 됐던지 오늘은 밥을 좀 지어 내라고 해야지, 그 놈의 만두인지 무엇인지 허구 돼짓국 좀 고만 뒀으면 살겠다."

"어디 내가 오늘은 장궤를 보고 수작을 붙여 봐야지."

하고 마부 의동이가 자원해서 나섰다.

"이 자식아 공연히 반벙어리 말로 씨불이다가 창피나 보리. 이층

에 올라가서 홍역관 영감을 뵙고 말씀을 좀 해줍시사고 하게."

"미친 소리 말어라. 홍역관이 우리네 통사라더냐, 공연히 큰 호령이나 받으려구, 저 자식은 남이 못된 구렁에 빠지는 게 좋은 게라."

하고는 의동이 혼자가 방에서 뛰어나가더니 여관 장궤를 보고,

"빠이판 빠이판."

하고 소리를 질렀다. 빠이판이라는 것은 백반이란 말로 백반이라면 쌀밥이라는 뜻이었다.

의동이는 그동안에 몇 마디 청어를 배운 것이 이제 효과를 얻게 되었다.

빠이판 빠이판 해 놓고는 뒷말을 할 수 없어서 손짓 발짓을 해가며 간신이 이편의 뜻을 전하였다.

그랬더니 장궤는 금방 요리하는 따수포(숙수)를 불러다가 백미를 내주며 밥을 지으라고 부탁하였다.

그것을 본 의동이는 코가 우뚝하고 또 자기의 말이 영검이 선 것이 유쾌해서 복놋방으로 돌아와서는 허풍을 치며 혼자 자랑하는 것이었다.

"청어란 별 수 있나 하여튼 통했으면 그만이지."

하고 공치사를 하고 나서,

"내 덕에 대감까지 오늘 밤엔 백반을 자시게 되네."

"왜 그동안엔 밥을 못 먹었나, 봉천에선 우리 같은 하배네들까지 먹어 보 지 못한 훌륭한 음식을 얻어먹지 않았나."

"그게 벌써 언제라구."

"저 위인은 뱃속에 거지가 들어앉았는지 밤 낮 음식타령 뿐이야."

"아따 참 점잖다. 이 자식아 점잖 빼다가 허발해서 먹는 꼴이란 더 볼 수 가 없단다."

뉘의 덕이든지 하여튼 그 날 저녁을 눈 같이 흰 밥을 먹게 되었다.

그동안에도 봉표사에게만은 백반 대접을 해왔지마는 하배들에게는 만두를 주는 것이 일수이었다.

하배들은 큰 잔칫상을 받은 듯이 백반을 퍼 넣는데 그 중에도 의동이는 백반에 몹시 주리었던 만큼 허발해서 공기로 열일곱이나 먹었다.

배가 툭 터지도록 집어넣은 것은 좋았지마는 그동안 만두만으로 지내오던 위장에다가 별안간 기름진 쌀을 집어넣고 보니 온전히 색일 수가 없었던지 배가 아프기 시작하더니 금방 설사가 날듯 하였다.

의동이는

"큰일 났네. 어디 가서 뒤를 보면 좋단말여."

하고 객점 사람더러 물어본즉 자세히 알아들을 수는 없지마는 바깥 공허지에 가서 아무데서나 뒤를 보라는 말인 것을 짐작하였다.

"잘됐다. 자랑 끝에 불이 붙는다고 하더니 오늘 밤에 저 위인이 돼지한테 볼기짝 깨물릴걸 세."

하고 여럿은 깔깔대고 웃었다.

의동이는 고소를 하면서도 뒤가 급한지라 하는 수 없이 밖으로 나가 보니 그 객점 뒤에 초평이 있었다.

의동은 그리로 가서 남의 눈에 얼른 띄지 않는 곳을 찾아서 쭈그리고 앉았다.

"이 고장에서 제일가는 객주라면서 뒷간 하나 똑똑한 것이 없으니 이래 가지고 중원은 다 무어야."

하고 속으로 욕을 하며 우연히 잔디밭을 들여다보니 캄캄한 풀속에서 무엇 인지 파란 인광(燐光)이 마치 야광주처럼 뻗쳐오르는 것이 보이었다.

2

어찌 보면 인광도 같고 어찌 보면 서기도 같았다.

하여간 썩은 생선뼈 같지는 않아서 의동은 뒤를 보고 난 후에 그 풀속을 헤치고 본즉 그것이 무엇인지는 모르되 생김생김이 매우 기이하기도 하고 우습기도 해서 의동은 그것을 집어서 수건에 싸 들고 여관으로 돌아와서 벽에다가 걸었다.

"그것이 무엇인가."

"글쎄 낸들 아나."

"그럼 왜 무얼 할라구 가져 왔나."

"무얼 하자는 것이 아니라, 무엇인지 대관절 이름이나 알아야지, 하여튼 광채가 굉장하니까 집어 본 것이 아닌가."

여럿은 겨끔내기로 그것을 들여다보았지마는 무엇인지를 아는 자는 없었다.

"여보게 내버리게 그걸 갖다가 무얼 한단 말인가."

하고 여럿은 의동이를 핀잔주었지마는 복이 있어 그랬던지 의동

이는 그것 을 버리지 않고,

"그만두게 자네들 더러 가지고 가자는 게 아닐세."

하고 일단 벽에다가 걸었던 것을 다시 종이에다가 싸고 싸서 행장에다가 집 어 넣고 길을 떠났던 것이었다.

이리하여 봉표사 일행은 요동을 떠난 지 십여 일만에 북경에 이르게 되었다.

북경에서의 환영은 오히려 다른 변방에서 보다 융숭하였다.

명국 정부에서는 자기의 속지와 다름없는 조선의 사신이건마는 대접은 일 국사신에게 대하는 것과 다름이 없었다.

그래서 봉표사는 외빈을 유숙케하는 영빈관에 묵게하고 하배들은 객주에서 묵게 하였다.

의동이는 봉표사의 말고삐를 잡은 덕이던지 그중에도 제일 깨끗한 여관방 하나를 얻어 들게 되었다.

의동은 여기서도 동관들이 비웃는 것을 마이동풍 격으로 귀밖으로 들어두 고 행장에서 그 괴물을 꺼내어 벽에 걸었다.

"그건 왜 또 내 거는 건가, 욕을 먹으려구."

"욕을 어느 놈이 욕을 해, 나 보기 좋아서 걸어놓는 것을."

의동이는 동무들이 반대하고 조소하면 조소할수록 억이 나서 더 하는 것이었다.

이윽고 이 객점 장궤가 아침 인사를 하려고 그 방에 잠간 들어왔다가 벽에 걸린 물건에 우연히 눈이 갔다.

장궤는

"무얼 여기다가 걸어 놓으셨습니까."

하고 가까이 가서 들여다보더니 크게 놀란 빛을 띠우며,

"어느 분이 이걸 가지셨습니까?"

"내요."

하고 의동이가 나섰다.

"이거 참 세상에 드믄 보배올시다. 파시죠."

"작자만 있으면 팔겠소."

"그럼 가만 계소. 제가 거간을 서겠습니다."

하고 장궤는 황황히 밖으로 나간다.

의동은 가슴이 두근두근 하였다.

"자 어때 이 사람들아, 자네들은 날 더러 미쳤다고 조롱을 했지, 이게 천하에 드믄 보밴 줄 인젠 알았지."

"아니 그런데 이게 무슨 보밴지 좀 물어볼걸 그랬네그려."

동무들도 그제야 신기해서 눈을 번뜩이는 것이었다.

"모르는 소리 하지 말게, 그런 걸 물어봐서는 못쓰거든, 여기서 그런 소리를 하면 저놈 그게 무엇인지도 모르고 가졌다고 비싸게 살 것도 싸게 부를 게 아닌가."

"그건 그래 그렇지만 아무리 보배라 한들 얼마나 주겠나. 돈 백 냥이나 주면 횡재지, 하여튼 한턱내야 하네."

"이 자식들 염치란 걸 좀 알아, 여태 타박을 하다가 인제 돈이 생긴다니 까 한턱이라."

"안한다면 망할 놈의 것 부셔버리지."

하고 서둔다.

"그러게 그래 한턱냄세, 돈은 얼마를 받든지 열냥 어치만 냄세."

"하여튼 술은 먹었군."

하고 동관들도 그 물건을 중심삼아 이야기를 하고 있을 즈음에 장궤가 문을 두드린다.

"쉬 — 술 한턱이 생기네. 들어오쇼."

장궤가 앞을 서고 점잖은 상고 수삼이니 뒤를 따라 들어와서 벽상에 걸린 물건을 이윽히 바라보더니,

"이거 얼마에 파실 라우."

하고 가장 살이 찐 상고 하나이 묻는다.

"돈백이나 주면 팔겠소."

기껏 부른다는 것이 이러하였다.

"돈백 — 백만금 말이오니까!"

눈치 빠른 의동이는 이 말을 듣고 보니 내심에 크게 놀라웠지마는 이것이 돈 백이나 돈천의 보배가 아닌 것을 직각하고,

"그렇소, 백만금을 줘야 팔겠소."

하였다. 다른 상고들은

"따 — 뀌 따 — 뀌."

하고 혀를 내두르고 먼저 값을 물은 상고는 아무 소리 않고 그 물건을 다시 한 번 뒤적거리고 보고 나서,

"백만금이란 건 당치 않은 말씀이고 다시 두말 안 할 테니 십만 냥에 파시 오."

한다.

"녜?"

이번에는 의동이가 놀랬다. 농담삼아 부른 값이 깎이기는 하였더

라도 십만 냥이라니?

꿈인가 생신가 하고 놀라지 않을 수 없었다.

고작 하여 돈백이나 생길 줄 안 것이 의외에 십만금!

도리어 기가 막혀서 아무 소리도 못하고 있는 것을 그 상고는 어떻게 생각 했는지.

"이런 보물이라는 것은 작자를 잘 만나야 팔리는 것이지 언제 팔릴지 모르는 것이니까 설혹 값이 더 있는 것이라도 그렇게 터무니없는 고가를 드릴 수는 없으니까 십만 냥이면 당장에 어음을 써서 드리리다."

한다. 의동이는 다시 두말할 용기조차 없었다. 졸부하니 이러한 졸부가 세 상에 있을 것 같지 않았다. 마부 신세에 하룻밤에 십만 냥이라니,

"그럼 그렇게 합시다."

하고 의동이는 그 물건을 살찐 상고에게 내주었다.

그 상고는 벙글벙글하며 그 물건을 수건에 싸고 싸서 몸에 지니고는 고이 춤에서 십만금의 어음조각을 내서 의동이에게 전한다.

"그 상고는 기쁨을 이기지 못하는 낯으로 인제 흥정이 됐으니까. 말이외다 마는 이것 하나 얻으려고 사람을 운남성까지 보냈답니다. 자 그럼 이다음에 만나십시다."

하고 다른 상고들과 함께 밖으로 나가 버리었다.

뒤에 남은 장궤가

"참 수가 나셨습니다. 인제 구문을 주서야 할게 아니요."

"드리다 뿐이오. 이 어음을 찾으려 함께 가서 거기서 구문 천량을

드리리다. 그런데 대관절 그 물건이 무슨 보배요?"

하고 물었다.

"아니 무언인지 모르고 파셨습니다 그려 그런 줄 알았더라면 내가 싸게 사서 팔아먹을 것을 그랬습니다그려."

하고는

"그게 사각(蛇角)이라는 것인데 수백 년 묵은 뱀의 뿔이올시다."

"그게 그렇게 값이 나간단 말이오."

"천하의 보배이죠, 지금 우리나라 황후께서 태자가 없어셔서 사각 하나를 구하셨는데 원래 사각을 한 쌍만 얻어먹으면 반드시 아들을 얻는 것이외다. 그런데 지금 황궁에 있기는 단 하나 뿐이어서 각방으로 짝 하나를 구하지마는 백만 냥의 상을 걸어도 없는 것이외다."

"아니 그럼 지금 그것을 사간 상고는 백만 냥을 받겠소 그려."

"여부가 있습니까."

"그 위인이 나보다 더 큰 장사를 했구려."

하고 세 번째 놀라지 않을 수 없었다.

"여보게 인제 열 냥 어치 술을 낼게 함께 가세."

하고 동관을 돌아다보니 동관들은 하도 기가 막히는 광경을 목도하고 거의 실신한 사람처럼 눈만 멀뚱멀뚱 하고 있을 뿐이었다.

3

오늘의 의동은 어제의 의동이가 아니었다.

현전으로 십만금을 갖게 된 거부였다.

물론 그날부터 의동은 사직하고 일류 객관으로 사관을 옮기고 갖은 호강을 수삭 동안 한 연후에 수백필 부담 말에 비단을 싣고 조선으로 돌아왔다.

그러나 의동에게는 한 가지 커다란 부족이 있었다. 돈이 없어 살수 없을 때에는 어떻게 하면 돈 백 냥이나 벌어서 논마지기나 사놓을까 하고 주야로 생각이 그것이더니 급기 십만 거부가 되고 본즉 무식한 것이 한탄이요 벼슬 한개 해 보지 못하는 것이 한이었다.

어느 시절에는 돈만 가지면 어느 정도의 벼슬은 임의로 할 수 있었다. 그러나 그 당시의 세태는 그렇지 아니해서 아무리 거부라 할지라도 지체가 없으면 양반노릇은 도저히 바라볼 수 없었다.

이것이 의동에게는 큰 원한이었다.

그러므로 의동이가 수거만의 재물을 가지고 돌아왔지마는 그의 이름은 그 다지 크게 전파되지 못하였다.

여기서 이야기는 두 갈래로 나뉘어진다.

이조 십일세(李朝 十一世) 연산군(燕山君)의 황음무도한 정사가 날로 심하여 백성은 도탄에 빠지고 뜻있는 신하의 얼굴에 핏기가 없으되 연산 신비의 오라버니 되는 부원군 신수근(愼守勤)과 그 아우 신수영(愼守英)의 세도는 날로 그 세력이 늘어 뜻있는 신하들의 눈살을 찌푸리게 하더니 공조참의(工曹參議) 성희안(成希顔)이 수모가 되어 연산군을 들어내 강화로 몰아내고 진성대군을 모시어 왕위에 오르시게 하는 바람에 신수근은 마침내 아우 수영과 함께 반정파의 손에 죽고 말았다.

일세의 호화와 세도도 당자가 죽고 나니 한마루 꿈에 지나지 않았다.

더구나 반정파의 미움을 받아 죽었을 뿐 아니라 그 반정파가 득세한 오늘에 무슨 힘을 쓸 수 있으며 권도를 부릴 수 있으리오.

이때까지 호화롭던 신대감집 생계는 졸지에 어렵게 되고 세상인심은 야박하여 누구나 돌보아 주는 사람이 없어 대문에 거미줄을 치게 되었다.

집의 기둥을 잃은 수근의 안팎생활은 날로 곤란이 태심하여갔다.

의리와 은혜를 모르는 노복 시비들은 제각기 뿔뿔이 헤어지고 다만 두세 노복이 남아 있는 중 업산(業山)이라고 부르는 늙은 하인만은 정성으로 주가(主家)의 부흥을 생각하던 것이었다.

여러 생각 끝에 업산(業山)이는 이 전에 주가의 은혜를 입은 사람들을 두 루 찾아다니며 약간의 기부의연을 얻기로 하고 길을 떠났다.

4

경상도 문경 새재(鳥嶺, 조영) 마루턱이었다.

충청도 일경을 두루 돌아다니고 얻음이 넉넉지 못한 업산(業山)은 경상도 상주에 신대감의(尙州) 은혜를 많이 입은 자가 있는 것을 생각하고 문경새재를 넘는 중에 날이 하도 덥고 다리도 아파서 새재 마루턱이에서 다리를 쉬고 있으려니 대관의 행차 하나가 영을 넘는데 행오가 삼엄하고 주인 되는 대관은 선풍도골에 준모를 가볍게 눌러 쓰고 은안장 준마에 높이 앉아 있는 위풍이 업산으로

하여금 감히 바로 쳐다보지 못하게 하였다.

업산이는 길을 피하여 노방에 굴복하지 않을 수 없었다.

행렬의 삼엄한 것과 허다한 하배, 그리고 치중(輜重)이 수십바리 — 아 무리 얕게 보아도 한 고을의 사또쯤으로는 그만한 기구를 차릴 수 없었다.

업산이는 감히 고개를 들어 정시하지 못하고 그 일행이 지나가기를 기다리 어 허리를 펴고 일어섰더니 저만치 지나간 그 행오중에서 별배 하나이 이리로 달음질하여 오더니,

"당신이 업산이란 사람으로 신수근 신대감 댁 사람이 아니오."

하고 묻는다.

"녜 그렇소마는."

"그럼 우리 대감께서 데리고 오라는 분부가 계셨으니 나와 함께 갑시다." 하고 뒤미처 따라온 말께 올려 됐다.

업산은 하여간 해로운 일이야 있으랴 하고 그의 말대로 행렬의 뒤를 따라 갔다. 가면서

"어느 대감댁 행차이오니까!"

하고 물어도 그들은,

"나중에 압넨다."

할 뿐으로 택호를 가르쳐 주지 않는다.

이윽고 길은 노송이 창천하여 햇발이 통치 못하는 깊은 산길로 들어서서 대략 십여 리를 산골로 들어갔다.

그러더니 산협 하나를 지나서니 높은 산을 등진 찬합 속 같은 평지에 기와집이 즐비하고 그 중에 단청한 기와 전각 하나가 반공에

솟아 있어 네 귀의 풍경이 명랑히 울고 있다.

업산의 눈은 번쩍 띄었다. 이러한 심산궁곡 속에 저러한 고루 거각이 웬일 인고, 하고 놀랐다. 더구나 그것이 대관의 저택이란 소리에 놀라고 의심하였다.

이윽고 일행이 그 경내에 들어가니 업산은 사환의 인도를 받아 주인 대감 앞에 굴복하였다.

"업산 노인 고개를 드오."

하는 소리에 업산은 겁결에 머리를 들어 대관의 얼굴을 바라보았다.

"내 얼굴을 몰라보겠소."

하고 거듭 묻는다. 그 말을 듣고 보니 그 대관의 얼굴이 어딘지 전일 자기 수하에 부리던 김의동의 모습과 같은 데가 있다. 그러나 그것을 상상할 수는 없는 일이었다.

"업산 노인 나는 전일에 노인의 수하로 있던 김의동이요."

"네?"

"놀랄 것이요, 지금 녹림국 대왕이 되었으니까."

하고 껄껄 웃었다.

"녹림현감이 된지가 벌써 칠년이나 되우."

하고 놀라는 업산을 가까이 앉히고 자기의 지난 경력을 자세히 이야기하였다.

의동은 정식으로 벼슬을 하지 못하는 신세를 한탄한 나머지에 이 궁곡에 거각을 얽고 불평객을 모아들이어 조그마한 나라를 이룬 것이었다.

대감 의동은 수천금을 업산에게 내주어 기우러진 옛 주가(主家)를 부흥하는데 쓰게 하였다.

사람의 욕심이란 끝이 있는 것이 아니니 거액의 재물을 가져 평생을 호화롭게 살 수 있을 의동이에게도 또한 이러한 유치하고도 심각한 욕심이 있었던 것이었다.

그러나 은의 잊기를 밥 먹듯 하는 지금 세상에 정상의 일침(頂上一針)이 되지 않는다고 뉘 감히 이르랴.

제08편. 초췌연화편(憔悴蓮花片)

　고려 충선왕(忠宣王)은 이날 밤도 잠을 이루지 못하고 번민에 싸이셨다.

　넓은 침전 화려한 침구 잠자리가 편찮음도 아니다. 짧은 여름의 밤이니 물론 지루하실 리도 없었다. 바로 곁에는 오늘 한 밤 특히 왕을 모시게 된 명예의 미희가 아름다운 쌍겹눈을 반쯤 내려 감고 왕의 입에서 어떤 분부가 내리기만 고대하고 있지 않은가.

　그러나 벌써 몇 달을 두고두고 이렇듯 깊은 시름에 잠겨 있는 왕에게는 즐거운 침실도 아름다운 시비도 모두 귀찮은 존재일 뿐이다.

　그러면 왕은 지금 무엇을 생각하시는 것인가?

　원 나라에 남겨 두고 오신 정인!

　왕이 석 달 전 귀국하시기까지 원 나라에 계시는 오랜 동안에 그렇듯 서로 아끼고 사모하던 그 여인을 못 잊어 하심이었다.

　고려로 돌아오시던 그 전야, 원나라 궁성 고전(高殿) 뒤꼍에서 떨어지는 달그림자를 바라보며 이별을 설어하던 그 날 밤은 삼월 달이었지만 북국의 밤바람은 퍽 쌀쌀하였다.

"어디든지 따라 가겠나이다."

하며 왕의 가슴에 머리를 파묻고 울던 애인을 생각하자, 왕은 이미 고려 궁실 지존의 자리에 있는 몸으로 더욱 잠을 못 이루시는 것이다.

"이럴 줄 았았더면 데리고 올걸!"

하고 왕은 자리 위에 일어나 앉았다.

반쯤 눈을 감고 거슴츠레 가수상태(假睡狀態)에 잠겼던 미희가 놀라 일어나 머리를 읍하였다.

"염려 말고 저리로 누워 자라."

왕은 부드럽게 한편 자리를 가리키고는 드륵 창을 열어젖히었다.

보름 지난달은 파란 빛을 왕의 얼굴과 몸에 던지며 점점 서쪽으로 기울어 져갔다.

"허 그날도 달은 밝았지!"

왕의 머릿속에는 또 그리운 추억이 꼬리에서 꼬리를 물고 잇대어 퍼져갔다. 백번 천 번 하여도 또 잊을 수 없는 회상의 가지가지, 왕은 달을 쳐다보며 한숨만 지었다.

"자기도 그렇게 오고 싶어 하던 것을 데리고 올걸."

왕은 다시 한 번 후회하였다.

그러나 그것은 할 수 없는 생각이었다.

처녀는 원나라 종실의 딸이다. 지체도 그만하면 괜찮았다.

고려의 왕손들이면 으레 원나라에 가서 수년 씩 놀다 오는 법으로 또 그 나라 종실의 딸들에게 대개는 장가들어 오던 때이었으므로 왕도 그 처녀를 맞이하여 오더라도 전례 없는 일도 아니었다.

그러나 불행히도 그는 외딸이었다.

더욱이 완고한 그의 부모가 사랑하는 귀한 딸을 소국 고려에 멀리 떼어 보내기를 꺼린 것은 무리가 아니었다.

부왕이 승하하시고 충선왕이 부득이 동환하게 되었을 때 처녀는 정말 미친 것 같이 날뛰었다.

"늙은 부모를 설복하다 하다 못하여 나중에는 같이 데리고 가 달라."

몰래 왕께 매달려 보았다.

그러나 한참 복잡한 여러 가지 문제에 긴장이 되시고 장차 한 나라의 지손 이 되신다는 흥분에 잠기어 있던 왕은 허락 없는 원나라 종실의 딸을 몰래 데리고 도망하는 것, 그리고 그 뒤에 으레 생길 여러 가지 문제가 무서웠다.

왕은 물불을 가리지 못하고 슬퍼하는 이 정열의 처녀를 여러 가지로 위로 한 후 홀로 귀국의 길에 오르시고 만 것이었다.

그러나 사랑이란 원래 떨어져 있을수록 그립고 아쉬운 것. 왕이 돌아와 즉 위하고 귀찮은 문제들을 대강 처리한 후이라 몸이 차차 한가해지니 날이 가 고 달이 갈수록 생각나는 것은 이별한 옛 정인의 모양뿐이었다.

수라를 들어도 맛이 없었다.

잠 안 오는 밤이 계속되었다.

산해의 진미를 늘어놓은 진수성찬이 몰래 원나라 궁실을 빠져나와 두 사람이 심심 숲속에서 희롱하며 따 먹던 나무 열매보다 못하였고, 능과 금수를 휘두른 침전도 정인과 함께 달을 바라보던 뒤

곁에 풀밭보다 못하였다.

이리하여 왕의 용안은 날로 초췌하여 지기 시작하였다.

거울을 들여다보고 혼자 한숨을 지시는 왕의 정경이야 그 신하와 궁액들은 다 같이 의아한 눈을 마주 뜨고 얼마나 근심하였는지 모른다.

그 중에서 제일 왕의 신상을 염려하고 이것을 위로코자 한 이는 이익재(李益齋)였다.

젊은 왕을 기쁘게 할 계획은 착착 진행되었다 선왕의 상망이 끝남을 계기로 하여 먼저 주연과 가무를 설치하고 왕께 뵈입고자 하였으나 밤잠을 못자고 입맛 떨어진 왕은 세상만사가 모두 귀찮았다. 곁에 좋은 청주가 있고 유랑한 풍악이 울릴지라도 다만 왕은 귀찮은 듯이 이맛살을 찌푸리고 묵묵히 앉았을 뿐이다.

사람들은 어찌할 바를 몰랐다.

이번에는 아름다운 여인들이 하룻밤의 침전을 모시기 위하여 뽑혀 왔다.

그러나 그들 역시 밤새 불면으로 고생하시는 왕을 뵈올 뿐이요, 잠간 동안의 돌보심도 받지 못하였다.

왕의 괴로워하는 원인이 무엇인지 알고 있는 단 한 사람인 익재는 이 미희들의 보고를 듣자 할 수 없는 듯이 수염만 쓰다듬었다.

"원나라 종실의 딸이란 얼마나 아름다운 여인인고."

하는 늙은 익재는 덧없는 애욕을 잊어버리지 못하는 왕을 위하여 남몰래 얼마나 슬퍼하였는지 모른다.

왕의 잠 못 자는 밤이 많아질수록 익재의 잠 못 자는 밤도 늘어

갔다.

이날 밤 익재도 잠을 이루지 못하였다.

왕이 북국의 애인을 생각하고 한숨 지시는 바로 그 달을 바라보며 익재도 왕의 신상을 생각하고 한숨을 지며 애타하였다.

"난희는 어찌 되었을까."

하며 익재는 오늘 밤 왕의 침전으로 들여보낸 미희의 일이 근심되었다.

"난희 마저 상감마마를 못 모셔 본다면 우리 고려에는 마마의 마음을 흡족히 할 여인을 없을 것이다."

그의 눈앞에는 세상에도 뛰어난 난희의 아름다움과 따라 왕이 난희만은 사랑하실 듯한 자신이 생기자 헛기침을 두어 번 한 후 처음으로 익재는 새벽바람 으스스한 자리 속으로 들어갔다.

그러나 다음날 어저께 밤 상감께서 새도록 비감해 하시며 잠을 못 이루시더란 것과 난희 역시 돌보시지 않더란 말을 들었을 때 익재는 어찌할 바를 모르고 벌벌 떨기까지 하였다.

"큰일이로다. 큰일이로다."

대궐 문을 나오는 그의 발길은 한 없이 무거웠다.

그러나 며칠 후 더욱 큰 일이 고려궁 안에 일어나자 익재의 근심은 십배백 배나 더하여졌다. 원나라에서 왕을 사모하다 못하여 종실의 딸 되는 그 처녀가 달려온 것이었다.

크나큰 기쁨이 감당할 수조차 없어 왕은 그리던 정인의 손을 잡고 잠시 말씀조차 막히고 말았다. 그러나 더욱이 어쩔 줄 모르는 것은 익재였다.

그도 두 젊은 사랑하는 사이, 마주 손을 잡고 그리던 회포에 막혀 있는 것이 기쁘지 않음이 아니다.

더욱이 항상 우울 속에 잠겨 있던 왕의 얼굴에 화색이 돌며 즐겨하시는 것을 볼 때 그의 늙은 눈에는 눈물까지 어리었다.

그렇지마는 잠간 기쁨은 큰 슬픔을 가져올 법, 아무리 사사로운 인정이 어렵더라도 큰 사직을 위하여는 희생하지 않으면 안 되는 것이었다.

이제 상국의 딸이 도망을 왔으니 원나라에서 가만히 있을 리가 물론 없었다.

그러면 몰래 달려온 처녀를 말없이 받아들인 고려의 왕실은 어떻게 될가?

기필코 꼬리에 꼬리를 물고 일어날 여러 가지 어려운 문제, 이것을 생각하자 익재는 가만히 있을 수 없었다.

"젊은 정열은 어려운 것, 그러나 나라의 일은 더욱 어려운 것."

익재는 단신 입궐하여 왕께 뵈었다.

"상감마마!"

왕의 앞에 넙죽 엎드린 그는 이렇게 처음 한 마디를 부르고는 다시 목이 메어 말이 계속되지 않는다.

"무슨 말이요?"

왕은 용안에 약간 수색을 띄우시고 간단히 반문하신다.

왕도 익재의 마음을 짐작하신다.

그의 충성, 나라를 염려하는 마음, 그리고 이번에 원나라의 정인을 환영하신데 대하여도 얼마나 그가 못 마땅하게 여기고 있는지

왕은 잘 아신다.

젊은 왕은 약간 부끄러운 듯한 빛을 띄시고 익재의 검은 관 밑으로 휘날리는 허연 머리털을 내려다보시었다.

"상감마마, 마마의 옥체가 마마 한 분의 것만이 아니라 온 나라의 근원이 되심을 아시오면 이 늙은 것의 사뢰오는 말씀도 탓하시지 아니하시오리다."

그는 이렇게 말하며 약간 눈을 들어 왕의 안색을 살피었다.

못마땅해 하시는 눈치였다.

부끄러운 듯이 붉으스럼하게 된 빛은 괴로운 푸른빛으로 변하였다.

그러나 아무 대답은 없으시다.

익재는 역지로 용기를 짜 내어 다시 말을 이었다.

"사사로운 인정이 아무리 끊기 어려우시더라도 나라와 백성의 태평을 생각하옵소서……"

익재는 다시 슬쩍 눈치를 살피었다. 왕의 얼굴에는 역시 괴로워하는 빛이 짙어갔다.

아직 어리실 때 콧물을 흘리며 자기의 앞에 쭈그리고 앉아 글을 읽으시던 왕 점점 자랄수록 어버이 같이 여기고 존경하여 주시던 왕, 원나라에 계신 몇몇 해를 잊지 않으시고 통기를 전해주시며 즉위하신 후에도 스승 같이 부모 같이 섬기시사, 무시로 입궐을 허락하시고 매사에 의견을 참작해 주시는 이 왕의 앞에 하필 그 제일 기뻐하시는 바를 꺾게 하지 않으면 안 될고, 익재의 마음속에는 백 번 주저가 일어났다. 한 번 새로운 결심이 다시 생겼다.

그는 이번에는 왕의 안색을 살피지 않기로 하고 말만 계속하였다. 차마 왕의 역력히 괴로워하심을 정시할 수 없었음이다.

"마마 이 늙은 것이 죽기로 한하고 이렇게 바른 말로 사뢰오니 마마를 우러러 의지하는 백성을 보시사 부디 뜻을 돌이키소서."

언변 없는 익재라, 하고 싶은 말은 간절하나 다 계속할 수 없다는 듯이 띄엄띄엄 하는 한 마디 한마디에 더욱이 목까지 메이니 그 하는 말씨는 하잘 것 없으련만 사람의 정성이란 무서운 것이다. 왕의 타는 듯한 마음도 차차 가라앉기 시작하였다. 왕도 결코 어두운 임금이 아니다.

총명하고 재빠르고 그러면서 정열적인 어른이었다. 열정적인 만큼 사랑에 도 일철(一徹)하지만 잊으려 들면 딱 작성하고 돌아봄이 없을 만큼 과단성 이 있는 분이었다.

"한 사람을 못 잊어합시는 사사로운 정을 넓게 백성 위에 펴시와……"

하는 늙은 스승의 말은 이 정열적인 왕의 마음을 움직이기에 족하였다.

"염려 마오."

하고 왕은 비로소 입을 열었다. 익재는 처음으로 살아난 듯하였다.

후유 한숨을 내어 쉬고 겨우 고개를 드는 그의 이마에는 방울바울 찬 땀이 맺혀 있었다. 가뜩이나 더운 날 그 어려운 그 말을 하려니 오죽이나 어려웠으랴. 왕의 마음속에는 측은한 생각이 들었다.

"염려 말고 물러가오."

왕은 다시 한 번 같은 말로 이르시었다.

익재는 왕이 예상 밖에 순순히 허락하심에 놀랐다. 그처럼 못 잊어하시던 바이라 으레 고집깨나 부리리라 생각하였던 것이 그 같이 승락하심에 도리어 의심스러운 생각까지 들었다. 왕의 얼굴에 더욱 더 또렷해가는 슬픈 그림자, 깊은 결심을 나타내어 굳게 다무신 입술, 모든 것이 큰 일 앞에 희생되시렴을 알자 그의 머리는 더욱 숙으러졌다.

"상감마마, 이 몸이 마마를 위하여 몸을 깨뜨리겠나이다."

그는 수없이 머리를 조아려 왕의 총명을 찬송하고 크신 은혜를 빌었다.

그 날 저녁 왕은 끝으로 정인과 함께 영화(映花樓)에 수라를 드리우고 같이 저녁을 듭시었다. 참으로 짧았던 해후였다.

몇 날을 두고 발이 부르트고 옷이 찢어지도록 몰래 몰래 달려온 처녀의 뜨거운 정리를 생각할 때 왕은 이 사람의 앞에서 무엇이라고 다시 귀국하란 말을 내어 놓을까 가슴은 찢어지는 것 같았다.

달이 올랐다.

열이레 달이건만 그것은 역시 둥글고 밝은 빛이었다. 왕은 달빛에 비추인 정인의 얼굴을 이윽히 바라보시다가

"본국으로 다시 돌아가오."

하고 겨우 더듬거리며 입을 열었다.

"본국으로?"

그 일순 처녀의 얼굴에 웃음이 약간 사라지는 듯 하더니 달 아래

얼굴은 하얗게 질리었다.

왕은 문득 원나라에서 떠나오던 그 밤을 생각하였다.

"내일은 돌아가오."

하던 때의 그 얼굴로 이렇게 파랗게 변하지 않았던가.

그러나 그래도 마음 한구석을 위로해 주는 기대와 기쁨이 있었다. 본국에 서 기다리고 있을 국왕의 자리, 자기를 어버이라 따를 창생에게 대한 커다 란 기대와 흠모. 그러나 이 자리에서 하는 이별은 그저 애타고 섧고 원통한 것 뿐이었다.

'가오'와 '가시오', 비슷한 말이나 그 괴로움의 차이가 이렇게 심할 것을 젊은 왕은 아직 알지 못하였다.

"차마 못할 소리로다. 차마 못할 소리를 내 어찌 쉽게 했었던고."

왕은 달을 우러러 길이 탄식하였다.

아까 익재에게 준 약속의 말이 한없이 후회되었다.

"큰일을 위하여 작은 일을 희생해?"

왕은 가만히 눈을 감고 아까 익재의 말을 되뇌고 난간에 기대앉았다.

"그렇다. 내 한 몸을 희생하면 될 것을…"

그러나 눈을 떴을 때 왕은 시진한 듯이 맞은편에 수그리고 앉은 여인을 보았다. 만 리 객지에 외로이 지나는 동안을 이 처녀의 따뜻한 손에 위로를 받고 아름다운 마음씨에 싸여 오고가던 언약과 맹세의 가지가지를 되뇌던 것 을 기억한다. 봄이면 같이 꽃 따고 여름이면 녹음 밑에 희롱하며 객지의 외로운 등불도 쓸쓸한 줄 모르고 만 리를 격하여 있는 고국 부왕의 그리움도 어려운 줄 몰랐다.

부왕 위급의 보를 접하여도 이 처녀 하나로 그 곳 떠나오기를 주저하였으며 부왕 승하하신 뒤에도 그처럼 애끓은 이별을 하고 온 것과 —— 더욱이 어린 여자의 몸으로 험산 졸곡을 가리지 않고 이렇게 단신 찾아온 것을 생각할 때 왕의 눈에도 어찌 한 줄기 눈물이 없으랴?

그러나 모든 것을 단념하여야 한다고들 하지 않는가. 나라의 큰일을 위하 여서는 이 애끓는 사랑을 잊어야 한다하지 않는가?

정인을 앞에 두고 그 사이 무섭게 초췌해진 왕의 얼굴은 달빛에 비치어 두 눈만이 황황히 빛날 뿐, 마시고 또 마신 술이 전신을 돌아 몸도 마음과 같이 진정을 못하고 난간에 기대인 채 한없이 흔들거렸다.

"못할 말이로다. 차마 못할 말을 했구나."

왕이 괴로워함이 점점 깊어지자 처녀는 다시 참지 못하겠다는 듯이 선뜻 그 앞으로 다가 앉으며 마루에 손을 짚었다.

"이 몸이 물러가오리다. 물러는가오나 이 몸이 왔던 뜻일랑 괄세 마옵소서."

처녀는 영리한 사람이었다. 북풍 같이 쌀쌀한 몽고인(蒙古人) 특유의 성질에 원나라 종실의 외딸로 아무 부족함 없이 거리낌없이 자라난 터이라 여간 하면 발끈하는 성미가 있었다. 더욱이 만리 역정을 찾아온 정랑으로부터 이유야 아무렇든 돌아가라는 선언까지 받은 이상 구구하게 달라붙어 무엇 하랴.

처녀는 다시 한 번 절하고 긴 치마를 떨치며 일어섰다.

"변하기 쉬운 것은 사나이 마음 — "

원나라 왕궁을 몰래 빠져 나올 때 그리던 꿈의 가지가지는 다 어디로 갔는가.

그리운 남쪽 선인이 학을 타고 나르는 그곳 과연 고려의 영역에 들어서자 부터 산은 명미하고 내는 청아하고 사람들은 인자하니 이곳이 모두 장차는 내 것이오. 내 나라라 하여 그의 마음은 한없이 뛰었다.

궐내에 들어왔을 때, 사람들의 수군거리는 말마다 왕이 원나라 종실의 처녀를 생각하사 수라도 듭시지 않으시고 밤잠도 주무시지 않으시고 더욱이 전국의 일색 난희까지 물리치심에 난희는 고려 처녀의 자랑이 짓밟힘을 서러워하여 혀를 깨물어 죽었다 할제 그의 마음은 얼마나 기뻤던가. 그렇던 것이 왕을 만나 그리던 정회를 풀기도 몇 시간, 나라 일에 방해가 되니 되돌아가라 한다.

처녀는 발길마다 넘어질 듯한 것을 억지로 가누면서 누를 떠나왔다.

왕이 딸려 주는 시비도 구종도 모두 물리치고 다만 몸소 끊어 주신 연꽃 한 송이만을 손에 든 채로.

"가지를 떠나 뿌리를 떠나 가엾은 계집에게 안기 운네 신세, 너도 나 같이 박명한 태임인가 보다."

처녀의 떨어뜨리는 눈물은 연꽃에 맺히어 방울방울 이슬 같이 구르고 있었다.

저녁 해는 한 덩이 붉은 점이 되어 지평선으로 떨어져갔다.

밤새 잠은 이루시지 못하시고 종일 몰 한 목음 바로 넘기시지 않으신 왕은 황혼이 되어 올수록 미칠 듯이 가슴 속이 타오르기 시작하였다.

"어저께 이맘때."

하고 왕은 익재를 돌아다보시었다.

말없이 부복한 익재의 등에서는 식은땀이 쭈욱 흘러 나왔다.

왕위도 싫고 영화도 귀찮다고 밤새 뇌이시던 왕, 애인을 따라 산야의 초인이라도 되겠노라고 느껴 우시던 왕의 용안은 밤사이 몰라보게 초라해졌다.

아! 사랑이란 이렇듯 괴로운 것이든가, 지위가 높으면 높을수록 뜻하지 않은 장애가 있고 고통이 있다. 익재는 언제까지나 엎디어 있었다.

"어디까지나 갔을까?"

왕도 한없이 엎디어 있는 이 늙은 스승이 딱하였던지 다시 입을 여시었다.

"영화루에나 가 보고 오오. 어저께의 술 마시던 자리가 남아 있을 것이니……"

하고 왕은 안석에 기대어 눈을 감으신다.

감으신 두 눈에서는 눈물이 주르륵 흘러내렸다. 왕은 그것을 씻으려고도 하지 아니 하시고 그저 가만히 앉아 계신다.

"만 리길을 달려올 때 그 마음이 오죽했으랴. 그냥 있으면 부귀영화가 무르녹을 대국 종실의 딸로서……"

왕은 혼자 말하듯이 뜨문뜨문 뇌이기 시작하셨다.

간밤부터 백 번 이백 번도 더 뇌고 듣고 들은 같은 말이건만 익재의 귀에는 새로운 벽력 같이 크게 울렸다.

"가 보고 오오. 떠나간 행방이나 알려다 주오."

왕은 처음으로 소매 자락을 잡아당기어 얼굴을 훔치신다.

혼자 계시고 싶으심이었다. 혼자서 이 애달픈 설움에 잠겨 있고 싶은 심이었다. 익재는 일어났다.

할일 없이 영화루로 발을 옮기니 어느 결에 들었는지 벌써 사방은 푸르스럼 한 석양빛이 진하다.

"어저께 이맘때 —"

아까 왕이 하시던 말을 되뇌며 누상에 오르자 익재는 깜짝 놀라 딱 발을 멈추었다.

어둑한 누상 난간에 기대어 어떤 허연 그림자가 쓸어져 있다.

그윽한 후원 사람조차, 찾지 않는 이 루상에 어두워오는 날 쓰러진 것이 무엇일가.

일순 의아해 있던 놀람이 조금 진정되자 빨리 달려가 보았다.

원나라 복색을 한 여인이다. 아직 달은 오르지 않아 사면을 분별할 수 없으나 백옥 같은 살빛이며 옥 같은 손길이며 갖은 패물 품위로 보아 원나라의 가장 높은 귀인임에 틀림없다. 영화루 높은 난간에 기대어 엎어진 꽃포기 같이 정신을 잃고 있는 그 여자를 익재는 고요히 일으켜 앉혔다.

일방 급히 냉수를 끼얹으며 사지를 주무르니 구슬 같이 영롱한 눈을 떠 보다가는 곧 다시 정신을 잃고 쓰러진다.

익재는 가슴이 아팠다.

"어찌 아직 이곳에 계시 오니까."

하고 다가앉아 귀에 입을 대이고 소곤거렸으나 소녀는 입술만 약간 달막여 릴뿐 말을 이루지 못한다. 오랜 여정(旅程)의 피곤과 애인에게 버림받은 설움에 맥이 풀리고 정신이 흩으러 졌음이리라. 그는 정기를 잃고 혀까지 굳어 버렸다.

"어제 밤에 떠나셨낤더니 어이한 일이오니까?"

익재가 의아한 듯이 다시 물었을 때 여인은 무엇을 쓰고 싶다는 듯이 손을 내밀어 시늉을 해 보인다.

익제는 얼은 붓과 먹을 가져다주었다.

처녀는 온몸의 힘을 손끝에 모아 억지로 붓을 들어 한 절운을 쓰되

보내신 연 꽃 송이 贈送蓮花片[증송연화편]

붉은 빛 작작 하더니 初來灼灼紅[초래작작홍]

가지 떠남 몇 날이뇨 辭枝今幾日[사지금기일]

이 몸 같이 여위었어라 憔悴人與同[초췌인동]

익재가 받아 보고 그 깊은 뜻에 눈물을 뿌렸다.

그러나 이 뜻을 바로 왕께 전갈 할 수는 없었다. 가뜩이나 반정신이 나가 계신 왕이니 이 같은 소식을 들으시면 필시 밤새 이야기하시던 것 같이 손에 손을 잡으시고 야인 농군의 무리에로 떨어져 가실지 모른다.

그 시구(詩句)를 접어 깊이 간수한 익재는 왕의 계신 곳으로 발을 옮기며 또 괴로운 거짓말을 생각하지 않을 수 없었다.

과연 왕은 익재의 돌아오기를 간곡히 기다리고 계시었다.

눈에 뜨이는 것 귀에 들리는 것, 모두 신산하심에 혼자 계시기를

원하였으나 막상 혼자 계시다 보니 더욱 괴로운 마음이 더하심이리라 왕은 익재의 들어옴을 반가이 맞아 자리까지 권하셨다.

"그래 무슨 소식을 알아 왔소?"

하고 왕이 곧 허덕이며 물었을 때 익재는 가만히 고개를 흔들었다.

"모두 사뢰기 황송한 말씀, 공연히 마마의 가슴을 아프시지 않게 하기 위하와 도리어 드리지 않음이 나은가 하나이다."

왕은 이 익재의 말고 태도에 놀라셨다.

아까까지 어찌할 줄 모르고 왕의 앞에 부복하여 있던 그가 갑자기 이렇게 냉연히 끊어 말함은 무슨 까닭일가.

"아무 말이라도 좋으니 빨리 알려 주오."

왕의 초조해 하는 태도에 익재는 마지못하겠다는 듯이

"변하기 쉬운 것은 부녀자의 마음인가 하나이다."

이렇게 서두를 내어 여태까지 꾸미고 꾸민 거짓말을 사뢰기 시작하였다.

"신이 막 궐문을 나서랴 하옵는데 원복 입은 귀인이 지나가옵기 곧 부르며 따랐사오나 냉연히 조소하며 급히 어떤 술집으로 들어가더이다."

익재가 이까지 말하였을 때

"술집으루?"

하고 왕은 놀라 반문하셨다.

"녜! 그래 바로 술집으로 들어가옵는데 그 속에서 또한 젊은 소년이 나와 서로 손을 잡고 더불어 음주하옵는데 보는 사람마다 욕하며 흉보옵더이다."

왕의 얼굴은 해쓱하여 졌다. 그러나 다시 목소리를 가다듬어

"그럴 리가 있나 원 나라 종실의 딸이 주가에서 소년과 더불어 음주하였다니."

하더니 입 안에 꾸짖는 듯한 어조로

"사람을 잘못 본 게지."

하신다.

"그럴 리가 있겠습니까. 그것이 어떤 말씀이기 잘못 보고 사뢰겠나이까."

하고 이 번에는 익재가 펄쩍 뛰었다.

"신이 연로하와 안명하지는 못하오나 어찌 그 같은 일에 잘못 볼 리야 있겠습니까."

그는 한마디로 부정한다.

왕은 깊이 이맛살을 찌푸린 채 묵묵하시다.

"참 변하기 쉬운 것은 부녀자의 마음, 주가문밖에서 각자기로 묻사오나 들을 수 없었기에 이렇게 초연하와 돌아왔나이다."

익재는 말을 마쳤다.

왕은 가장 못마땅한 듯이 열린 미닫이 밖에 침을 탁 뱉으시며

"더러운 것."

하고 불쑥 한 마디 하셨다.

그렇듯 선량한 체하고 절조 있는 체하더니 아무리 마음의 낙망이 크다 하더라도 그 같이 난잡한 행동을 하는 정인에게 대하여 왕은 분개하다 못하여 미워하셨다.

"나의 괴로운 입장을 모름도 아니겠건만!"

왕의 마음속에는 이 같은 생각이 돌며 원나라에서 뒤쫓아 온 그 정열까지 의심하기 시작하였다.

동시에 그렇듯 가상하다 여기시고 못잊어하시던 정회까지 죽는 것을 깨달으며

"짐도 이제는 나라 일에 몸을 아끼지 않을 뿐이요."

하고 익재를 돌아보신다.

익재는 도리어 자기 거짓이 너무나 심하였던 것이 후회가 나서

"하도 낙망이 심하였기 잠감 화를 풀려는 것인가 하왔습니다."

슬그머니 도로 감싸주려하나 왕은 손을 내졌고

"더러운 것을."

할 뿐 다른 말씀이 없으셨다.

해가 바뀌었다.

왕은 만조백관을 모으시고 경수절(慶壽節)의 잔치를 배푸시었다.

곳은 영화루. 왜 하필 이 곳을 택하셨을까.

익재는 왕의 마음을 잘 안다.

일시는 그의 거짓말에 속아 넘어 정인을 원망하고 침 뱉으셨으나 날이 갈수 록 왕의 마음속에 새로이 연연한 정이 다시 솟기 시작하였다.

잠간 동안의 분노보다 그 분노가 삭아지자 뒤이어 가슴 속을 미이는 것은 오랜 동안 쌓여진 정의와 애끊는 사랑이었다.

그러나 왕은 그 동안 아무 말씀도 하지 않으시었다.

익재도 물론 그 일에는 다시 말하지 아니 하였다.

그러나 경수절, 이 기쁜 날에 왕은 하필 영화루를 치우시고 잔치

를 여신 것이었다.

술잔이 오고 가며 풍악이 유랑해 질수록 밤도 점점 깊어들었다.

왕도 취하셨다. 군신도 모두 취하였다. 이때에 돌연

"죽여 주옵소서."

하고 왕의 앞에 나와 넙죽 엎드린 사람이 있다. 익재였다.

풍악에도 귀 기울이지 않고, 술도 들지 않고 하염없이 한 옆 구석에 앉아있는 익재를 사람들은 다만 기분이 나쁘거니 하였다.

그러나 익재는 작년 여름 이 누상에 쓰러져 정신을 잃었던 그 여인을 생각하고 있는 것이었다.

"죽여 주옵소서"

그는 불문곡절하고 이렇게 왕의 앞에 나와 엎드린 것이었다. 왕도 놀라고 사람들도 놀랐다.

익재는 소매 속에서 그 때의 시구를 꺼내어 왕께 드리고 모든 것을 사실대로 이야기하였다.

크신 벌이 있을 줄 알았다.

몹쓸 진노가 계실 줄 알았다.

그러나 왕은 괴로운 듯이 웃으시며 몸소 익재를 부축하여 일으켰다.

"모두 짐을 위하여 한 일이니 내가 용서하오."

그것은 울상이 된 웃음이었다.

눈에는 눈물이 고이고 입을 빙긋거리며 웃으시는 모양.

익재는 죽는 날까지 그 웃음을 잊지 못하였다.

그리하여 그 웃음을 생각해 낼 때마다 명심하고 왕은을 보답하리라 하였다.

제09편. 이식과 도승(道僧)

1

놀라운 실정과 횡포로 민심(民心)을 잃고 있던 광해조(光海朝)에 있어서는 어른 아이 할 것 없이 기가 죽고 풀이 삭아 이르는 곳마다 침체한 기운이 음산하게 떠도는데 저평(砥平)읍 백아곡(白鴉谷)에 있는 이식(李植)의 집 넓은 바깥마당에는 여덟 살로부터 열아믄 살 쯤 되어 보이는 올망졸망한 아이들의 한 떼가 싸움장난에 열중하고 있다.

돌을 모아다 성을 쌓고 홍백군으로 갈리인 두 패가 머리에 수건을 동이고 나무 막대기로 된 칼들을 휘두르며 와 — 몰려갔다가 또다시 우 — 몰려오고 어린 목이 찢어쪄라고 고함들을 지르며 놀이하는 모양은 비록 어린 아이들의 장난이지만 입에 침을 삼키게 해주었다.

이때 얼굴이 맑고 눈이 영특한 한 소년이 옆에 책을 끼고 들어오다가 아이들의 와자하고 떠드는 것을 보자 약간 이맛살을 찌푸리더니 그냥 안으로 들어가려 한다.

그럼 이 소년은 누구인가. 곧 이 집의 어린 주인 이식(李植) 그 사람이었다.

주인이 돌아오는 것을 보자 남의 집 마당에다 돌을 쌓고 금을 긋고 한 것이 어린 것들의 마음에도 미안하였던지 장난하던 아이들은 민망한 듯한 표정을 짓고 흘금흘금 식이를 쳐다보며 흥이 깨어진 모양인데 그 중에도 똑똑해 보이는 한 아이가 앞으로 나서며

"이얘 너도 용문산(龍門山) 스님에게 글 배우러 갔었나 보구나"

하고 아첨하듯 웃었다. 식이는 대답하기도 귀찮다는 듯이 고개만 끄덕이어 긍정하는 뜻을 표하니 그 아이는 역시 웃으며

"너도 책 두고 나온. 우리 하고 놀자."

한다. 그러자 다른 아이들도

"참 재미있단다."

"그래 여간 기쁘지 않아 얘"

"얼른 나온!"

하며 충동을 하나 식이는 낯을 붉히며 고개를 흔드니, 그것은 그가 비겁하거나 그 같은 놀이를 싫어하는 것은 아니다. 원래 몸이 약질이라 아이들 틈에 섞이어 놀지 못하는 까닭이었다. 과연 그의 얼굴은 맑고 준수하기는 하나 소년다운 혈색이 없이 오직 창백할 뿐이오, 손발 역시 피부 속을 달리는 정맥(靜脈)이 들여다보일 만큼 투명할 지경이었다.

고개를 내젓는 식의 모양을 훑어보던 아이들도 그같이 격심한 장난을 감당할 수 없음을 느꼈던지

"그럼 우리 끼리 놀자."

"그래 막 재미있는 판에 깨어졌구나."

하고 다시 장난할 차비를 하고 혹 어떤 아이는 그래도 미안하던지

"너의 집 앞을 더럽혀서 미안하다. 그렇지만 이따 말짱하게 해 놓을게, 응."

하며 저편으로 달려간다.

이식은 다시 한 번 그들의 모양을 부러운 듯이 바라보고는 바깥의 문을 지나 내실 중문을 들어서니 안방에서 문을 열고 앉아 비종들에게 무슨 분부를 내리고 있던 그 모친이 반겨 마루로 나오며

"글 다 배웠니?"

하고 아들의 손을 잡았다.

그는 피곤한 듯이

"예"

대답하고 안방에 들어와 꿇어앉으니 그 모친은 매일 하는 대로 그날 배운 대목을 외이게 하였다.

단정히 꿇어 앉아 한마디의 그침도 없이 내려 읽는 것을 보고 아들의 총명스러운 태도에 깊이 흡족하였던 모친 홍씨는 식이 그날 배운 바를 다 외우고 피곤한 듯이 물러앉았을 때 저도 모르게 비감한 생각이 바람 같이 스며들었다.

"저 같은 외모 저 같은 총명을 가진 아이가 어찌하여 그렇게 몸이 약할꼬."

홍부인은 외로이 탄식한 후 비종 한 사람에게 명하여 정성스럽게 다려 두었던 보약을 가져오라고 명령하였다.

비록 토반이라고 하나 원래 가세도 부유하고 사람들이 착하고 어

질어 마을의 존경을 일신에 모으고 있는 이 집안에는 아무 근심 걱정이 있으리 없으나 늦게 얻은 아이요 더욱이 외아들인 식이가 항상 몸이 약한 것만이 걱정거리였다.

그러므로 홍씨 부인은 어떻게 하면 식이의 몸을 건강하게 해줄까 하고 주야로 뇌심하게 되었으니 그것은 약한 아이를 가진 부모로서는 당연한 걱정이라 식이도 자기의 허약함이 그렇듯 어머니의 걱정거리가 되는가 생각하니 죄송하고 민망하여 약사발을 놓고 목소리를 가다듬어

"어머니?"

하고 공손히 불렀다.

"왜 그러느냐."

근심스러운 모양으로 아들을 바라다보고 있던 모친이 대답하자

"어머니께서 항상 저의 허약함을 근심하셔서 불안하신 중에 계시니 뵙기도 송구하거니와 저 역시 어떻게 하면 이 같은 약질을 면할 가하여 항상 유념하고 있었는데 오늘 용문사에서 글을 배우다가 문득 생각하니 여러 중들이 목탁을 두드리고 진령송경(振鈴誦經)을 하고 있는 것이 퍽 보기에 좋은 것 같아요."

하더니 잠간 말을 끊고 주저한다.

부인은 갑자기 불안한 생각이 나서

"그러나 네가 중이 되겠단 말이야 아니겠지."

하고 안색을 변하니 식은 웃으며

"그럴 리야 있겠습니까."

"그럼 어떻게 하겠단 말이냐. 네 나이 아직 십여 세에 그처럼 중

들이 하는 모양이 좋아 보인다니 아마 네 몸이 약함으로써 생기는 자격지심인가 보다."

모친의 말은 비감하였다. 식은 송구하여

"어머니 저의 말씀은 그런 뜻이 아니올시다. 오늘 문득 생각나기를 용문산 같이 경치로나 지리로나 훌륭한 절에서 여러분 고승(高僧)을 모시고 몇 달이나 몇 해를 지내고 보면 필시 몸도 건강해 지고 학업도 심히 진취할 것 같은 생각이 났을 뿐입니다. 그러하니 어머님께서는 잘 생각해 보셔서 그 절에 가 조양(調養)케 하도록 해주십시오."

하였다.

부인은 듣고 보니 아들의 말이 과연 그럴듯하기도 하나 노래에 있는 외아들을 슬하에서 떠나보내기가 언짢아서

"오냐 너의 아버님께서 들어오시거든 의논하여 작정하자."

하고 말머리를 꺾은 후

"밖에서 동네 아이들이 또 장난을 하는가 보더라. 너도 나가서 즐거이 놀기나 하렴."

하는 음성에서도 자애가 뚝뚝 흐르고 있었다.

식은 어머님 말씀을 거역하지 못하여 온건한 태도로 그 앞을 물러 나오는 데 아들의 실버들처럼 연약하고 창백한 뒷모양을 하염없이 바라보던 홍씨는 홀로 탄식한다.

"정사에서 호화롭게 지냈다는 우리 집안이 벌써 하향한지 사대나 되어 그동안 국녹을 먹지 못하였다고 어른께서는 항상 서운해 하시었다. 저 아이가 다행히 영리 총명하여 온 마을의 칭찬을 한 몸

에 모으고 있었으니 저의 어른께서도 어떻게 하든지 우리 식이로 하여 다시 우리 문호를 크게 일으키고자 바라시는 모양이나 저렇듯 몸이 약하니 참으로 큰 걱정이 아닐 수 없다."

그리하여 비종의 한 사람을 불러

"도련님께서 즐거이 노시는지 동정을 엿보고 오라."

명령하였다.

그러나 사환은 다시 돌아와 아뢰기를

"도련님께서는 한편 구석에 비켜서서 구경만 하시는데 꼭 무슨 걱정이 계신 것 같이 잔뜩 찌푸리고 있사옵니다."

하니 부인은 그만 가슴이 답답하여

"참 어떻게 하든지 도리를 차려야겠구나."

하고 그날 밤 부친이 돌아왔을 때 제일 먼저 그 일로 의논하였다.

"영감 식이가 낮에 말하기를 용문산에 들어가서 조섭했으면 좋겠다는데요."

"용문산에 들어가다니?"

아버지의 미간에 의아해 하는 주름살이 가늘게 잡혀있었다.

홍씨는 낮에 아들에게서 들은 바 이야기를 되풀이 한 후

"나의 생각에도 그렇게 했으면 좋겠지마는 글쎄 차마!"

말을 하지 못하고 눈물을 씻는다.

"울 것이야 무엇 있소. 식이의 건강에 대하여는 나도 익히 걱정하고 있었는데……."

부친도 그 어머나나 못지않게 아들의 약질을 염려하던 터이라. 늙

은 두양주는 저녁 먹을 것도 잊고 주거니 받거니 그 일에 대하여 생각하다가

"그러기로 합시다. 다행히 그 절에는 고승도 계시고 하니 학업까지 자연 진취할 줄 아오."

하고 단정하였다.

부인은 자기가 먼저 제안(提案)한 바이지만 막상 이렇게 결정을 짓고 보니 자연 마음이 창연하지 않을 수 없어

"참 신명도 야속하시지. 그것을 슬하에서 기르지 못하고 떠나보낸 후 우리 두 늙은이가 앙상하게 남겠구려." 하니

"그게 무슨 말이오. 세상에는 죽어 떠나보내는 수도 있는데."

꾸짖듯이 말하는 영감의 눈에도 이슬이 맺혀 있었다.

2

이렇게 하여 이식은 소망하였던 바 용문산에 기식하여 몸을 조양하는 한편 학문을 닦게 되었다.

새벽 일찍 일어나 용문산의 수림중을 거닐다가 근처 맑은 시냇가에서 정히 세수하고 나면 곧 아침재(齋)의 쇠북 소리가 땅땅 울려 온다.

글 읽는 중들의 경건한 태도며 가슴을 파고드는 뜻 깊은 설법은 식의 마음에 한가지씩을 더 하여 주었고 규칙적인 생활과 맑은 공기는 약하던 몸을 점점 건강하게 해갔다.

더욱이 스승 되는 유념(惟念) 노승은 학식 깊고 덕이 높아 식에게 많은 감화를 주니, 식은 또한 그를 부모 같이 공경하고 우러러 보

았다.

이렇게 하여 어언간 육년이란 세월이 흘러가자 식의 나이 열여섯 살이 되어 건장한 홍안 소년의 풍이 나며 학문도 모든 기초 지식을 필하고 주역(周易)에 착수하게 되었다.

그러나 이 책은 그 뜻이 깊고 오묘하여 침잠연구(沈潛研究)하나 오히려 깨닫기 어려운 중 설상가상으로 스승 되는 유념이 노병으로 자리에 눕고 말았다.

식은 몹시 비통해 하나 역시 밤마다 촛불을 돋우고 늦게까지 열심히 독서하는데 그 스승이 차마 보지 못하여

"그만 자거라."

하고 간절히 이르나 듣지 않고

"내가 오늘날 근 십년을 대사에게 글을 배우고도 아직 의심되는 점을 다 못 깨달았거든 이제 대사 중병에 처해 있으니 욕심내어 한자라도 더 알려하지 않고 어이 하겠습니까."

하고 굳이 고집하며 어떤 때는 밤을 새우는 일 조차 있었다.

유념은

"그렇지 않도다. 세상에 만물이 모두 스승이요, 비록 금수 잡목에까지도 배울 것이 있거든 어찌 이 몸의 가고 옴을 근심하리요. 그러하니 이 몸이 왕생극락한 후에도 결코 낙망하지 말고 만물 만사에서 배움을 받으라."

하고 훈계하였다.

식은 존경하는 스승의 부탁이라,

"그리하오리다."

대답하여 유념을 안심시키고 자기도 정말 같은 생각을 잊지 말아야겠다고 뜻을 머금었으니 몇 날 더 지난 후

"다시 한 번 부탁하는 것은 세상 어떤 사람에게든지 배울 생각을 하고 남을 업신여기지 말라."

하는 한마디를 남기고 유념은 숨이 끊어졌다.

이식의 비통이 오죽하였을까. 여러 중들의 슬픔과 인근 동네사람들의 애석(哀惜)해하는 가운데서 그의 장례는 굉장하게 마쳤다.

용문산록 좋은 곳을 가리어 안장하고 사람들의 마음도 다시 평정상태로 돌아왔건만 한창 향학열이 불탈 때 믿던 지도자를 잃은 식은 문득 문득 스승의 그리움을 참지 못하였다.

연구하여도 깨달을 수 없는 심오한 학문! 그는 여러 중들이 깊이 잠든 숨소리를 들으며 오히려 등불을 돋우고 고개를 기웃거렸다.

그날도 그는 새벽까지 잠을 이루지 못하고 열심히 생각하고 있는데 뭇 중들은 모두 노곤하여 정신없이 잠에 취하여 있고 사방은 적막하여 들리느니 개울물의 졸졸 하는 음향뿐인데 벽에 기대어 앉아 가만히 눈을 감고 명상에 잠기었던 그는 문득 어떤 중의 끌끌하고 혀 채는 소리를 들었다.

이상히 생각하여 그 편으로 고개를 돌리니 여태까지 눈에도 뜨이지 않았던 한 남루한 부목승(負木僧)이 식의 등불에서 흐르는 여광(餘光)에 비추어가며 자기의 남루한 누더기 옷을 기우며 그 같이 혀를 차고 탄성을 발하는 것이었다.

"아마 제 신세타령을 하고 혀를 차이는 것이겠지."

하고 자기의 사색(思索)에 방해되는 그 행동을 분개하였으나 곧

다시 측은한 생각이 들며

"신세타령도 날만 하지. 저 늙은이가 종일 그 많은 나무를 해 대고도 여태까지 누더기를 기워야하니 다른 사람이 보아도 가엾구나."

그러나 부목승의 탄식은 그가 생각한 바와 같이 간단한 의미가 아니었다.

중은 힐끗 식을 바라보며 가만히 눈을 감고 있는 그 모양에 아마 잠 들은 줄 알았든지 혼자 소리 같이 중얼거린다.

"서생(書生)이 끊임없는 생각으로 연구하고 애쓰나 깨닫는 바가 지극히 적은 모양이니 참 가엾다. 저 젊은 심력을 헛되이 허비하는 것이 보기 딱하지만 바로 일러 주지 못하니 더욱 딱하구나."

이식이는 그 소리를 듣자 그만 급한 성미에 발근하였다.

그러나 다음 순간 곧 그 머리에 떠오르는 환영이 있었으니 곧 스승 유념의 모양이었다.

아무리 초라한 사람일지라도

"업신여기지 말고 배움을 청하라."

하던 그 인자한 목소리였다.

식은 불쑥 내미는 성미를 꾹 참았다.

"내가 본래 남을 업신여기는 성질이 있거든 그러므로 스승께서도 특히 이 일로 경계하셨거든."

하고 그는 여전히 꼼짝 않고 앉아 있었다. 부목승은 아직요 그를 자는 줄로 만 알고 있는지

"저 같은 성력에 좋은 스승만 만났더라면 더욱 진취할 것을 가엾

은 일이로다."

하고 연해 탄식하는 것이었다.

3

다음날도 이식은 새벽 일찍 수풀 속을 한 바퀴 돌쳐나와 근처 개울에서 얼굴을 씻었다. 손에 묻은 물을 베수건으로 훔치며 막 발길을 돌리려니 저편 비탈진 언덕길로 어떤 노승이 등에 한 짐 가뜩 나무를 지고 비실거리며 내려간다. 아침 식전에 한 짐 해 두려는 생각이리라. 약한 몸에 너무 많은 짐을 올렸기 때문에 그 조그만 체구는 나무 짐 밑에 깔려버린 것 같다.

식은 가엾은 생각이 나서 얼른 달려가 메인 짐뒤를 약간 받쳐주었다.

중은 잠시 앞으로 꼬꾸라질 듯이 꺼뚝이더니 겨우 몸을 가누고

"누구신지 고맙소."

하고 중얼거리는데 그 말이 몹시 식의 귀에 익숙하였다.

이제는 건장하고 힘센 소년이 된 그는 두 손으로 아름 넘는 나뭇단을 번쩍 들어 길 위에 내려놓고 어리둥절하고 있는 노승의 손목을 탁 잡았다.

"대사, 대사께서 오늘 새벽에 하신 말씀을 이 몸이 분명히 들었소이다. 대사는 아마 내가 자는 줄 알고 하신 말씀이겠지만 결코 잔것이 아니라 사색심고(思索甚苦)하여 고통하고 있었던 것이요."

하고 잠깐 말을 끊었다가

"유념대사가 가신 후 사방으로 스승을 구하고 있었습니다. 그러던

차에 오늘 새벽 대사의 말씀을 듣고 보니 대사야말로 필시 깊이 역리(易理)를 아시는 분일시 분명하니 미심한 저를 가르쳐 주시기 원하옵니다."

하고 간청하였다.

중은 허허웃고

"가난하고 더러운 이 몸같은 용승(庸僧)이 무엇을 알겠소. 새벽일을 들으셨다니 민망하오 마는 그저 서생의 몸으로 공부가 하도 각심(刻沈)한 것을 보니 정신을 소모하겠기 그 것을 염려하여 한 말이오." 한다.

이식은 그 말은 들은 척 않고 더욱 앞으로 다가서며

"그렇지 않습니다. 가물에 비를 기다리듯 학리에 주린 몸이니 사양마시고 해설(解說)해 주십시오."

하나 중은 여전히 고개를 흔들고

"천만에 말이오, 이 몸은 문자(文字)라고는 본래부터 몽매하기 짝이 없는 터이니 항차 주역이라니 말이 될 말이오?"

한 후 급한 듯이 나무를 매고 가려 한다.

이식은 딱하였으나 다시 한 번 유념의 훈계를 생각하고 그의 나뭇짐을 내려놓게 하였다.

"그럼 오늘 새벽에 말씀하시기를 바로 일러주지 못하니 딱하다 하셨으니 그럼 그것은 무슨 의이오니까."

그가 태도를 공손히 하여 정색하고 힐난하니 그제야 중도 숨길 수 없었던지 마지못하여

"그처럼 말씀하시는 데는 더 거절할 수 없구려. 참 이 같은 천승

을 업신여기지 않고 끝까지 대접해 주시는 태도야말로 감탄할만하오. 그래야지. 암 그래야 뜻한바 큰일을 성취하지."

하고 혼자 고래를 끄떡 끄떡하더니

"만약 의심이 나는 난처가 있거던 일일이 부첨(付籤)해 두었다가 조용한 곳에서 물어 주오."

하여 승낙하였다.

이식은 크게 기뻐하여

"고맙습니다. 그럼 그리 하지요."

하고 몸소 나뭇단을 절간까지 저다 주었다. 그 후로는 풀지 못하는 곳이 있으면 표를 해 두었다가 나무하는 승의 자취를 찾아 무성한 숲속이나 고요한 천변 같은 곳에서 조용히 질문하니 노승의 대답은 참으로 미묘한 곳까지 파고 들어가 가히 사람들의 의표(意表)에 뛰어난다 할 만 하였다.

이식은 마음이 여름날 냉수 마신 것 같이 시원하고 하늘에 구름 벗겨지는 것 같이 상쾌하여 그 기쁨을 참지 못하고 어느 날 드디어 승의 앞에 절하여

"스승으로 모시게 해 주소서."

하고 청원하였다.

노승은 몇 번이나 사양하였으나 드디어 그 열심에 탄복하여 이것을 허락하니 식의 기쁨이야 말할 것도 없을 지경이라, 일개 부목하는 용승과 토반읍 귀동자와 은밀한 가운데 사제정이 돈독하게 상통하며 그의 학문도 일취월장 놀랍게 진보되는 것이었다.

이렇게 하여 다시 일 년 가까운 세월이 흘러간 다음 해 봄날 두

사람은 잔디 돋은 들가에 마주 앉아 한가히 종다리 소리를 들으며 이런 일 저런 일을 이야기하다가 도승은 문득 생각난 듯 이식을 돌이켜 보며

"이제 학문도 그 만큼 진취하였으니 정사에 나아가 과거를 봄이 어떠뇨."

하고 권하였다.

식이도 진작부터 그 같은 마음을 품고 있어 한번 스승의 뜻을 알아보려고 하던 터이라 반겨하였으나 또한 민망한 생각이 나서

"아직 현미(玄微)한 몸이 어찌 감당하오리까."

하고 사양하나 노승은 한번 웃고

"그렇지 않으니 빨리 상경하여 부모를 안심시키고 오랫동안 쌓인 불효의 죄를 풀라" 하여 구지 권하였다.

식도 마지못하여 행장을 수습한 후 오랫동안 같이 거하던 여러 중들에게 하직하고 스승 되는 노승에게는 절하며 하산할 제.

"이렇듯 몸을 보살펴 주신 은혜 차마 잊을 수 없으며 후일 입신 하더라도 참으로 잊지 못하겠나이다."

하고 눈물을 흘리니, 스승도 그의 손을 잡은 후

"우리 다시 만날 때까지 부디 몸조심 하라."

하며 산문까지 따라 나와 이별을 아끼었다. 식이도 차마 떠나지 못하여 주춤거리는데 집에서 마중 나온 비종의 한 사람은

"아까부터 마님께서는 문 밖에서 도련님 돌아오시기를 기다립니다. 어서 가서 뵈옵서얍지요."

하고 무거운 듯이 짐을 추스른다.

그제야 이식도 발을 떼어 놓으려니 노승은 따라 오며 긴한 듯이

"아직 잘 모르겠으나 아마 자네에게 꼭 일러야 할 일이 있을지도 몰라."

하고 잠간 말을 끊는다. 식은 의아하여 다시 돌아서며

"무슨 말씀이오니까!"

물었다.

"글쎄 아직은 잘 모르겠네마는 내년 정월에는 경사로 자네를 찾아 갈 터이니 그때 이야기하지."

노승이 눈을 감고 지팡이에 의지하니 식이도 돌아보며 용문산을 떠나왔다.

4

이 때는 곧 경오(庚午)년이라 사방에서 몰려들은 늙고 젊은 선비들이 제각기 장원급제를 목표삼고 온 서울은 법석통인 가운데 뜻을 세우고 과거를 보러 온 식의 모양도 섞이었었다.

그는 용문산에서 스승을 하직하고 본가에 돌아와 기뻐하는 부모님의 얼굴을 뵈오니 따뜻한 가정을 떠날 뜻은 별로 없었으나 과거 보는 날이 임박하였으므로 오래 머물지 못하고 격조하였던 정회나 대강 풀자 곧 서울로 떠나온 것이었다.

"그 때는 약한 너를 절에 보내고 밤잠도 달게 자지 못하였더니 이제 네 몸이 저렇듯 건장해진 것을 보니 어디를 보내어도 마음을 놓겠구나."

그 동안 몰라보게 겉늙은 모친은 대문 밖까지 배웅하며 아들의

등을 썼다.

문밖 광장에는 여전히 마을 아이들이 모여 있어 싸움 장난을 하는데 식이는 칠 년 전 어느 날 어머니의 명을 받아 나왔으니 차마 그 속에 끼지 못하고 한편 구석에 쪼그리고 서서 손가락만 깨물던 자기 모양을 생각하고 감개무량하였다.

그러나 자신 있는 그는 용기가 충만하여 서울에 닿았더니 과연 그해 문과(文科)에 장원하여 영광이 미칠 데 없었다. 곧 시골의 부모를 모셔 올리고 다시 경사의 귀족과 통혼하여 일가일문이 용흥하였으나 항상 잊지 못하는 것은 용문사의 스승이던 부목승이다.

"이 영화가 모두 스님의 덕이외다."

하고 용문사로 몇 번이나 찾아 갔었고 사람을 보내어 수소문하였다. 그렇지만 용문사의 대답은

"그 사람은 지난봄부터 이 절에서 없어졌소."

하는 것이 그까짓 용승의 한 두 사람이야 있건 없건 탓할 것이 없다는 어조였다.

그 전갈을 듣자 식도 할 수 없이 생각을 멈추고 어서 약속한 정월이 돌아오기를 기다렸더니 과연 이듬해 정월 어느 날 표연히 그는 찾아왔다.

이식은 크게 기뻐하여 부모님을 상면케하고 몸소 상하를 통촉하여 대접이 융숭하며 지난 일을 서로 이야기하여 정의에 그칠 바를 알지 못하였다.

이렇게 삼일을 유한 후 노승은 작별을 고하니 이식이 매우 섭섭해 하며

"이 몸이 현미한 것을 오늘 날의 영광을 누리게 된 것은 모두 대사의 은공이라 그 고마운 정을 가실 길이 없던 차이니 부디 이대로 내 집에 머무시면 평생을 의식범절 부족 없이 모시오리다."

하였다.

그러나 노승은 웃으며

"부족 없는 생활보담은 한운야학(閑雲野鶴)을 짝하여 폐갈색노(幣褐塞驢)로 방랑하는 것이 도리어 편하오."

하고 고개를 흔든다.

식이도 하는 수 없이

"그럼 작년 봄 이몸에게 이르려고 하시던 것은 무슨 말씀이오니까!"

하니 그는 자세히 이식의 평생을 추론(推論)하고 또 말하기를

"병자년(丙子年)에는 큰 난리가 일어날 것이니, 공은 필시 일가를 이끌고 영춘(永春)땅에 피하여 있으면 가히 면할 것이오."

하며 그 곳의 지리와 형태를 일러 주었다. 이식은 고맙게 받들어 들고

"그럼 또 언제나 뵈올 수 있사옵니까?"

하니 노승은 태연히

"○○년 ○○○○날 ○시(時)에 관서(關西)에서 만날 것이오."

하고 대답한 후 또 다시 표연히 가 버리었다, 이식은 즉시 승의 이른 바와 같이 병자년에 피난할 준비로 영춘 땅에 집을 짓고 전장을 장만하게 하였다. 급기야 병자호란이 일어나매 일가를 인솔하고 그곳으로 피해 들어가 무사히 난리를 피하였다.

그제야 집안 식구로부터 다른 사람들도 모두 이상히 생각하여

"참 그 중이야말로 심상한 사람이 아니다."

하고들 야단이었다.

그리하여 이 소문이 급기야 천문(天聞)에까지 달하니 임군이시던 인조(仁祖)께서는 어지러운 천하를 수습코자 발정까지 일으키시던 크신 어른이라, 한편 호협한 기질도 계시었으므로

"그 중을 찾아내어라."

하는 명을 내리셨다. 그러나 아무리 사람을 놓아 보내어도 찾을 길이 없으므로 이식은 궐하에 이르러

"그 사람이 ○○년 ○○○○날 ○시에 관서에서 만나기로 하였사오니 그때 신을 관서로 보내어 주시면 만나볼가 하옵니다." 하였다.

이 때 이식의 벼슬은 이조판서(吏曹判書)라 왕께서도 심히 신임하시던 까닭에 드디어 약속한바 그날이 가까워 오자 왕은 식으로 하여금 관서로 봉사(奉使)하셨다.

그러나 다정한 은사 만나기를 그야말로 일각이 여삼추로 기다리고 있던 터이라 상약한 날자 안에라도 혹 만날 길이 있을까 하여 각 사찰로 두루 다니며 알아보았으나 스승의 자취는 모연하였다. 기어코 약속한 날이 왔다.

이날 공은 묘향산에 와 있었다.

하루해도 떨어져 저녁기운이 묘향산에 봉오리를 휩쌀 때 이공은 두 승도(僧徒)가 메는 남여(藍輿)에 올라 앉아 묘향산(妙香山)을 향하고 올라가는 중이었다.

"허 믿었던 스님께서도 언약을 어기시나, 약속한 시간이 되었건만

뵙지 못하니 이런 딱할 데가 어디 있을꼬."

이식은 이렇게 탄식하며 흔들흔들 남여 위에서 졸고 있었다.

생각하니 벌써 수십 년 전이다. 십여 세에 용문산에 들어가 유념을 받들어 섬기고 그의 최후 유언을 명심하였던 까닭에 또한 일개부목승을 받들어 그 은혜를 입음이 허다하매 과연 측량치 못할 것은 세상일이다. 경사로 자기를 찾았을 때에는 아직 건장했으나 그동안 혹 병이나 나시지 않았나, 또한 돌아가시지나 않았나 하는 생각이 들며 자연 마음이 비감해 졌다.

"혹 그럴는지도 몰라, 아니 정녕 그런 모양이지, 그렇지 않으면 만나자는 시각에 지체할 어른이 아니신걸."

비록 짧은 동안이나마 스승으로 전심을 다하여 받들어 본 일이 있는 그는 이렇게 노승을 믿으려 하였다.

"어느 절간 외로운 한 구석에서 병들어 있으면 어떻게 하나 그이로 말하면 나의 평생 은인인데……"

이렇게 거듭 생각하자 공의 눈앞에는 어떤 쓸쓸한 산사(山寺) 한 모퉁이에 쓰러져 기진해 있는 스승의 모양이 눈앞에 선히 떠오르며 그만 초조한 마음에 눈을 번쩍 떴다.

그러나 이것이 웬일인가.

공은 으악 소리를 지를 뻔한 것을 꾹 누르고 다시 한 번 똑바로 앞을 보았다.

방금 자기가 타고 가는 남여의 앞잡이를 멘 늙은 노승 ─ 그 사람이야 말로 공이 여태까지 기다리고 두루 찾던 그리운 스승이 아니었던가.

이식은 급히 남여를 멈추게 한 후 뛰어 내려와 스승의 앞에 넙죽 엎디었다. 무엇이라 말은 나오지 않고 반가운 눈물만이 하염없이 내려와 양협을 적신다.

"스님 웬일이오니까!"

이윽고 공의 목에서 째여나온 소리는 이것뿐이었다.

그러나 노승은 태연하였다.

"웬일이라니 이날 이시가 바로 공과 약속한 그 시각이 아니오. 언약한 시각에 언약한 장소에서 상봉하는 것이매 무슨 놀람이 있으리 있겠소."

그는 침착히 이식을 안아 일으킨 후 다시 목소리를 가다듬어

"용문사의 부목승이 묘향사의 남여승됨에 의아된 점이 있을 리 없거든."

하고 허허 웃었다.

돌아보니 뒷잡이를 메고 오던 동무중은 이 의외의 정경에 놀랐으리라. 얼빠진 사람처럼 남여뒷다리를 움켜잡고 멀건히 이편을 바라보고 섰다.

이공은 우선 스승의 아래위를 훑어보더니 준일(俊逸)한 품이 용문산에 있을 때와 별로 다름이 없으므로 여태까지 하던 몹쓸 궁상을 돌이켜 생각하고 우선 안심한 후 몸소 그를 부축하여가며 묘향사에 들었다.

그리하여 이판이 오셨다고 상하가 들 끓는 속에 조용히 따로 방하나를 깨끗하게 치우게 하고 함께 사흘을 유하며 갖은 말로 가지와 같이 상경하여 영화를 나누기를 빌었다.

"이렇게 다니시다가는 나중에 외로이 임종하실 거니 부디 동행하기 바라오."

그러나 노승은 현현히 고개를 젓고

"다 천명이니 나는 천명을 봉승할 뿐이오."

하며 사흘 동안에 여러 가지로 도(道)에 대한 설법을 들려주었다. 공은 크게 깨닫는 바가 있어

"스승의 이 가르치심을 널리 달(達)케 하오리다."

하니 스승은 다시 위로는 나라의 일로부터 아래로는 가사(家私)에 대한 것까지 여러 가지로 미미 말하여준 후

"이 말대로 행하면 길이 평안히 있을 것이오."

하고 공의 손을 어루만졌다. 이렇게 하여 사흘째 되던 그는 또다시 훌훌히 떠나려 하는 고로 이식은

"그럼 이 담에는 어디서 만나 주시겠습니까?"

하고 물으니 노승은 슬픈 듯이

"이게 마지막이오."

하며 고개를 숙이었다.

5

묘향산에서 최후로 스승을 이별한 이식공은 다시 상경하여 그 뜻을 왕께 사뢰고 노승의 일러 준 바를 전갈한 후 배운 도를 퍼뜨리니 깨닫는 자가 많았다.

이 이식공은 자를 여고(汝固)라 하고 호를 택당(澤堂)이라 하였으니 곧 문전공(文貞公)이란 시호(諡號)를 가지신 어른이다.

제10편. 순정의 호동왕자

고구려 대무신왕 十五[십오]년.

가을 해가 서편 벌판으로 뉘엿 뉘엿 넘어가려 한다.

바야흐로 하늘을 찌를 듯한 고구려의 세력이 한토(漢土)의 낙랑(樂浪)까지도 집어 삼켜서 어제까지도 낙랑의 서울이던 땅이 오늘의 고구려의 일(一) 읍으로 되었다. 그로써 읍의 교외 멀리 패수를 굽어보는 아담한 재릉에 한 개 새로운 무덤이 서 있었다.

고귀한 사람의 무덤인 듯, 그 앞에 아로새긴 돌이며 무덤의 높이가 보통 평민의 무덤은 아니었다. 그리고 이 근처의 무덤이 모두 한풍(漢風)을 띄운데 반하여 이 무덤만은 고구려풍이다.

황혼의 해를 등으로 받고 고요히 누워 있는 이 무덤 위로 깃을 찾아 가는 몇 마리의 까마귀가 울며 지나간다.

황혼의 교외.

황혼의 무덤.

고요한 사위였다.

* * *

황혼도 어느덧 대지로 사라지고 붉으스럼한 가을달이 동녘 하늘로 솟아올랐다.

동녘 하늘에 솟아 오른 달의 그림자가 소 한 마리의 길이 쯤 높이 오른 때였다. 한 사람의 그림자가 벌판에 나타났다. 말을 타고 이 재릉으로 향하여 달려온다. 말은 쉽지 않은 명마로서 그 걸음걸이며 숨소리의 웅장함이 가위 용마라 할 듯하나 말께 오른 주인은 기운이 하나도 없이 말이 달려가는 대로 버려두는 모양이다.

그러나 말은 이 길에 익은 듯 일직선으로 무덤을 향해 달려온다.

이윽고 무덤까지 달려 온 말은 무덤정면을 피하여 측면으로 돌아 갔다. 그리고는 마치 다 왔다는 것을 주인에게 알리려는 듯 발로서 땅을 긁으면서 우렁차게 울었다.

말 주인은 말에서 내렸다. 말을 그 곳에 버린 채 무덤의 정면으로 돌아 왔다.

돌아와서도 무덤 앞에 묵묵히 서 있을 뿐이었다. 아무 말도 없이 머리를 가슴에 푹 묻고 서 있는 그의 두 눈에서는 눈물만 비 오듯 하였다.

한각경을 아무 말도 없이 서 있다가야 그는 도로 말께로 돌아갔다.

다시 말께 오른다. 그런 뒤에는 다시 아까 온 길로 돌아간다.

그는 호동왕자(好童王子)였다.

낙랑공주의 무덤을 찾아 왔던 것이었다.

지금 고구려에서는 낙랑을 정복하였다고 그 전승 축하 기분이 온 나라에 넘쳐 있다. 그러나 호동왕자의 가슴은 쓰리고 아프고 적적할 뿐이었다.

자기는 전승장군 — 말하자면 이 승리를 가장 기뻐하여야 할 것

이다. 그러나 낙랑영토를 얻는 것과 동시에 가장 사랑하던 낙랑공
주를 잃어버린 왕자는 마음이 조금도 기쁘지 않았다.

낙랑을 정복한다는 것은 년래의 고구려의 숙망으로서 그 숙망을
이루었으매 당연히 기꺼워해야 할 것이다. 바야흐로 뻗어 나아가는
고구려는 인제도 연하여 남으로 북으로 정벌을 거듭하여 대고구려
제국을 건설해야 할 것이다.

이만한 것을 모르는 왕자가 아니었으며 이만한 야심을 안 가진
왕자가 아니었지만 이번의 낙랑정복의 결과로서 생긴 공주의 참변
이 왕자에게는 가슴 아팠다.

더구나 공주는 자기 때문에 목숨을 잃지 않았는가.

낙랑의 국보인 나발과 북을 깨뜨려 버렸기 때문에 낙랑왕 최리의
노염을 사서 참사하지 않았는가. 북과 나발을 깨뜨리라고 지시한
사람은 자기가 아니었던가. 낙랑을 정벌하자면 그 나라의 국보로
되어 있는 북과 나발을 먼저 없이하여야 하겠으므로 공주의 힘을
빌어서 그것을 깨뜨리지 않았는가.

낙랑의 북과 나발이 없어진 덕에 고구려는 손쉽게 낙랑을 정복하
였다. 말하자면 이번의 승리는 공주의 덕이라 할 수도 있었다.

공주는 오로지 왕자 자기에게 대한 애정 때문에 제 나라에 반역
을 한 셈이다.

이 크나 큰 사랑에 대한 보수를 받지 못하고 공주는 저 세상으로
갔구나.

온 고구려는 전승축하 기분으로 들떠 있을 이때에 그 전승의 제
일공자인 공주는 승리를 보기 전에 저 세상으로 갔구나.

한 걸음만 더 빨리 왔다면 혹은 공주를 구해냈을는지도 모를 것을.

생각하면 생각할수록 왕자의 마음은 더 아프고 쓰릴 따름이었다.

새로이 묻은 이 무덤.

지금 이 아래서 썩어 들어갈 공주의 몸을 생각하면 지난날 낙랑 궁중에서 기뻐 떨던 공주가 연상되어서 가슴을 우겨 내는 듯하였다.

공주여.

공주여.

부르나 대답 없는 무덤 앞에서 부르면 무얼하리.

그러나 또한 부르지 않을 수 없는 심사를 어찌하랴.

눈물만 한 없이 흐를 뿐이었다.

* * *

나날이 초췌하여 가는 호동왕자의 꼴은 아버님 왕에게도 딱하였다.

왕도 호동의 가슴 아파하는 까닭을 짐작한다. 왕자가 그 언제 낙랑 정벌군의 원수로서 출정하려 할 때,

"네가 전승하면 상으로 무엇을 주랴?"

물으매 그때 왕자의 대답이,

"소신은 다른 소망이 없사옵니다. 낙랑공주로써 왕자빈을 삼아 줍시사."

하지 않았던가.

전승을 하면 당연히 데려올 줄 믿었던 공주를 데려오지 못하고

그 대신 왕자가 음울한 얼굴로 패군지장과 같이 개선한 모양으로 미루어 짐작컨대 낙랑공주는 분명히 죽었든가 어떻게 된 것이다.

그 뒤로부터 차차 음침해가고 초췌해가며 듣건대 간간이 단신 말을 타고 대궐을 벗어나서 일량일식 없어졌다가 다시 돌아오며 한다는 것을 보니 이것은 정녕코 잃어버린 낙랑공주에게 대한 상사병이었다.

이 호동왕자는 왕비의 소생이 아니었다. 왕비에게서는 아직 소생이 없고 후궁에서 난 왕자이었다.

왕비는 아직 늙지 않았으매 장래를 알 수 없지만 왕으로서는 이 왕자에게 큰 촉망을 두고 있었다. 그런 뜻을 노골적으로 표시한 적은 없었지만 왕의 내심으로는 왕비가 장래에도 소생이 없기를 은근히 바라기까지 하였다.

보아하니 호동왕자는 아직 소년의 경을 면치 못했지만 그 견식으로든지 무술로든지 역량으로든지 당당한 인물만 모여 있는 고구려 조정에서도 가장 빼어나는 인물로서 장차 이 나라를 부탁함에 조금도 근심되는 점이 없는 소년이었다.

왕비에게 장래 소생이 있다손 치더라도 어떤 자식이 날는지 알 수 없는 배며 비록 걸출이 난다 할지라도 호동보다 더한 인물이 나리라고는 믿지 못할 배다.

그러면 도리어 왕비에게는 소생이 없고 이 호동왕자가 장차 당신이 승하한 후에는 고구려 임금의 자리를 점령하는 것이 국책상으로 가장 바라는 바였다.

이만한 촉망을 두었으니 만치 왕의 이 왕자에게 대한 사랑은 큰 것이었다.

그 사랑이 크니만치 지금의 초췌한 모양을 볼 때에 왕은 매우 근심되었다.

하루는 왕이 조용히 왕자를 불렀다.

"네 마음에 무슨 근심이 있으면 다 말해 봐라."

이 말에 왕자는 잠깐 생각한 뒤에 대답하였다.

"소신께 무슨 근심이 있사오리까?"

"아니로다. 근심이 없으면 왜 이렇듯 초췌하였겠느냐? 마음에 있는 바를 다 말하여라."

왕자는 묵묵히 있었다. 묵묵히 있는 동안 그의 눈에서는 다시 눈물만 쏟아졌다.

"폐하."

"?"

"폐하의 총애하시는 소신 이옵고 일국의 왕자 이옵고, 전승장군이옵고, 온 백성이 사랑해주는 소년 귀인으로서 소신께 무슨 근심이 있사오리까? 다만 왜 ― 왜― 그러하온지……."

흐르는 눈물 아래서 계속하는 말 ―.

"적적하옵니다. 가을철이라 그러하온지……."

"좀 마음을 쾌활히 먹어보면 어떠냐?"

"노력해왔습니다. 말을 달려 보았습니다. 활을 쏘아 보았습니다. 사냥을 해 보았습니다. 그렇지만 마음은 꺼질 듯할 뿐이로소이다."

왕은 한참을 물끄러미 사랑하는 왕자의 얼굴을 굽어보았다. 왕에게서도 기다란 탄식이 나왔다.

"폐하."

"왜 그러느냐."

"폐하 소신께 수유를 주십소사."

"수유? 얼마동안이냐."

"영구히."

왕은 눈을 크게 하였다.

"?"

"영구히 폐하, 소신은 왜 그런지 세상만사가 귀찮고 깊은 산에 들어가서 도를 닦으며 일생을 보내고 싶습니다."

"그게 무슨 소리냐 너를 보내고는 내가 견딜 듯 싶으냐? 나는 참는다 치고라도 고구려 백성이 가만 있을 듯 싶으냐? 온 국민의 촉망이 너의 어깨에 있는 줄 너도 알지 않느냐."

용맹한 왕자, 전승장군으로서의 신망은 왕의 깨우침이 아닐지라도 자기도 잘 알고 있는 바다. 그러나 그 모든 명예가 왕자에게는 귀찮고 시끄러울 따름이었다.

"그래도 ……"

"백성의 말썽까지 어떻게 모면한다 할지라도 장차 이 나라를 누구에게 부탁하겠느냐? 아예 그런 생각은 말아라."

부왕의 간곡한 말 가운데서도 호동은 가슴이 뜨끔하였다.

지금의 부왕의 말의 뜻은 장차 자기를 태자로 책봉하려는 의향인 모양이다. 지금 왕자라는 이 자리도 귀찮거늘 태자의 자리를 어떻게 감당하나?

* * *

왕은 이 왕자의 쓸쓸해 하는 심사를 얼마간이라도 위로하고자 나라의 일등 여악(女樂)들을 뽑아서 왕자궁으로 보냈다.

어느 날 호동왕자가 역시 외로운 심사로서 뜰에 떨어지는 낙엽을 보고 있을 때에 홀연히 여악이 울리는 요란한 음악소리가 났다.

왕자는 깜짝 놀랐다. 왕자궁에는 여악이 없었거늘 웬일인지 알 수 없었다.

그러나 머지않은 곳에서 나는 것을 보니 이 왕자궁내에서 나는 것이 분명하였다.

시녀를 불러서 물어보고 왕자는 비로소 부왕이 자기를 위로코자 보낸 여 악인 줄 알았다.

왕자는 부왕의 이 일이 고맙기는 하였다. 그러나 자기의 구슬픈 심사와는 반대되는 흥성스런 음악이 도리어 왕자에게는 귀찮았다.

잠시 앉아서 듣기 싫은 음악에 귀를 기울여도 보았지만 종내 참지 못하여 몸을 일으켰다.

머리를 가슴에 푹 묻고 나가는 왕자 ㅡ.

왕자가 왕자궁 문 밖에까지 나가매 음악은 싱거운 듯이 제 혼자 멎어 버리고 버석거리는 낙엽의 소리만 어수선하였다.

왕자궁을 나선 호동왕자는 차차 대궐후원으로 돌아갔다.

낙엽으로 한 벌 덮인 후원.

낙엽이 비 오듯 하는 사위.

성기 성기 줄기만 남은 늙은 나무들에는 가지 끝에 아직 떨어지지 못한 잎이 두 셋 씩 달려 있을 뿐 천하는 만추(晚秋)에 잠겨 있었다. 그 성기 성기나무 줄기 틈으로는 누런 가을 햇볕이 기운 없이 내려 비추이고 있다.

푹푹 발이 빠지는 낙엽을 밟으면서 왕자는 천천히 발을 뒷동산으로 옮겼다.

동산 마루턱까지 올라가서 왕자는 이마에 손을 대고 한없이 한없이 서남쪽 하늘을 바라보았다. 멀리 보이지도 않는 서남쪽에는 낙랑공주의 무덤이 있는 것이다.

"아 — 아."

탄식과 함께 좌우 뺨을 흐르는 눈물을 씻을 생각도 않고 무한히 왕자는 동산 마루턱에 서서 서남쪽 하늘만 바라보았다.

가을해 떨어지려는 서남쪽, 얼마 전까지도 낙랑영토 그것이 지금 자기네 영토가 되기는 되었다. 허나 이것을 자기네 영토로 만들기 위하여 공주는 저 세상으로 간 것이 아닌가.

* * *

그것은 첫 겨울 어느 날이었다.

그날도 후더덕 대궐을 벗어난 왕자는 또한 말을 달려 공주의 무덤에까지 가서 한참을 통곡을 한 뒤에 도로 맥없이 서울로 돌아왔다.

돌아 온 때는 벌써 밤이 깊었다.

첫겨울 — 낮에는 그래도 아직 그다지 춥달 수도 없지만 밤에 들어서서는 꽤 추웠다. 그러나 추위조차도 감각 못하고 망연히 대궐로 돌아온 왕자는 말을 버리고 무거운 걸음으로 왕자궁으로 향하였다.

향하여 가다가 그는 시야(視野) 한 끝에 화광이 보이므로 문득 그리로 주의를 한순간 가하였다.

불빛이 얼른거리는 것이 내전 왕후궁이었다. 왕자는 의아히 여기었다. 밤도 이미 깊고 그 위에 날씨도 꽤 서늘한데 왕후궁 뜰에 불 그림자가 얼른거리는 것이 수상하였다.

왕자는 잠시 의아하여 그것을 바라보다가 왕후궁 쪽으로 발을 옮겼다.

거의 가까이 이르렀다. 이르러 보매 기괴한 일이었다.

왕후궁 뒤 모퉁이에 조그만 모퉁이에 단을 하나 묻었다. 단에는 세구가 놓여 있었다. 그리고 무녀가 그 앞에서 무슨 기원을 드리고 있고 그 위에 수상한 것은 이 추운 밤에 왕후까지 시녀 몇을 데리고 나와서 그 앞에 꿇어 앉아 있는 것이었다.

호기심이라기보다 의심이 덜컥 난 왕자는 발소리를 감추어 가지고 더 가까이 갔다. 가매 차차 명료히 들리는 무녀의 기원성 —.

"호동이에게 천살을 내려주십사."

다른 모든 말은 들리지 않았다. 이 한마디만이 명료히 들렸다.

왕자는 가슴이 덜컥 하였다.

맥 나고 괴상히 떨리는 가슴.

왕자궁으로 돌아온 그는 궁인들을 모두 멀리 물리쳤다. 물리친 뒤에 그는 그 자리에서 엎드려 통곡했다.

짐작이 가는 일이었다.

왕후는 자기를 미워한다. 지금 국왕 이하 온 국민의 신망이 모두 자기에게 있는지라 왕후는 이것을 꺼리는 것이다.

아직도 왕후는 소생이 없다. 그러나 늙지 않는 몸이며 장래에도 그냥 소생이 없으리라고는 말할 수 없는 때다.

그러나 부하 이하 온 국민의 신망이 죄다 자기에게 몰려 있느니만치 어느 날 자기가 이 나라의 태자로 책봉될는지 예측할 수 없다. 이번 낙랑정복 이후로 조야의 신망은 더욱 두터워져서 태자책봉의 여론도 꽤 높이 올라 있는 모양이다. 그 뒤에 부왕도 나날이 자기를 더 어여삐 보니까 이 일이 언제 구체화 될지 그것은 단지 시일 문제뿐이다.

이러한 가운데서 왕후는 자기의 입장을 위태롭게 여기고 겸하여 장래 자기의 몸으로 왕자를 탄생하면 그 왕자가 당연히 누릴 태자의 위를 호동에게 빼앗길 가 두려워 지금 그 방자를 하는 것이었다.

자기는 태자의 이따위는 부럽지 않다. 일찍이 탐내어 본 일도 없었다. 이전 낙랑공주가 아직 살아 있고 그 낙랑공주를 왕자비로 맞을 공상을 할 때에도 한 번도 태자위를 동경하여 보지를 않았다. 이 나라의 충성된 신자로서 공주와 함께 부귀와 영화의 일생을 보내는 것이 최대의 희망이었지 그 이상은 촌보도 나서본 일이 없었다.

공주를 잃은 뒤에는 지금은 단지 죽어지지 않으니 그냥 살아가는 것이지 살기조차 귀찮은 지경이다. 만약 죽어지기 만하면 자기는 달갑게 그 죽음을 맞이할 것이다.

그렇거늘 왕후는 왜 이다지도 야속한 행동을 하는가. 왕후께 대하여 아무적의(敵意)도 품고 있지 않는 자기를 왜 적으로 여기고 죽기를 축수하는가.

호동은 왕후의 심사가 너무도 야속하여 통곡하였다. 자기의 죽음을 축수하는 것이 미워서가 아니라 그런 비열한 행동을 하는 것이 딱하여서 통곡하였다.

* * *

그로부터 수일을 호동은 어전에 불려서 태자로 책봉될 내의를 들었다.

그때 호동은 단연히 이를 거절하였다.

"폐하, 소신께는 과한 짐이로소이다. 어리석은 소신이 어찌 그런 중임에 견디오리까. 굳이 말아 주십시오."

"사양치 마라. 너 밖에는 후자도 없으려니와 그 중임에 견딜 사람이 어디 있느냐."

"아니올시다. 몇 십 몇 백 년을 더 기다려서 폐하 천수 만세시에 유언으로 책봉을 합셔도 늦지 않을까 하나이다."

이리하여 아직 폐하 즉위 중에는 왕후께 태자가 탄생될는지도 알수 없다는 뜻을 암시하였다.

왕도 호동왕자의 적적한 심사를 얼마만치라도 낫게 하고자 이 길보를 들려주었지만 당자가 이렇듯 굳이 사양하는 바에는 더 말하기도 어려웠다. 그래서 이 문제는 유야무야 중에 사라지고 말았다.

그러나 이 소문은 대궐과 조정에 쫙 퍼졌다. 조정에서는 이 문제를 당연히 여겼지만 왕후에게는 청천벽력이었다.

신령께 축원하여 호동왕자의 생명을 없이 하려던 왕후는 인젠 그런 유유한 방책을 쓸 수가 없었다. 문제는 목첩에 임하였다. 빨리 어떻게 해결을 짓지 않으면 호동이 태자로 책봉이 될는지도 알 수 없다. 호동만 태자로 책봉이 되면 호동의 생모 후궁에게는 영화가 이를는지 알 수 없지만 자기의 위라는 것은 더 위에 지나지 못한다. 지금 아무리 왕후라 할지라도 태자의 생모가 못되는 자기는 장래 태자가 등극할 때는 귀찮은 존재로 되어 버리고 말 것이다.

자기 하나면 그도 또한 참을 수 있으려니와 만약 장차 자기 몸에서 왕자까지 탄생되고 보면 어떻게 될까.

자기 몸에서 왕자가 탄생되면 왕의 적출 장자로서 당당히 장래 이 나라의 국왕이 될 인물이다 그러나 탄생되기 전에 호동이 태자로 책봉되면 장래 태자는 왕의 서자 때문에 그 위를 빼앗길 것이고 그 뒤로는 대대로 몇 십대 몇 백대를 내려갈지라도 가련한 존재로 될 것이다.

이 점을 생각할 때에 왕후는 이 일을 그냥 둘 수가 없었다.

그러나 어찌할까.

자기는 아직도 왕자를 탄생치 못했을 뿐 더러 수태치도 못했다.

아직 수태도 안 된 - 장래 왕자를 위하여 호동을 태자로 책봉치 못하게 할 수는 없다. 그 위에 군신간의 신망이 그만치 두터운 호동을 핑계 없이 태자로 책봉치 말랄 수도 없는 노릇이다.

그러면 어찌하나 인제는 천년세월하고 신령님께 축원이나 하다가는 대사를 그르칠 염려가 있다. 좀 더 바삐 서두르지 않을 수가 없다.

* * *

이리하여 왕후는 어떤 조용한 기회를 타서 왕께 호동왕자를 참소하였다.

"폐하."

왕의 앞에 머리를 푹 숙으리고 울기만하는 왕후를 왕은 달랬다.

"폐하."

"왜 그러오."

"폐하, 신을 죽여 줍시사."

"후는 그게 무슨 말씀이오?"

"폐하께 죽을죄를 지었습니다. 죽여 줍시사."

왕은 의아히 여겨서 그냥 그 연유를 따져 물었다.

여기 대하여 왕후는 매우 주저하면서 한 장 글월을 꺼내어 바쳤
다.

그것은 위 아래로 모두 찢기올 중에 단 한 구절만 아직 남아 있
는 편지의 조각이었다.

"이루지 못할 소망을 그래도 단념치 못하고 못내 그리워하는 호
동은."

위에도 없고 아래도 없는 글이었다. 그러나 그 필적은 틀림이 없
는 호동왕자의 것이었다.

"폐하 호동이 신께 이런 편지를 보냈습니다. 이것이 모두 신의 미
력에서 나온 일이오니 신을 죽여 줍시사."

왕은 대답 없이 그 글만 보고 있었다. 얼굴의 빛은 완연히 불쾌
하였다.

"이것을 폐하께 아뢰자니 폐하께서는 호동을 믿으시는 터라 도리
어 신을 의심하실 것이옵고 이 편지를 받은 뒤 반삭을 혼자서 번
민하였습니다." 그러나 여전히 대답 없는 왕, 불쾌한 표정은 점점

더 농후하여 갔다.

믿으려나. 믿기지 않는 일인 동시에 믿지 않으려니 안 믿을 수도 없는 노릇이다. 이 달필의 필적은 틀림이 없는 호동의 것으로서 위필은 절대로 아니다. 그러나 호동의 인격으로서 능히 이런 일을 할까.

* * *

이튿날 왕자는 부왕의 앞에 불렸다.

"야."

"네이?"

"왕후는 네게 어떻게 되는 분이냐?"

"모후(母后)되시는 분이옵니다."

대답은 하였다. 그러나 왕의 너무도 엄한 얼굴에 호동은 깊이 의아히 여기지 않을 수 없었다. 아직껏 자기에게 이렇듯 엄한 표정을 보인 일이 없는 부왕이었거늘.

왕은 대답을 듣고 훅하니 무슨 종잇조각을 하나, 호동의 앞으로 던졌다.

허리를 굽혀서 그것을 들어 펴보니 그것은 자기가 낙랑공주를 너무도 사모하는 나머지에 종잇조각에 그 심사를 끼적거리다 찢어버린 부스러기였다.

호동은 얼굴이 화끈거렸다. 부왕께 자기 심경을 고백하려 하였다.

그러나 영리한 왕자는 즉시 다른 생각이 나서 그것을 중지하였다.

왕은 아까 자기에게 왕후의 일을 물었다. 그런 뒤에 종잇조각을 자기에게 보였다.

그러면 이 종이는 필시 왕후와 무슨 결연이 있는 것이다.

이렇게 생각할 때에 호동은 이 편지의 츄릭크를 통찰하였다. 동시에 그 어떤 겨울밤 자기에게 천살을 내려 달라고 신명께 빌던 왕후의 모양이 선히 보였다.

왕후는 신명께 자기를 죽여 달라고 빌었지만 이것이 성사가 되지 않으므로 방법을 돌려서 왕으로 하여금 자기를 죽이도록 하고자 계획함인 모양이었다.

이 이면의 전인을 통찰하자 왕자는 그 자리에 넙적 엎드렸다.

"폐하, 소신이 망령이 나와 죽을죄를 지었습니다."

흐르는 눈물 떨리는 가슴으로서 부왕께 이렇게 복죄를 하였다.

그래도 반신반의로 왕자를 힐난하던 왕은 왕자의 복죄를 보고 그만 기운이 빠진 모양이었다. 잠시를 뚫어져라 하고 왕자를 굽어보았다. 그런 뒤에 노염을 억누르는 모양으로 한마디씩 숨찬 소리로,

"괘씸한 놈 같으니, 네 공적을 생각해서 이번만은 목숨은 부지되나."

이렇게 말하고는 잠시 말을 끊었다.

"냉큼 오늘로 이 대궐에서 나가거라."

고 호령을 하였다.

* * *

왕자는 가슴에 머리를 푹 묻고 왕자궁으로 돌아왔다.

뒤따라 들어오는 사람의 발소리가 들리므로 돌아보니 수년간을 충실히 왕자에게 시종 들던 무장 하나이 따라 들어온다.

왕자는 모른 체하고 그냥 가려 하였다. 그러나 무장이 뒤 따라와

서 왕자의 맞은편까지 와서 섰다.

"전하."

"........."

"전하 왜 전하의 청백을 변명 안 합시오?"

눈물을 죽죽 흘린다.

"그 뜻은 고마우나 내 청백을 변명하자면 자연히 모후의 불미를 밝혀야 할 것, 인신되고 인자된 도리로서 못할 노릇이오.""그렇지만 전하 억울하옵니다."

왕자는 그 말에 응하지 않고 거실로 들어갔다.

흐리던 일기가 저녁때부터는 끝내 눈보라를 치기 시작하였다.

바람소리 귀곡성같이 요란하고 완강한 대궐의 문들도 바람에 소란히 덜컥거리는 눈보라의 밤이었다.

충실한 무장은 밤중에 깨어서 왕자의 거처하는 곳이 춥지나 않은가 하고 몰래 가서 엿보았다 그러나. 이맘때쯤은 호걸다운 코고는 소리가 나던가. 그렇지 않으면 불을 밝히고 그냥 앉아 있던가 해야 할 왕자의 거실은 캄캄할 뿐 아니라 조용하기 짝이 없다.

무장은 우둘우둘 떨면서 툇마루에서 한참동안을 방안의 동정을 엿 들었다.

그러나 방안에는 여전히 인기척도 없었다.

드디어 결심을 하고 들어가서 불을 밝히고 보매 왕자는 그 방에 없을 뿐더러 방안이 정하게 정리되어 있으며 걸리어 있던 낙랑공주의 족자까지도 없어진 것으로 보아서 왕자가 이 대궐을 벗어난 것이 분명하였다.

무장은 달려 나가 보았다. 왕자의 애마까지도 없어졌다.

그러나 무서운 눈보라에 쌓여서 왕자의 간 자최는 알아볼 바이 없었다.

대궐을 벗어난 왕자는 꿈에조차 사랑하는 공주의 족자를 품은채로 눈보라를 무릅쓰고 애마를 달려서 공주의 무덤으로 향하였다.

세상만사가 귀찮은 가운데서 그래도 부왕의 애정 뿐은 저버릴 수가 없어서 살기 싫은 목숨을 그래도 부지하여 오던 왕자는 지금 부왕의 의심까지 산 이상에는 더 살아 갈 필요며 의무도 없었다.

그럴진대 사랑하는 공주가 있는 나라로 자기도 가서 이생에서 못다한 재미를 내생에서라도 보기 위하여 최후의 길을 눈보라를 쓰면서 낙랑을 향하여 말을 달리는 것이었다.

* * *

일양북내.

긴 겨울도 어느덧 지나가고 따사로운 양춘이 이르렀다.

북국 고구려에 두껍게 쌓였던 눈도 봄의 따스한 볕에 차차 녹아서 그림자가 엷어갔다.

그 두껍던 눈이 차차 엷어 감을 따라서 눈 아래 감춰졌던 만물이 세상의 표면에 나타날 때에 낙랑공주의 무덤 위에 한개 새로운 시체가 봄의 대지 위에 나타났다. 애마(愛馬) 홀로이 대궐로 돌아오고 그 주인은 종적이 사라졌던 호동왕자의 주검이었다.

* * *

수일 후 온 고구려 백성의 조상 아래 이 왕자의 시체는 공주와 합장을 하였다.

해로는 못하였지만 동혈(同穴)한 왕자와 공주의 무덤에는 사시, 고구려 백성들의 애모의 향 연기가 끊어지는 날이 없었다.

제11편. 정열의 낙랑공주

 무르익었던 봄빛도 차차 사라지고 꽃 아래서 돋아나는 푸르른 새 움이 온 벌을 장식하는 첫 여름이었다.

 옥저(沃沮)땅 넓은 벌에도 첫 여름의 빛은 완연히 이르렀다. 날아 드는 나비, 노래하는 벌레……

 ― 만물은 장차 오려는 성하(盛夏)를 맞기에 분주하였다.

 이 벌판 곱게 돋은 잔디밭에 한 소년이 딩굴고 있다. 그 옷차림 으로 보든지 또는 얼굴 모양으로 보든지 고귀한 집 도령이 분명한 데 한 사람의 하인도 데리지 않고 홀로이 이 벌판에서 딩굴고 있 다.

 일없는 한가한 시간을 벌판에서 해바라기를 하며 보내는 듯이 보 였다.

 그러나 자세히 관찰하면 그렇지도 않은 모양이었다. 때때로 벌떡 일어나서는 동편쪽 행길을 멀리 바라보고 귀를 기울이고 그러다가 는 다시 누워 딩굴고 하는 품이 동쪽 행길에 장차 나타날 무엇을 기다리고 있는 것이 분명하였다.

 이러기를 한나절, 첫 여름의 긴해도 좀 서쪽으로 기운 듯한 때에

이 소년은 또 다시 벌떡 일어나 앉았다. 그리고 귀를 기울였다.

소년은 비로소 빙긋 웃었다. 그리고 빨리 일어나서 좀 이편 쪽에 있는 수풀에 몸을 숨겼다. 거기는 이 소년의 승마(乘馬)인 듯한 수 안장의 백마가 한 마리 소년을 가다리고 있었다.

이 소년이 들풀에 몸을 숨기자 저편 행길에서는 완연히 인마의 소리가 났다. 그 소리가 차차 커지면서 행길에는 한 행차가 나타났다.

* * *

낙랑(樂浪) 추장 최리(崔理)란 노부였다. 문무대신의 시위를 받으며 최리의 수레가 지금 대궐로 들어가는 길이었다.

소년은 잠시 그 수레를 바라보았다. 바라보는 동안 소년의 얼굴에는 차차 긴장미가 돌았다. 소년은 문득 허리를 굽혀서 한개 돌멩이를 집었다. 다음 순간 그 돌멩이는 소리를 내며 날았다 소년의 겨냥은 틀리지 않았다. 소년의 손을 떠난 돌은 낙랑 추장 최리의 수레를 끌던 말의 뒤 가 맞았다.

다리에 날쌘 돌을 맞은 말은 한번 껑충 뛰었다가 전 속력으로 달아나기 시작하였다. 추장의 권력으로 구하여 들였던 명마가 힘을 다하여 달아나는지라 그 속력은 놀라웠다. 이 의외의 사변에 시위하였던 문무 대신들이 놀라서 추장의 수레를 붙들고자 뒤를 따랐으나 그들의 말이 수레의 말을 따를 수가 없었다.

옥저 넓은 벌 동쪽 끝에서 돌을 맞은 말은 그 넓은 벌을 무방향하여 막 달아났다 수레 위의 최리는. 비명을 올리며 구원을 청했으나 각 일각 대신들의 말과의 거리는 더 멀어갈 뿐이었다.

소년은 잠시 미소하면서 이 꼴을 바라보았다. 그러다가 최리의 수레가 꽤 멀리 간 뒤에야 비로소 거기에 매어 두었던 자기 말의 고삐를 풀고 말 등에 올라앉았다.

"백룡(白龍)아 어디 네 발을 시험해 볼가?"

말 등에 올라앉아서 갈기를 한번 두들기고 소년은 숲에서 나섰다.

"자 —"

소년이 한번 발로써 말배를 찰 때에 말은 우렁찬 소리를 내고 발로 땅을 찼다.

먼지가 일었다. 먼지뿐이었다. 다른 것은 보이지 않았다. 한 지점에 먼지가 갑자기 일어나면서 그 먼지는 순식간에 이동하였다. 말도 소년도 보이지 않고 다만 일어나는 먼지 가운데서 말발굽 소리만 우렁차게 났다. 놀라운 속력을 가진 말이었다. 최리의 신하들의 말을 어느덧 뒤로 떨어뜨렸다. 그리고 일로 최리의 수레를 향하여 달려갔다.

돌개바람과 같이 앞으로 달아가는 먼지 — 그 먼지는 차차 최리의 수레에 가까워 갔다. 접근 되었는가 생각되는 순간 어느덧 말과 수레는 한열(列)에 서게 되었다.

"서라! 이 노마(駑馬)야."

이것이 소년의 입에서 나온 호령일가. 이 호령에 넓은 벌이 더릉더릉 울렸다."

이 호령에 수레의 말은 주춤하였다. 그 주춤하는 순간 소년은 자기 말에서 나는 듯이 수레의 말에 옮아 탔다. 소년의 주먹이 말 콧등에 힘 있게 내렸다.

놀라서 무정처하고 닫던 말은 이 괴물에게 놀라서 그 자리에 서 버렸다.

말이 서는 것을 기다려 가지고 소년은 말께 내려서 수레의 인물에게 돌아섰다.

"어떤 분인지 욕 보셨습니다."

수레의 최리는 얼굴이 창백하여 가지고 이 소년을 굽어보았다.

"어떤 아이인지 고맙다 ― 하마터면 ―"

그러나 소년이 그 말을 중도에서 끊었다.

"말씀 조금 높이십쇼. 나는 고구려 왕자 호동(好童)이오."

"오 네가 일직 소문에 듣던 호동이냐. 나는 낙랑왕 최리로다. 듣던 바에 지지 않는 호협소년, 고맙다."

이 말을 듣고 소년은 한 걸음 물러섰다. 그리고 다시금 인사를 드렸다.

"그러십니까. 누구신지 모르고 그만 ―."

"아니 괜찮다. 고맙다. 너 아니면 큰 욕을 볼 번했다."

때는 고구려 대무신왕(大武神王) 十五[십오]년, 지금부터 일(一) 천 구[九] 백 여 년 전 ―

* * *

호동왕자는 낙랑추장 최리의 강권에 못이기는 척 하고 낙랑 대궐에 같이 갔다.

낙랑 궁중에서는 호동을 극진히 대접하였다.

첫째로는 인국(隣國)왕자로도 대접이 융숭하겠거니와 추장 최리의 생명의 은인으로서의 대접까지 대접을 겸하였는지라 세세한 점까지 부족이 없도록 융숭히 대접하였다.

낙랑 궁중에 머무르면서 세월을 보내는 동안 구 융숭한 대접에 표면으로는 만족한 듯이 지나는 호동왕자로되 속으로는 적지 않은 오뇌를 품고 있었다.

패기만만하고 돋아 오르는 해와 같이 국운이 융성한 고구려는 일찍부터 이 낙랑을 정벌하려는 마음을 품고 있었다. 적이 있으면 반드시 싸우고 싸우면 반드시 이기는 고구려 나라로서 이 낙랑을 정벌할 생각을 품는 것은 당연한 일이었다.

그러나 이 낙랑에는 신기한 북[鼓]과 나팔이 있어서 적병이 내공하면 이북과 나팔이 저절로 소리를 내어 장차 올 대변을 알리어서 방비케 하곤 하는 그것이었다.

그런지라 북과 나팔이 낙랑에 그냥 있는 동안에는 아무리 고구려의 강병이라 하더라도 감히 침범할 생각조차 못하고 있는 것이었다.

그러나 패기만만한 고구려로서는 눈앞에 보이는 이 진찬을 그냥 침만 삼켜 버릴 수가 없었다.

어떻게든 이를 정벌치 않으면 속이 편하지 않았다. 정벌키 위해서는 반드시 그 북과 나팔을 없이하지 않으면 안 되겠다.

"어찌 할까."

정부와 온 국민이 낙랑의 나팔과 북을 없이할 꾀를 생각하였다.

그러나 낙랑 정부에서도 국보를 좀처럼 허술히 간직할 까닭이 없었다. 대궐 창고에 깊이깊이 감춰 두어서 웬만한 높은 대신들도 함부로 보기조차 힘들었다.

그러면 낙랑정벌의 희망을 버려야 한다.

* * *

온 군신이 이 낙랑의 북과 나팔 때문에 고심하고 있을 때에 이 눈치를 안 왕자 호동은 몰래 아버님의 대궐을 빠져 나왔다. 그리고 계략을 써서 낙랑 대궐에까지 국빈으로 들어오게 되었다.

그러나 들어와서 틈 있을 때마다 살피고 탐지하여 보았으나 그 두개의 신기(神器)는 어디 감추어 두었는지 알 길이 없었다.

천년 세월하고 그냥 낙랑 궁중에 묵어 있을 수도 없다. 그러나 일껏 이곳까지 들어와서 목적을 이루지 못하고 귀국한다는 것은 일이 아니다. 힘 있는 데까지 살피고 알 수 있는 데까지 탐지하여 보았지만 그래도 알길 없는 신기의 은닉처 때문에 호동은 오뇌하였다.

일 없이 너무 오래 여기 있어도 의심을 살 테니까 하루 바삐 알아 가지고 이것을 처리하지 않으면 안 될 것이다.

그러나 그 소재처조차 알 수 없으므로 호동은 나날이 마음을 조였다.

"어찌 하나."

무위하게 보내는 날자는 흐르고 흘러서 어느덧 여름도 무르익어 갔다.

그 어느 날밤, 호동은 또 밤이 깊어서 뜰에 내렸다.

소나무 향내 그윽이 코에 들어오고 올빼미 길게 우는 여름밤이었다.

어디 감춰 두었다? 있음직한 곳은 모두 뒤지어 보았다. 그러나 이

넓으나 넓은, 아직도 호동이 보지 못한 곳이 꽤 많았다. 밤마다 궁전 안을 남의 눈을 피하여 샅샅이 뒤지는 호동은 이 밤도 북과 나팔의 소재처를 알아보려고 뜰에 나섰다.

차차 내전으로 들어갔다. 공주전(公主殿)가까이까지 갔다.

가까이 가서 보매, 밤도 이슥히 깊었는데 공주전에는 아직 불빛이 보였다.

그리고 문을 열어제낀 내전에는 발을 통하여 침의를 입은 공주와 시녀 한 사람이 마주 앉아서 무슨 이야기를 하는 모양이 보였다.

젊은 왕자는 문득 여기 호기심을 일으켰다. 그리고 발소리를 죽여서 문 밖까지 가까이 갔다.

그때에 문득 들리는 한 마리의 말 ─ 그것은 호동왕자라는 자기의 이름에 틀림이 없었다. 깊은 밤 공주는 시녀와 함께 잠도 안 자고 자기 얘기를 하고 있는 것이 분명하였다.

"아직 가신다는 말씀은 안 들립니다."

이것은 시녀의 말이었다. 거기 공주가 응한다.

"도리어 하루 바삐 귀국하셔서 이 눈앞에 보이지라도 않으시면 잊히기라도 하려만."

그 뒤에는 한숨.

"공주께서 그렇듯 마음 두시면 왜 아바마마께 말씀 드려서 연지의 연분을 안 맺으십니까. 배필로 부족할 배도 없는 터에."

"그러니 어떻게 차마 그 말씀이야 드리겠느냐."

공주는 자기를 사모하는 게 분명하였다.

호동은 잠시 숨어서 이 이야기를 더 들었다.

들으면 들을수록 공주의 마음이 더욱 분명해진다.

이 나라의 국보를 찾으려 밤을 택하여 나섰던 호동왕자는 이 공주와 시녀의 하소연을 듣는 동안 차차 마음이 산란하여져서 본시의 계획을 잊어버리고 한참 그들의 이야기만 듣다가 자기의 처소로 돌아 왔다.

젊은 왕자의 가슴은 산란하였다.

그 산란한 가운데서도 자기의 책무는 잊지 않는 왕자는 그 밤을 곰곰이 생각한 뒤에 새로운 계획을 세웠다.

즉 공주를 농락하자 하는 것이었다. 국보는 자기의 힘으로는 매우 찾기가 힘들 뿐더러 더 찾다가는 혹 발각될 우려도 있다. 그 위험을 피하고도 자기의 목적을 달하기 위하여 이 나라 공주를 농락하자. 그리하여 공주를 통하여 국보의 소재처를 알아보자.

꿩 먹고 알 먹는 새 계획을 세운 호동왕자는 이튿날부터 새로운 계획 아래서 일을 진행시켰다.

호동(好童)이라는 그의 이름이 증명하는 바와 같이 인물 잘나고 호협하고 용맹 있고 지혜 많은 이 왕자는 자기의 새 계획에 충분한 자신을 가질 수 있었다.

* * *

수일 후 깊은 밤 궁궐 후원에서 서로 몸을 의지하고 사랑을 속살거리는 한 쌍의 남녀와 이것을 망보는 시녀 한사람을 굽어 볼 자는 하늘 높이 뜬 달밖에 없었다.

그리고 그로부터 매일 밤 이 한 쌍의 남녀는 그윽한 수풀에서 송진의 향내를 달갑게 맡으면서 사랑을 즐겼다.

그리고 또 그로부터 며칠 뒤에는 공주가 자기 모후에게 모후는 그 지아비 추장에게 —— 이렇게 삼단씩으로 호동왕자를 이 나라의 사위로 맞기를 원하였다.

호동의 인물을 사랑하는 추장 최리는 쉽사리 이 원을 들어 주었다.

몇몇 신하의 반대가 있기는 있었지마는 고구려 왕자 호동은 드디어 낙랑공주의 부마로 되게 되었다.

* * *

경사를 지낸 뒤에 이 새 부부의 의는 보기에 침이 돌만치 좋았다.

추장 최리는 자주 내관을 시켜서 몰래 가서 새 부부를 엿보게 하였다.

그리고 그 매번 새 부부가 의좋게 마주 앉아 있는 모양을 듣고는 혼자서 만족히 웃고 하였다.

그러나 호동왕자로서는 단순히 이 신혼의 재미에만 잠겨 있을 수가 없었다. 자기의 등에 짊어져. 있는 크나 큰 책무에 남모르게 늘 혀를 차곤 하였다.

한 책략으로서 걸은 사랑이요 책략 때문에 성립된 결혼이로되 결혼하고 나니 나날이 새 아내에게 대한 애정도 늘어 간다. 그러나 애정이 늘어가는 한편으로는 자기 책무도 잊을 수가 없는 이 왕자는 새 아내와 즐거이 담화하면서도 마음으로는 늘 무겁디무거운 기분을 느끼지 않을 수가 없었다.

결혼만 하면 손쉽게 알아질 줄 믿었던 북과 나발의 소재처도 급기 결혼하고 보매 마음대로 되지 않았다.

자기는 고구려의 왕자 아내는 낙랑의 공주.

북과 나발은 고구려와 낙랑의 국교상 델리케이트한 관계를 가진 물건.

이런지라 공주에게 물어보기도 난처하였다. 물어 보아서 공주가 무심히 들으면 문제가 없거니와 조금이라도 눈치 이상히 여겼다가는 이야말로 긁어 부스럼이다. 눈치 이상히 보였다가는 신기는 더욱 깊이 감출 것이며 아울러 공주와의 새에 파경지란까지도 생기지 않는다고 어찌 보장하랴.

뜻대로 일이 되지 않기 때문에 호동왕자는 우울한 심사로 날을 보냈다.

그러면서도 또 한 가지 마음에 걸리는 것은 고구려 본국의 일이다.

부왕께 아무 의논도 없이 몰래 대궐을 벗어나서 이곳에 온지 벌써 수삭 — 자기를 유난히 사랑하시던 부왕은 얼마나 근심하고 계실까.

손쉽게 목적을 달성하리라고 짐작하고 부왕께 품하지도 않고 왔거니와 와서 이렇듯 날자가 길어지니 거기 대하여서도 매우 마음이 걸렸다.

호동왕자는 낙랑궁실에서 즐겁고도 마음 괴로운 날짜를 하루 이틀 거듭하고 있었다.

* * *

여름도 거의 간 어떤 날 호동왕자는 드디어 공주에게 귀국할 의

사를 말하였다.

"잠간 귀국을 해야겠소."

이렇게 공주에게 말할 때에 공주는 깜짝 놀라서 왕자를 우러러 보았다.

"왜 갑자기 그런 말씀을 하세요?"

"갑자기가 아니라 그새 오래를 혼자서 두고두고 생각해 보았소이 다. 아무리 해도 잠깐 귀국을 해야겠소."

"고국 생각이 나십니까?"

"생각도 물론 나지오. 그렇지만 그 고국생각보다 더 긴한 일이 잇 소이다."

"그건 또 무엇이오니까?"

"다른 것이 아니라 공주와 내가 짝을 지운지도 월여가 되지만 아 직 부왕께 품하지도 못한 것은 공주도 아는 배가 아니요? 우리나 라 법에 아버님의 허락이 없으면 내외가 되지 못하는 법이외다. 지 금 결혼한 지 월여, 나날이 정은 깊어가지만 우리나라 법으로 말하 자면 공주는 아직 내 아내가 되지 못한 셈이외다. 그러닌깐 일단 귀국해서 부왕의 윤허를 얻어서 당당한 부부가 되어야 할 것이 아 니요? 내 귀국해서 부왕의 윤허를 얻고 수레를 보내서 데려 갈 테 니 그날까지 잠깐 상별치 않으면 안 되겠소이다."

할 수 없는 일이었다.

까닭이 이렇게 붙는 이상에는 공주도 하루 바삐 시아버님의 허락 까지 얻고 당당한 고구려 며느리로서 고구려 대궐에 들어가야 될 신분인 이상은 말릴 수가 없었다.

지금의 상별은 서럽지만 이 상별은 임시요 장차 영구히 고구려 며느리로서의 자리를 준비할 상별이라 하면 어서 바삐 왕자를 보내서 부왕의 윤허를 얻고 싶었다.

이리하여 호동왕자는 낙랑추장 장인에게까지 허락을 받고 귀국의 길을 떠났다.

공주는 교외에까지 수레를 같이 타고 나오면서 이 상별을 울었다. 잠시의 상별이나마 떠나기가 싫었다. 그런 특별한 까닭이 붙는 작별이 아니라면 보내기가 싫었다.

"그럼 얼른 윤허를 받으시고 저를 데려가 주세요."

"내 힘껏 해보리다."

"한각을 삼추와 같이 기다리리다. 매일 한 번씩 기별을 해 주세요."

책무가 중하지만 않다면 왕자로서도 이별하기 싫었다. 그러나 적지 않은 책무를 진 왕자는 이별을 이별로 여기지 않고 교외에서 공주와 작별하고 말에 채쭉질 하여 정다운 고국으로 돌아왔다.

부왕과 대신들의 환영은 굉장하였다.

오래 소식이 없이 종적을 감추었던 왕자가 무사히 돌아온지라 왼 나라가 들어서 이 왕자의 무사와 건강을 축하하였다.

"그새 오래 어디 가서 있었느냐, 퍽 근심했다."

간곡한 부왕의 이 사랑의 말에 호동왕자는 쓸쓸히 머리를 숙이어 절하였다.

"나라님. 그간의 소신의 행적에 관해서 아직 주상할 수가 없사옵니다. 소신 생각하는 배가 있사오니 아무 하문도 마옵시고 소신이 폐하께 주상하는 날까지 기다려 주시옵기를 바라옵니다."

이렇게 왕자는 말하였다.

왕도 왕자의 심려와 다모(多謨)를 짐작하는 지라 무슨 적지 않은 곡절이 있을 줄 알고 다시는 연위를 묻지 않았다. 그리고 왕자의 입에서 연위를 말할 날이 올 것을 고요히 기다리고 있었다.

* * *

낙랑공주에게서는 나날이 기별이 왔다.

사모하는 정, 애타는 마음, 구구절절이 불타는 듯한 글이 하루 한 번 씩 이르렀다. 그리고 그 편지마다 부왕의 윤허가 났는지 물어보는 투로서 공주가 얼마나 초조해 하는지를 알 수가 있었다 .그러나 왕자는 일체 회답을 안 하였다.

마음에 깊은 계교를 품고 있는 왕자는 공주의 사랑의 글을 볼 때마다 젊은 마음에 타오르는 정열은 공주에게 지지 않았으나 한 글자의 회답도 안 냈다.

왕자에게서 회답을 못 본 공주는 마음을 진정할 수가 없는 모양이었다. 편지의 연정은 나날이 더 맹렬하여 갔다. 한자의 회답도 없는 왕자를 나무라는 언구도 많이 있었다.

애타는 그 꼴, 초조해 하는 모양을 눈앞에 선히 보면서 그 공주에게 못지않게 자기의 마음도 애타고 초조하였지만 왕자는 그냥, 한자의 회답도 보내지 않았다.

* * *

이리하여 한 달, 공주의 편지가 인젠 나무람으로 차게 된 뒤에 왕자는 비로소 처음으로 공주에게 편지를 보냈다.

'그새 한 달을 날마다 던지신 옥필을 하나도 남김없이 보았습니다. 생의 마음 공주도 아는지라 생인들 왜 한자 글월을 공주께 올릴 마음은 간절치 않았으니까 그러나 생은 번민하는. 배가 있어서 아직도 글월 올리지 못하였사오니 널리 용서하여 주시기를 바라나이다. 그날 공주와 작별하고 귀국하온 이래 오매불망의 이 마음이야 어찌 공주에게 지리까. 하루 바삐 부왕의 윤허일 얻어서 백일 아래 공주를 모셔 올 날을 나날이 기다리고 기다렸습니다. 그러나 아직껏 부왕은 윤허를 하지 않으시오며 매우 어려운 조건을 내어 세우시므로 생은 그 조건은 차마 공주께 알릴 수도 없고 일은 뜻대로 되지 않아서 지금껏 어름어름 글월을 밀어 온 것이 오늘까지 이르렀습니다.

그동안 생은 전력을 다하여 부왕의 어의를 돌이켜 보아서 부왕의 윤허를 얻은 뒤에 이 희보를 공주께 알리려 한 것이 부왕의 어의는 좀체 듣지 않고 공주의 힐책은 나날이 심해가므로 뜻에 없는 붓을 오늘 들었습니다. 이 흉보를 적지 않을 수 없는 생의 손을 생은 스스로 끊고 싶소이다.

부왕의 어의는 이렇듯 견고하옵고 그 조건은 생으로서는 차마 공주께 격연할 배가 못 되오니 이를 어찌하오니까. 생은 스스로 결심한 바가 있나이다.

부왕의 불허하시는 우리의 연분은 깨끗이 잊고 내생에서나 차생에 미진한 인연을 다시 즐길 밖에는 도리가 없을까 하나이다.

공주여, 내내 안녕하시옵소서. 차마 잊을 수 없는 공주를 잊지 않으면 안 될 이 환경을 생은 무한히 저주하나이다.' 이 편지에 대하여 공주는 즉시로 회답하였다. 부왕의 조건이라는 것이 무엇인지는 모르지만 만약 들어 드릴 수 있기만 한 것이라면 무엇인들 꺼리리까. 이여 삼생을 맹서한 양인임에 감춤 없이 서로 마음을 알리어 어떻게든 최상의 결과를 얻도록 노력하여 보십시다! 하는 편지였다.

호동왕자는 또 회답을 썼다.

— 조건이라는 것은 다른 것이 아니라 귀국에 비장해 둔 북과 나발에 관한 것이외다. 그 북과 나발은 고구려와 낙랑의 국교에 커다란 암영을 던지는 자로서 그런 것을 비장해 두었기 때문에 고구려는 늘 귀국을 경계하지 않을 수 없고 경계를 하려면 서로 적의(敵意)가 생기는 것이요 적의가 있으면 언제는 폭발할 날이 있으니 이런 근심이 있는 나라의 공주를 본국의 왕자비로 맞아 오기가 매우 힘들다 하는 것이 부왕의 의견이외다. 그런지라 그 북과 나발만 없어지면 양국의 국교도 친선하여 질 것이며 친선한 이상은 혼인쯤은 이편에서 도리어 청혼하겠지만 그 국교상의 방해물이 존재하기 때문에 친선치 못하매 혼인도 못한다 합니다. 그러나 북과 나발은 귀국의 국보로서 이것은 절대로 처치할 수 없는 보물이니 어찌 하오리까. 이러므로 공주와 나와는 도저히 즐거운 장래를 볼 수가 없소이다 — 이런 의미의 회답이었다.

* * *

그로부터 수일 후 공주에게서 다시 온 편지를 보고 호동왕자는 눈물을 흘렸다.

소녀가 몰래 그 북과 나발을 깨뜨려 버렸습니다. 이것 모두가 오로지 낭군을 뵙고 싶은 정열에서 나온 바이오니 인제는 부왕께 그대로 품하사와 소녀를 데려 가도록 차비를 하여 주십시옵소서 — 하는 뜻이었다.

이 넘치는 정열이 눈물겨웠다. 이 정열에 대하여 책략으로서 응한 자기의 태도가 얼마간 부끄럽기도 하였다. 더구나 자기도 또한 공주에게 지지 않도록 사랑하는 몸이라 무슨 큰 죄나 지은 듯 하기까지 하였다.

"나라님, 소신의 흉중에 깊이 감추었던 책모를 오늘 주상할 날이 이르렀습니다."

부왕께 알현한 호동왕자는 이렇게 아뢰었다.

그는 과거 반개년 동안에 그의 행한 일과 그의 오뇌를 죄 털어서 부왕께 아뢰었다. 낙랑을 정벌키 위하여 그 나라의 북과 나발을 없이하려고 꾀를 써서 태수의 신임을 사던 일로 비롯하여 낙랑공주와 결혼케 된 사유며 드디어 지금 초지가 관철되어 낙랑에는 인젠 북과 나발이 없어졌다는 사유를 죄 이야기하였다.

"성사 여부를 추측키 어렵사와 아직 상주치 못하고 유예하던 터이올시다."

이 상주를 듣고 한참을 묵묵히 생각하던 왕은 드디어 입을 열었다.

"반갑기는 반갑다. 그러나 이 뒤 낙랑공주를 어떻게 하려느냐."

왕자는 대답치 못하였다. 마음에 먹은바 생각은 있지만 그대로 복주할지 어떨지 주저되었다.

"아녀자를 농락한 네 책임을 어찌 하려느냐."

재차 왕은 물었다.

왕자는 잠시 더 있다가 대답하였다.

"나라임 만약 낙랑의 신기를 없이 한 것이 군국의 공이 된다 할진대 소신은 나라님께 그 공에 대한 상사를 청하올 권리가 있는 줄 아옵니다. 낙랑공주 또한 소신과 아울러 나라님께 그것을 청할 권리가 있는 줄 아옵니다. 그 권리를 주장하올 심산이옵니다."

"무엇을 청구할 테냐."

"공주를 나라님의 자부로 불러 주시기를 탄원하올 심산이올시다."

왕의 엄한 얼굴 아래로 미소가 스치고 지나갔다.

"그래야 한다. 공도 공이려니와 나라를 위해서도 아녀자의 정을 농락한 비겁한 자가 돼서는 못쓴다. 네 소정 미리 승낙한다."

이 어지에 왕자는 감읍하였다.

비밀히 낙랑 정벌의 군사를 일으키노라고 고구려 조야는 물 끓듯하였다.

이 정벌군의 통수(統帥)권을 받은 호동왕자는 일변 국사를 정돈하고 한편으로는 좀 조용할 때마다 혼자서 생각하고 생각하고는 탄식하고 하였다.

어리석지 않은 공주이매 자기 나라의 북과 나발이 어떠한 가치를 가지고 있는지를 물론 알 것이다. 그 가치를 알면서도 능히 그것을 깨뜨려버린 크나큰 공주의 애정에 감격하지 않을 수가 없다.

이 애정을 장차 무엇으로 보답하나 지금 자기는 국무에 바쁘다 그 국무라는 것이 즉 공주의 나라를 정벌하려는 것이다. 공주의 나라를 둘러엎으려는 것이다.

그의 애정에 대한 이 반역 —. 이 점을 생각하면 마음이 언짢았다. 스스로 부끄러웠다. 더구나 만약 낙랑에서 자기 나라 보배가 깨어진 것을 발견하는 날에는 재화가 공주의 몸에도 미칠는지도 알 수 없다.

이런 모든 위험을 무릅쓰고 나라를 반역하고까지 오직 사랑에 살려는 공주의 심경을 생각할 때 거기에 대한 커다란 책임을 느끼지 않을 수 없었다.

— 공주여. 그대의 나라가 장차 망할 것 — 이것은 천명이니 어찌할 도리가 없으리로다. 천명에 쫓아서 그대의 생국은 비록 망한다 하나 장차 고구려의 왕자비로서 그 뒤에는 대 고구려의 왕후로서 그대의 개인적 영예는 그대의 머리에서 벗길 자 없도다. 그대가 아버지의 나라를 배반함으로써 낙랑의 공주의 지위에서는 떨어진다 하나 장차 고구려 국모의 지위에서는 그대를 떨어뜨릴 자 없도다.

자 어서 군마를 모아 가지고 낙랑으로 가자.

나라를 위하여 경사요, 겸하여 나 개인의 경사를 위한 진군으로다.

이리하여 군사를 급급히 모아 가지고 호동왕자는 낙랑 정벌의 군사를 이끌고 용감히 고구려를 떠났다.

* * *

영한 북과 나발이 이미 없어진 낙랑에서는 고구려 정벌군이 낙랑 성하에 이르기까지 이를 알지도 못하였다.

온 낙랑이 태평의 꿈에 잠겨 있을 때에 홀연히 고구려 군마의 요란한 소리는 이 안일의 백성의 간담을 서늘케 하였다.

이런 변란이 있으려면 먼저 북과 나발이 제절로 울어 줄 터인데 그런 전조도 없이 갑자기 고구려 군사가 이르렀는지라 낙랑조야는 낭패하였다.

이것으로써 승부는 벌써 결정된 셈이다. 신기가 깨졌는지라 낙랑 장졸은 벌써 기운이 꺾였다. 싸울지라도 반드시 질 것으로 믿었다. 그렇게 믿었는지라 어차피 질 전쟁은 애당초 하기부터 피하려 하였다.

의기 하늘을 찌를 듯한 고구려 군사와 미리부터 기를 꺾인 낙랑 군사의 싸움이라 그것은 전쟁 같지도 않았다. 두어 번 살을 쏘아본 뒤에는 낙랑군사는 장수의 명령도 듣는 둥 마는 둥 제각기 도망쳐 버렸다. 그리고 고구려 군사는 성안으로 물밀 듯 밀려 들어왔다.

* * *

고구려 군사가 성하에서 싸움을 돋울 동안 궁중에서는 신기를 깨뜨린 범인을 물색하였다. 그리고 그것이 공주의 행사며 그 행사가 호동왕자의 지휘에서 나온 것인 줄을 알 때에 군신의 노염은 극도에 달하였다.

이리하여 고구려 군사가 한창 성내로 물밀 듯 밀려들어오는 그 때에 궁중에서는 아버지 왕의 칼 아래에 낙랑공주는 한개 주검으로 변하여 버렸다.

그의 사랑하는 남편 호동이 지금 이 대궐을 향하여 말을 달려오거늘 그는 아버지의 노염의 칼 아래 애처로운 주검이 되었다.

그리고 군신은 고구려 군사를 피하기 위하여 대궐을 뒤로하여 달아났다.

공주는 어디 있느냐.

정벌군의 선봉에서 칼을 뽑아 들고 백마에 높이 앉아 낙랑성중으
로 들어온 호동왕자는 이 소란의 도시에서 공주를 구해내고자 부
하 장병들을 남겨두고 단신 대궐로 달려 왔다. 휑하니 열린 대궐로
들어오며 보매 대궐은 텅텅 비인 듯 헌데 공주인 듯한 자가 홀로
정전 뜰 앞에 엎드려 있다.

왕자는 그리로 말을 달려갔다. 그리고 그냥 닫는 말에서 뛰어 내
리면서 뜰에 엎드린 여인의 몸을 부둥켜안았다.

"앗!"

왕자의 팔에 부둥켜 안겨서 올아 온 자는 여인의 상반신뿐이었다.
하반신은 그냥 땅에 엎드린 채 — 그리고 그 아래는 펑하니 피가
고여 있었다.

너무도 놀라서 하마터면 떨어 뜨릴번한 여인의 상반신의 얼굴을
보매 틀림없는 공주였다.

"공주!"

그러나 무슨 대답이 있으랴

"공주!"

"공주!"

텅 빈 대궐에는 공주를 부르는 왕자의 애규성만 울렸다.

"공주! 공주!"

아직도 몸에 남아 있는 그 온기로써 참화를 본지 얼마 지나지 않
았다는 것을 알 수가 있었다.

한 걸음만 더 빨리 왔다면 구해 낼 수도 있을 걸. 공주의 상반신을 높이 쳐들고 부르며 부르짖는 호동왕자 — 그 눈에서는 눈물이 비 오듯 하였다.

낙랑정벌에는 승리하였다.

일단 몸을 피했던 최리며 신하들도 모두 고구려 군사에게 발견되어 붙들려 왔다.

공주만 만약 살아 있었더라면 혹은 호동왕자도 최리는 사랑하는 아내의 아버지라 생명은 유지되었는지도 모르겠으나 지금의 최리는 단지 적국 추장일 다름이었다. 그 위에 공주를 죽인 원수일 다름이었다. 최리 이하의 장신은 모두 군율로 시행하였다.

* * *

승전은 하였다. 승전 군인이노라고 장병들은 모두 기뻐서 날 뛸 때에 승전군의 통수인 호동은 쓰린 심사에 늘 혼자 속으로 울었다.

이번 첩보와 함께 공주 죽은 사연이 고구려 서울까지 들어가매 왕은 승전을 축하하는 동시에 왕자의 심경을 짐작하고 공주의 무덤에(왕후의 예에 따라서) 능호(陵號)를 허락하였다.

그러나 이만 일로서 왕자의 마음이 풀릴 까닭이 없었다. 온갖 축하연 전첩연을 모두 물리치고 왕자는 늘 홀로 쓸쓸히 공주의 새 능전에 배회하였다.

전첩도 국토확장도 모두 지금의 왕자에게는 무의미 하였다. 이렇듯 공주를 잃을 줄 미리 알았던들 그는 애당초에 낙랑 신기는 염도 내지 않았을 것이다.

* * *

낙랑은 고구려 강역에 편입되었다. 그리고 정벌군은 뒤에 당당히 고국에 개선하였다.

 그러나 이날 가장 빛나는 얼굴로써 선봉에 서서 들어와야 할 개선 장군 호동왕자의 얼굴이 너무도 음침하고 쓸쓸한데 고구려 백성들은 경이의 눈을 던졌다.

"개선장군 만만세 하옵소서."

"호동왕자 만만세 하옵소서."

"대 고구려 만만세 하옵소서."

 온 백성의 환호성을 듣는지 마는지 개선장군은 맥없이 백마에 몸을 싣고 얼굴을 가슴에 깊이 묻고 — 마치 패군 지장과 같이 대궐로 들어갔다.

 그리고 대궐에서 왕 이하 뭇 대신들의 축하를 그냥 거절하고 왕자궁으로 들어가서 거기서 비로소 목을 놓아 울었다.

 고구려 건국한지 약 일(一)회갑 뒤(一回甲後[일회갑후]) 대무신왕 十五[십오]년 가을 지금으로부터 일(一)천 九[구]백여 년 전이다.

제12편. 홍윤성과 절부

문(文)에는 신숙주(申叔舟).

무(武)에는 홍윤성(洪允成).

이렇듯 그 영명을 당시에 번뜩이던 세조조(世祖朝)의 명신 수옹(守翁) 홍윤성이 과거에 응시코자 도보(徒步)로 그 고향 회인(懷仁)을 떠난 것은 경태삼년(景泰三年) 임신(壬申) 호서(湖西)일대에도 봄소식 무르익는 삼월 하 순이었다.

이십년 가까운 세월을 가난한 그 숙부 집에 붙어 있으며 밭갈이 논매기 심지어는 그 숫한 식구가 때야 할 나무까지 해 대느라고 밤낮을 주접 속에 묻혀 지나던 그였으나 그동안에도 잠시 마음을 떠나지 않는 것은

"어떻게 해서든지 한번 벼슬자리를 얻어 사람 구실을 해보자."

하는 간절한 뜻이었다.

더욱이 기운이 장사라 열세 살 때에 나무를 하러 갔다가 산돼지를 맨주먹으로 잡은 일이 있으매 스스로 자기 기운에 대하여 자만하는 마음이 있던 그는 이때부터 어린 마음에라도 더욱 굳게 뜻을 세우고 서울 편을 향하여 희망에 타는 눈살을 부라리었다. 그러나

동리사람 사이에서 받는바 평판은 결코 좋은 것이 아니었으니, 그 것은 너무 자기 힘을 믿는 만큼 자연 횡폭한 행동 이 잦은 까닭이 오. 또 한 가지는 영웅호색이라니 그처럼 용맹한 성미의 사람이라 마음까지 호방해지어서 드디어 마을의 처녀나 유부녀를 막론하고 심상 히 보아 넘기는 일이 없게끔 되었던 것이다.

그렇지만 그 숙부 되는 사람이 원체 착하고 어진, 요사이 말하자 면 동리의 신망가(信望家)였기 때문에 아무도 맞대해서는 무어라 탓하는 일이 없었지 만 돌아서면 곧

"천하 잡놈 윤성이."

"그놈 끝까지 그 성미로 망신하리."

하고 저주하였다.

따라서 이번 윤성이 정든 고향을 등지고 수중에 한 푼 없으면서 감히 서울 을 향하여 떠날 뜻을 낸 것도 첫째로는 물론 항상 그리 던 청춘의 꿈을 어떻게라도 이루어 보고자 하는 소원이었겠지만 둘째로는 역시 마을 어떤 유부녀를 후려내려다 톡톡히 망신을 당 하고 다시 동리에 붙어 있을 면목이 없을 만큼 사태가 난망해진 까닭이었다.

그리하여 그 숙모 되는 이가 눈물까지 흘리며,

"서울이 어디라고 이런 행색으로 떠나려느냐. 아무리 동네가 창피 하더라도 다시는 그 같은 행실을 말고 붙어 있으면 사람의 소문이 란 두 달을 못 넘는 법 오래면, 잊어버릴 날도 있을 것이니 제발 참아보려므나."

하고 여러 번 사리에 맞는 말로 타일렀건만 그 같은 수작은 들은

척도 않고 드디어 표연히 이집 대문을 나서고 말았던 것이다.

그러나 지금이나 그 때나 돈 없는 설움이란 마찬가지여서 집집마다 문전걸식을 하다시피 하는 중에 심하면 산에서 자고들에서 유하고 혹 그 센 기운 을 이용하여 주막집 장작 같은 것도 패주며 하룻밤의 숙소를 청하니 그 꼴이 야말로 거지와 다를 배 없었다.

이럭저럭 십여 일을 걸어서 서울이라고 당도 하였으나 누구 한사람 반가이 맞아주는 이 있을 리 없고 역시 수중에는 무일푼하여 갖은 고생을 하는 중에 드디어 배다리께 불량자의 무리에까지 전락하고 말았다.

그러나 사람이 발신을 하려면 그 기회를 얻는 것도 이상하여 이렇듯 청운 의 높은 뜻은 다 잃어버리고 불운을 한탄하며 아침이면 깍쟁이 무리에 싸 이어 장안을 두루 돌고 저녁이 되어 어디서 찬밥 한술을 얻어먹고는 만족 하여 다리 밑 소굴로 돌아오곤 하던 윤성에게 한 소문이 들렸으니 이로부터 그의 운명도 일회전을 한 셈이다.

그것은 벌써 유월초순.

이 다리 밑에도 어느 결에 모기떼들이 몰려와 윙윙거리므로 그것을 피하기 위하여 다리위로 기어올라 왔던 그는 문득 어떤 이야기 소리에 발을 멈추었다.

"그 사람 참 용킨 용하다데."

하고 다리 난간에 기대어서 한가히 부채를 흔드는 사람은 아마 소풍 나온 어 떤 선비인 모양이다.

"이번 과거에 응시하는 사람으로는 홍계관(洪繼寬)의 집 대문을 두드리지 않는 이가 없으니깐."

친구인 듯한 협수룩한 젊음이가 그 말을 받았다.

"정말 그래 그 사람에게 좋지 못한 말을 듣는 사람이야 아예 응시도 마는 것이 옳지."

"홍계관은 귀신이지 사람이 아니거든."

"그럼 나도 내일 꼭 그 사람을 찾아보고 희망이 없거든 향제로 내려 갈 작정일세."

그들은 입입이 이렇게 말하며 저편 쪽으로 발을 옮긴다.

넋을 잃고 그들의 이야기를 듣던 윤성은 과연 과거 날이 멀지않은 것을 새삼스럽게 느끼며 그만 서글픈 생각이 나서 벌써 꾀죄죄하게 깍쟁이 꼴이 박혀가는 자기의 행색을 내려다보며 하염없이 탄식한다.

"그럴 줄 알았다면 시골서 비럭질을 하여서라도 기를 펴고 살아갈걸. 숙부 숙모의 말을 안 들은 보람이 이러하단 말인가."

그리고는 다시 생각하기를

"내일은 나도 그 홍계관이라 하는 점쟁이나 찾아보고 발신할 가망이 없다 거든 향곡으로 내려가자."

다음날 일찌감치 일어난 윤성은 오래간만에 개천 물을 찍어 발라 우선 달라붙은 때꾸정을 대강 떨고 홍계관의 집을 찾아 나섰다. 그러나 계관으로 말하면 비록 일개 점쟁이에 불과하나 그 이름이 널리 경사에 떨치고 있는 만치 사는 규모나 지내는 본세는 어떤 재상가의 그것에 비하여 떨어질 배가 없었다.

첫째 으리으리한 대문간에는 한 비종이 서 있다가 서슴지 않고

들어가는 윤 성의 꼴을 훑어보더니,

"무슨 일로 오오."

하며 가는 길을 막는다.

그러나 윤성은 원체 배포가 유한 사람이라 두루마기도 입지 못하고 버선조차 안 신은 행색에 비복이 의아히 여기는 것도 무리가 아니련만 도리어 노한 눈을 부릅뜨며,

"계관을 만나러 온다."

하고 그냥 쑥 들어가 버린다.

심약한 종은 일시 기세에 멈칫하였으나 의기양양하게 활개 치며 들어가는 윤성의 뒷모양을 바라보고

"흥 네까짓 거야 한평생 남의 대문 앞에서 비럭질 할 팔자라고 할 걸."

하며 킬킬거리었다.

그러나 종의 이 상상과는 달리 윤성이 중문을 들어서자 사랑방문을 반쯤 열고 그 아들에게 무엇을 분부하던 맹복(盲卜)계관은 그만 곤두박질 하다시피 하여 뛰어나오며 윤성의 손목을 잡고 정중하게 상좌로 인도한다.

서울 온 이후로 아니 평생 처음 이 같은 융숭한 대접을 받으매 윤성은 일변 놀라고도 기가 막히어 묵묵히 주인의 정해주는 자리에 앉으니 계관은 다시 일어나 꿇어 엎디어 절한 후,

"이 누추한 집에 높으신 어른이 이처럼 왕림하시니 황감하오이다."

한다. 윤성은 더욱이 기가 막히어,

"그 무슨 말씀이오니까!"

하고 자기의 벗은 발가락을 감추려하니,

"공은 인신(人臣)에 극귀할 몸이시라 군주에 다음가는 가장 높은 자리에 오르실 줄 믿으오."

"그 참말 씀이오?"

너무나 믿을 수 없는 그 말에 이렇게 윤성이 따지자 계관은 태연히 잘라 말하였다.

"이 몸이 본 바에 오늘날까지 일호의 실수함이 없었거든 어찌 공의 일만 그릇 볼 리가 있겠나이까."

"그럼 언제쯤 이 체신이 피이겠소."

"이 몸이 아는 대로 행할진댄 내일 오시까지라고 장담하리이다만……."

"그럼 그 방책을 빨리 일러주오."

윤성이 성급하게 다가앉으며 말하니 주인은 잡자기 그 먼눈에 눈물을 주루 루 흘리며,

"그럴진댄 한 언약을 주소서."

한다. 윤성이는 그 방책이라는 것이 어서 듣고 싶어서,

"그리 하겠소. 무엇이든지 말해보오."

"그럼 꼭 들어주시겠소이까."

다시 한 번 다지고 나서

"모년 모월 모일에 공께서는 형부(刑部)를 맡으시게 될 터인데 그때 제 아들놈이 죄를 지어 옥에 갇히고 죽음을 당할 것이니 부디 공은 오늘의 이 일을 생각하시고 살려주소서."

한다. 윤성은 할일 없이 웃으며,

"그럼 그 때를 당하여 정말 이런 일이 있거든, 다만 한마디 내가 홍계관의 아들이오 하라고 일러주오."

하니 그제야 주인은 안심한 듯이,

"그럼 내일 오시(午時) 안으로 한강(漢江)을 나가시오."

하고는 다시 잠깐 주저한 후,

"황송하오나 과연 공이 장차 인신으로서의 가장 높은 자리에 오를 것이야 두말할 것도 없지만 꼭 한 가지 너무 표한하심이 험이오니 남에게 덕행을 베푸시지 않으면 무자(無子)할 것이오."

하고 먼눈을 꿈찔거렸다.

그러나 내일부터 발신이 되리라는 맨 첫번 말에 온몸에 피가 끓다시피 된 윤성이 이 말뜻을 살필 겨를이 있을 리 없다.

그런고로 후일 과연 무과하고 정난공신(靖難功臣) 인산부원군(仁山府院君)이 되며 나중 무자(戊子)에는 우의정위평공(右議政威平公)까지 되었건만 한 가지 남에게 끼친 적악으로 말미암아 전례 없이 두처(二妻)를 거느리어 후 인의 웃음을 사게 되고, 또한 평생 무자하였으니 이때 계관의 말만 명심해 들어두었던들 이런 불행이야 없었을 것이다. 아무튼 홍계관의 집에서 간곡 한 저녁대접까지 받고 얼근히 취한 윤성은 다리 숙소까지 어찌 어찌 돌아오기는 하였으나 도무지 잠이 오지 않았다.

"허허 내일부터 신수가 트인다."

그는 몇 번이나 이렇게 부르짖으며 소름이 쭉 끼치도록 지나온바 경로가 아슬아슬하였다.

다리 위를 지나가던 사람들의 대화를 듣던 일이나 내일만 지나면 영원히 놓쳐 버리고 말았을 귀한 발신의 기회를 요행히 하루를 상격하여 알아내었기 때문에 자기 앞길에는 양양한 광명이 빗기어 있는 것을 생각하니 과연 천지신명의 도우심이라고 감사하지 않을 수 없었다.

지루한 하룻밤이 전전반측하는 동안에 밝고 말았다.

윤성은 곧 한강을 향하여 터덜터덜 걸어갔으나 보는 사람이야 누가 감히 이 더러운 깍쟁이의 모양이 후일 그처럼 큰 귀인이 될 인물인 줄로 짐작인 들 하였으랴.

배다리에서 한강 — 십리나 되는 거리었으나 윤성이 강변에 이른 때는 그래도 아직 오시가 멀었다.

그는 어떤 어옹이 재미있게 고기를 낚아 올리는 곁에 쭈그리고 앉아 어서 때가 이르기를 기다리고 있었다.

과연 얼마 후 상류로부터 배 한척이 흘러오는 데 풍악소리가 유량하며 아름다운 기생들 이 나비같이 번득이는 것이 어떤 귀인의 놀음 배일시 분명하다.

시골구석에만 처박혀 있다가 화려한 정경이라고는 본 일이 없던 윤성은 처음 이 배의 화려한 모양과 그 풍악의 질탕함에 온 정신을 빼앗기다시피 멀거니 바라보았다.

한참만에야 조금 바른 정신이 든 듯한 그가,

"저것이 대체 누구의 놀잇배요?"

하고 곁에 있는 어옹을 돌아보니 친절한 노인은 한참 윤성의 행색을 바라보더니,

"서울양반이 아니로구려."

한다.

"어째 사람이 묻는 건 대답 안하시고 딴 소리만 하시우."

"아니 서울사람 쳐놓고 저배의 임자를 물을 리 없겠기 말이지."

노인은 경멸하는 듯한 눈초리로 이렇게 말하며 다시 낚싯대만 내려다본다.

윤성은 잠간 발끈하는 성미를 억지로 누르고,

"아무 곳 사람이고 모르니까 이렇게 물어보는 것이 아니요."

말씨를 부드럽게 하여 다시 한 번 노인을 바라보매 그는 마지 못하는 듯이,

"수양대군(首陽大君)의 출유선(出遊船)이라우."

말하였다.

"수양대군의?"

하며 윤성은 몹시 놀랐다.

당시 세태로 말하면 단종(端宗)이 아직 어리시고 보좌하는 제신은 있다하 지만 팔대군(八大君)의 세력이 너무나 강성하여 인심이 위의(危疑)에 싸였었다.

더욱이 이 수양대군으로 말하면 이 기회를 타서 정란의 뜻을 이루고저 권람(權擥)과 한명회(韓明澮)로 더불어 매일 진견(進見)하여 그 야심을 채울 날을 기다리었다.

이러하기를 얼마를 거듭한 지금 정란지책(靖難之策)도 대개 작정되었으매 이날은 그 대책도 다시 한 번 토의할 겸 오랫동안 여러 가지 묘책에 피곤한 신경도 가라 앉히고자 이렇게 제천정(濟川亭)

으로 출유하신 것이었다.

그러나 의심 많은 세상의 인심은 사냥개같이 예민하여 수양대군 저(大君邸)에 권람, 한명회 등이 무시로 출입하며 혹은 진선(進膳)이 때 없이 드나들매 자연 의혹의 눈을 돌려 수군수군 이것을 감시하지 않을 수 없었다.

물론 수양대군으로 말하면 그만한 대음모를 꾸며낼 인물인 만큼 조금도 내 색을 들어낼 까닭이 없어 한명회를 종부사관(宗簿士官)이라하고 혹은 의원이 라고도 칭하여 비록 집안에 부리는 사람들까지 의심을 받지 않게 애를 썼지 만 세상으로 흩어져나가는 소문은 어느 틈으로 흘러나오는 것인지 걷잡을 수 조차 없었다. 그러나 그의 세력이 상감님보다도 더한 것만은 사실이니 그 출유하는 모양의 굉장 호화함은 말할 것도 없었다.

"참 사람이란 저렇게 한번 놀아봤으면 죽어도 소원이 없겠다."

윤성이 이렇게 말하고 다시 한 번 고개를 돌렸을 때 그는 참으로 넋을 잃을 만치 놀랐다.

난데없는 창두(蒼頭) 십여인이 갑자기 배 위로 뛰어 올라 장검과 몽둥이를 번쩍거리며 뱃속 사람들을 닥치는 대로 찔러 넘기는 것이었다.

기생들의 아우성 소리 비단을 찢는 듯한 비명 통곡소리 그 사이로,

"수양대군 잘못을 뉘우치오."

하는 벼락같은 호통은 윤성의 귀까지 들려왔다.

평소 수양대군의 좋지 못한 소문을 미워하던 이양(李穰)이나, 조

극관(趙克寬, 같은 사람이 오늘의) 출유를 듣고 그 근처에 관노를 숨겨두었다가 아마 수양을 맞아 없애려는 것 같다.

그러나 수양을 미워하는 사람은 그 같은 대신뿐만 아니라 보통 사람들 중에도 많이 있었던 모양으로, 창두가 칼을 빼며 수양대군을 위협하나 한 사람 뛰어들어 제지하려는 자 없고 드믄 드믄 배를 띄우고 청풍 하던 사람들은 도리어 아우성치며 도망하기만 바빴다.

윤성의 곁에 앉아 있는 노옹까지 드리웠던 낚싯대를 걷으며,

"저 봉변당해 싸지."

하는 듯한 태도로 배편을 흘겨보고,

"저것이 권람 그리고 이편 사람은 한명회."

하더니 그만 꽁지가 빠져라고 달아난다.

'흥'하고 윤성은 이름 익히 들었던 권람과 명회를 바라보고 비웃었다.

굵은 밧줄로 묶이어 있는 안주사(按舟使)의 뒤에서 칼을 피하고자 생쥐처럼 빠져다니는 권람과 뱃전만 붙잡고 방금 물에 뛰어 들려는 명회,

"흥 키는 작아도 힘은 장사라더니 저 꼴이 장사람!"

윤성의 굳센 팔에는 힘이 불끈 솟았다.

열세 살 때 산돼지를 때려잡던 그 용맹이 백배천배가 되어 온몸을 구비치는 듯하였다.

무식한 그는 순간 옳고 그름에 대한 판단력도 없었다. 이것이 홍계관이 이르던 발신의 기회인가보다하는 여유 있는 생각도 있을

리 없었다.

다만 벌벌 떠는 무리들의 태도가 밉고 그 미지근한 행동이 아니 꼬아 넘쳐오르는 만용 그대로 배를 향하여 헤엄을 쳐갔다.

윤성이 배에 이른 때에는 가장 아슬아슬한 절정이었다.

한사람의 창두가 철퇴를 높이 추켜들고 수양대군의 머리 위를 내려치려는 찰나 윤성은 서슴지 않고 그 허리를 걷어찼다.

의외의 강적에게 철퇴를 던지고 나가자빠지는 사람의 가슴을 밟고 서서 그는 칼을 들고 덤비는 다른 사람들과 싸우기 시작하였다.

동으로 치고 서로 갈겨내고 옆에 있는 돛대를 탁 분질러서 바른 손에 쥐고서니 그의 앞에 달려들던 사람들은 추풍에 낙엽같이 산산이 흩어졌다. 어 떤 놈은 대가리가 깨어지고 어떤 자는 팔이 꺾어지고 목이 달아나고 허리가 잘라지고 느런히 드러누운 시체 틈에는 다투어 강물에 뛰어들어 생명이나 부지하려는 사람의 그림자가 번득이었다.

윤성은 실신한 듯이된 수양대군을 흔들며,

"정신 차리십시오. 정신을 — "

하고 그 입에 냉수를 먹이었다.

"으음 누구인지는 몰라도 참 고마워."

수양대군의 떨리는 첫 음성이 내리자 뱃전과 강 속에서 물에 젖은 권람, 명회가 엉금엉금 기어 나왔다.

윤성은 그 꼴은 본체도 않고 홀로 배를 저어 강을 건너가니 그 모양이야말로 개선장군같이 늠름하였다.

항상 인물을 고르기에 정신을 모로 있던 수양대군이 아무리 경황 중이기로 어찌 이 윤성의 호연한 기상을 심상히 보아 넘기리오.

언덕에 오르자 곧 그의 손을 잡으며,

"이름이 무엇이뇨."

하고 물었다. 윤성이 국궁하고 그 성명이며 오늘날까지 지내온 경력을 낱낱이 고하니 대군은,

"참 이 같은 호걸을 초야에 묻어두기는 아깝도다."

하며 탄식하였다.

윤성은 그제야 문득 홍계관의 하던 말이 생각나서,

"이것이 발신하는 기회로구나."

속으로 부르짖고 대군에게 더욱 믿는 태도를 보이니 대군은 매우 기뻐하여,

"만나기가 늦었도다."

하며, 어떻게라도 이 은혜를 갚을 뜻으로 언약하였다.

이날부터 수양대군의 비호를 받아가며 그 궁저(宮邸) 안에 붙어 있게 된 윤성은 차츰 많은 무인들과도 추축하게 되고, 따라서 드나드는 사람에게 무예 같은 것도 배우게 되니 원체 장사라 몇 달이 못가는 중에 일반 궁술검도에도 달하게 되었다.

그리하여 임신(壬申)시월 초열흘날 드디어 수양대군 거사할 제 곧 감순(巡)으로 먼저 떠나 김종서(金宗瑞)를 찾아보고 두장(二張) 활을 꺾은 일화 까지 남겼다.

아무튼지 수양을 도와 정란을 성공한 공로는 컸으므로 경태 육년(景泰六年) 을해(乙亥) 윤六[육]월 十一[십일]일 수양대군이 수선(受禪)하니 곧 세조인 효대왕(世祖仁孝大王)이요 동시에 윤성은 정란공

신 인산부원군이 되었다.

더욱이 날이 갈수록 왕이 총애함이 크니 자연 축재(蓄財) 되는 바가 많아 몇 해 전에 학척불우객은 어느 사이에 장장(藏藏)이 거만(巨萬)이요, 미곡이 요성하며 유물납제(輸物納弟)에 치마(輜馬)가 쇄도하고 문밖에는 나날이 열 공(列貢)하는 자가 기만명인지 헤아릴 수가 없었다.

따라서 옛날 배다리밑 소굴은 감히 생각조차 할 수 없게 큰 갑제(甲第)를 일으키어 명유거사(名儒巨士)를 청하여다 석연(席宴) 치 않는 날이 없음에 왕까지 그 호화함을 보고,

"하증(何曾)의 만전지식(萬饌之食)이라도 감히 따르지 못하리라."

하여 윤성의 집 후원의 못에 임한 한 별당에는 친히 '경해(傾海)'의 두자를 써주며 현판으로 걸게 하였다.

이렇게 하여 주야로 사죽(絲竹) 소리가 유량하며 영기(伶妓)의 전두(纏頭) 소용이 역시 무수하니 그 성쇠의 혁혁함이야 짐작할만하였으나, 이 세상이 란 잠깐의 실수로 인하여 인생의 모든 영화색체가 순식간에 상전벽해로도 변하나니 공도 나날이 부귀하여 감에 따라 옛날의 불우하던 생각은 잊고 이 모든 것이 홍계관으로 인연함까지 생각할 여유가 없었지만 세조 즉위 구년만에 형조판서를 대신하여 하루는 친히 대옥(大獄)의 관계자를 국문하게 되었다.

이때 한 죄수가 있어 소리지르기를,

"홍계관의 아들이로소이다."

하는 고로 공은 크게 놀라서 옛일을 생각하고,

"그래 네 아비는 어찌 되었느냐."

친근히 물었다. 그 아들이 대답하기를,

"몇 해 전 아비는 죽삽고 집안도 이제는 퇴폐하였사오나 아비 임종 시에 후 일 옥사를 만날 터이니 홍계관의 이름을 대라고 거듭 당부하더이다." 한다.

그러나 이때 윤성은 부귀가 극할수록 그 표한한 성격이 더욱 광폭하여지며 살생을 좋아하고 탐재를 심히 하여 자기 집 앞 장천(長川)에서 말을 씻기는 사람이 있으면 당장에 죽이게 하며 혹은 승마한 채로 그 문 앞을 지나는자 역시 불문귀천하고 드디어는 죽이는 등, 더욱이 남의 논밭을 무단으로 빼앗을 때 어떤 노구(老軀)의 하나뿐인 재산이던 밭까지 빼앗으려하다가 응치 않는다고 돌멩이로 쳐 죽인 일까지 있었다.

그러므로 이제 계관의 아들이 그 아비의 죽은 것을 말하고 또한 집까지 탕 가해버리었다함을 듣고 탐욕한 그는 잠시 동안 일어났던 동정의 생각까지 푸시시 사라지며,

"죽은 계관이 무엇을 알랴."

하는 마음이 나서 그 아들의 애원하는 소리는 듣지 않고 그만 처형케 하고 말았다.

계관의 아들은 슬피 울고 애통하다가,

"우리아버지가 죽을 때, 언약을 지키지 않는 자는 평생 무자하리라 하더이다."

하는 저주의 말을 남기고 당형 되었다.

이로부터 윤성의 양심은 더욱 어두워져서 사람을 자유로 생사케 할 권리가 있는 것을 맡으매 그 마음은 더욱 횡폭 하여 심지어는

자기 친속이나 부리던 비복에게까지 탐욕과 전살(專殺)에 손을 미치게 되었다.

그것은 바로 그가 우의정을 배수하던 무자년 가을 그때까지 시골 구석에서 땅이나 파고 살던 그 숙부가 암만 기다려야 발신한 조카에게서는 한마디의 그럴듯한 통기가 없으므로 찢어진 도포소매를 여미며 상경해왔다.

으리으리할 만큼 굉장한 대문과 그 당당한 위풍에 한없이 외위(畏威)한 늙은 삼촌이 드디어 높게 좌정한 조카를 감히 우러러 볼 수도 없는 듯이 황공하여,

"네 사촌들을 어떻게 좀 벼슬자리에 있게 해다오."

하고 청하니, 욕심 많은 윤성은 오래간만에 본 이 삼촌을 반겨하는 기색도 없이 언태에 이렇게 말한다.

"내가 옛날 갈고 매고 하던 아무 곳 논 스무두락(二十斗落)이 그냥 있소?"

"그럼 있고말고. 그것을 내놓고야 우리들이 여태 목숨을 어찌 부지했겠나?"

윤성은 만족한 듯이 웃으며,

"그럼 그 논을 내게로 보내시오. 삼촌의 아들들은 대신 관록을 먹게 해드리리다."

이 말을 들은 그 숙부의 노여움이 얼마나 컸으랴 그만 상기가 되어 붉으락푸르락 하는 안색을 진정치 못하고,

"옛날 공이 뜻을 얻지 못했을 때에는 내 집 솥에서 십여 년을 같은 밥을 얻어먹었더니 이제 처신출세(處身出世)함에 내 자식 하나

를 벼슬자리에 앉혀주지 않겠다니 그런 고약한 심사가 어디 있을까."

하며, 옷자락을 떨치고 나와 버리려 하였다.

그러나 윤성은 도리어 자기의 잘못을 생각하려고 하지 않고 언뜻 나는 걱정이란,

"이 말이 퍼지면 큰일이다."

싶어서 곧 그 숙부의 소맷자락을 잡으며,

"그럼 내말에 응치 않겠단 말이로구려."

하고 짜증을 내었다.

고지식한 노인은 씨근씨근하는 분한 숨을 모으고,

"아무리 고약한 놈이 기로 부귀가 이에 이른 이상 가난한 삼촌의 목숨 줄인 수무 두락 논을 탐낸단 말이냐."

하더니, 다시 목소리를 진정하여,

"네가 네 숙모나 가엾은 어린 종형제를 생각하여도 그럴 수 없다." 한다.

윤성은 그래도 마음을 회개치 못하고 그만 칼자루에 손을 대며,

"늙은 것이 공연한 망언을 토하니 그럼 이 몸의 권세가 얼마나 큰가를 보 아 두어라."

하니 그제야 노인은 윤성이 극악한 인간임을 깨달은 듯,

"아아 너 같은 놈의 손에 죽는 나도 불우하지만 남겨 놓은 가족이 더욱 가엾다."

그 소리가 몹시 떨리어 감히 사람의 간장을 녹이지 않을 수 없었으나 윤성은 들은 척도 아니하고,

"당신이 무죄한 것은 아오 마는 살려두면 장차 이일을 세상에 알릴까 무서워."

한마디와 함께 그는 홍계관의 아들을 죽이듯 전은(前恩)을 불구하고 그 목 을 잘라 버렸으니 어찌 이 비행의 보복을 받지 않을 수 있으랴.

그리하여 시체는 곧 후원 으슥한 숲속에 던져두고 태연히 있으매 그 눈치를 채인 집안 비복들도 원망하지 않는 자가 없었으나 누가 감히 입을 열지 못하였다.

그 가족들의 원통함이 오죽 하였으랴!

더욱이 평소부터 절의(節義)깊고 뜻 굳은 그의 아내 허씨(許氏)는,

"형편보아, 곧 알리마."

하고 떠난 남편에게서 아무 통기가 없으므로 처음에는,

"아마 일이 순순히 피어서 우리 가족을 한꺼번에 데려 가실가부다."

하고 기뻐하며 기다렸으나 떠난 지 반삭이 가깝도록 아무 소식이 없으매,

"벼슬자리 하나가 그리 어려운가."

하는 생각과 함께 그만 가슴이 설레며 이상한 생각이 머리에 떠나가지 아니하였다.

그리하여 행여 남편이 돌아오실까 밤새도록 치마고름하나 풀지 않고 기다리던 허씨가 이 같은 밤을 한 달이 넘게 겪은 후 그만 참을성이 다 하여 서울 을 향해 올라오게 되었다.

으리으리한 장안 화려한 거리, 아무 본 것 없고 들은 것 없는 이

노부인은 장안 네거리에서 어쩔 줄을 모르고 쩔쩔매다가 마침 어떤 친절해 보이는 노인을 발견하고 은근히 홍윤성의 집 소재를 물었다.

그 사람은 이상한 듯이 허씨의 아래위를 훑어 본 후,

"홍공의 저택은 여기서 멀지 않지만 아마 그 행색으로는 못 들어 갈 것이오."

한다. 허씨는 이상하여 하면서도

(글쎄 윤성이 발신을 하였다더니 그럼 어떤 차림새로 찾아가야하나.)

하는 순박한 마음에,

"그럼 어떤 차림을 하고 가야하오?"

하며 그 사람을 쳐다보았다.

"홍공으로 말하면 탐욕 전살하기로 장안에 모르는 사람이 없거든 어찌 빈손으로 가겠소. 첫째, 코아래 진상물이 있어야 할 것이요. 둘째로는 그 같은 것이 있다는 증거로 잘 입고 잘 차리고 가야할 것이 아니요?" 그 말을 듣더니 허씨는 겨우 안심한 듯이 웃으며

"나는 참 깜짝 놀랐네, 그런 연유거든 염려마시고 집이나 가리켜 주오. 나는 그 숙모인데 숙모까지야 초라하다고 괄시하겠소." 하였다.

노인은 더욱 놀라며,

"그럼 정녕 홍공의 숙모시오?"

"그렇소."

허씨가 연하여 선선히 대답하자 가엾은 듯이 그의 모양을 바라보고,

"그럼 여태 모르시나 보구려."

하고 불쑥 말한다.

"허씨도 공연히 가슴이 덜컥 내려앉으며 무슨 상서롭지 않은 일이 있을 것 같아 나도 공연히 이상한 생각이 나서 살던 시골을 떠나 머슴하나만 데리고 이렇게 올라온 터인데 혹 당신이 우리 바깥어른께 관한 일을 아시는 바가 있으면 들려주시오." 하고 애걸하다시피 하였다.

노인은 눈을 감고 무엇을 생각하더니,

"벌써 한 달이 넘었지, 그 삼촌 되는 사람이 홍대감 칼에 맞아 돌아가셨다 우."

해준다. 이 말에 허씨도 그만 정신이 아찔해지고 천지가 노랗게 변하여 하염없이 눈물만 솟아나

"그것이 정말이요? 정말이라면 어떻게 당신은 그걸 아시우."

하니, 노인도 그 가엾은 정경에 고개를 돌리며,

"다름이 아니라 마침 그 집 계집애 종이 사랑으로 숭늉그릇을 가지러 가다가 고함소리가 나기에 가만히 엿들었대요, 그랬더니 홍공은 공연한 트집을 잡아 무죄한 삼촌어른의 목을 잘라 버리더라오. 그런데 그 계집종이 바로 우리 건넛집 박물장사 딸이거든, 그래 지금은 어미 딸 입을 통하여 그 소문을 모르는 사람이 없소 외다."

노인은 다시 자세 자세히 당시 이야기를 들려준 후 그 무죄한 사람을 탄식하였다.

여인은 그만 미친것 같이 되어,

"숙모가 무엇이냐. 조카가 어디 있을까. 나도 그 놈하고는 철천지

원수다. 어떻게 해서라도 보복을 하고야 말리라."

넋두리를 해가며 그 노인을 쳐다보고,

"그런 연유로 소장(訴狀)이나 하나 써 주시오 이제는 악만 남은 몸이 권세는 무엇이 무섭겠소."

하니, 노인도 그의 정경에는 동정하는 체 하면서도 홍윤성의 위세와 횡포는 무서운 듯 선뜻 응치 않는다.

허씨는 일변 눈물을 흘리고 또한 애걸하며 그 원통한 사정을 따라 사정하니 노인도 드디어 그 정성에 꺾인 듯 한 장의 상소문을 지어주며 그래도 미심 한 듯이,

"내 이름일랑 대지 마시오."

하고 당부한다.

허씨는 그러마고 승낙한 후 그 길로 다시 형조에 이르러 이것을 상소(狀 訴) 하였지만 불수(不受)되고 말았다.

그는 너무 원통하여 하늘을 우러러 통곡하니 그래도 착해 보이는 형리 한 사람이,

"그럼 헌부로나 가보라."

하며 가르쳐 주는 고로 허씨는 다시 헌부(憲府)로 향해 가서 이것을 호소하였다.

그러나 윤성의 세력을 무서워하기는 마찬가지인 헌부에서도 여전히 불청이므로 그는 그만 미칠 듯이 되어 세상의 권문을 저주하고 위력 앞의 여러 인간들을 원망하였다.

그렇건만 남편을 생각하고 그 죽은 혼이나마 불쌍히 여기는 정성은 도리어 일층 더하여져서 헌부를 나오며 이를 갈고 맹세하는 말이

"이제는 상감마마에게 직접 호소할 수밖에 없겠다. 이 목숨 하나 내놓으면 무서울 것 없을 것을 어떻게 해서라도 남편의 원수만 갚는다면 방도를 가릴 것이 무엇이랴."

이렇게 갖은 애를 다 쓰는 동안 어느덧 해가 저물었으므로 그는 우선 어떤 주막에 숙소를 작정하고, 다음날은 노인이 일러 주는 대로 아직 후원에 처박아둔 남편의 시체를 찾아내어 몰래 어느 산모퉁이에라도 안장코자 일을 시 작하였다.

이 일은 가장 어려운 여러 가지 곤경 속에 이루어졌다. 그리하여 다음날부터는 남편의 무덤에 다녀오면 어떻게 해서라도 상감님의 동정을 살피어 직 소할 기회가 이르기만 간절히 원하던 중 어느 날은 과연 기쁜 소식이 이르렀으니 그것은 몇날 후면 임금님이 온정(溫井)으로 향하신다는 장안의 소문 이었다.

그 여자의 기쁨이 오죽이나 하였을는지 너무나 기다리던 기회가 속히 이름 이 꿈결 같아 곧 남편의 무덤을 찾아가

"이번에는 어떻게 해서든지 귀정을 낼 터이지만, 만약 이루지 못하면 당신 곁을 찾아 올 것이요. 요행 이 원수를 갚게 되거든 부디 지하에서라도 눈을 감으오."

하고 울었다.

기다리는 행행일(幸行日)이 이르렀다.

절부 허씨는 미리 밤을 타서 왕이 지나실 길옆 버드나무에 올라가 가만히 엎드려 있으려니 그 가슴속에는 천상만상이 꼬리를 물고 왕래한다.

"이놈 홍윤성이, 두고 보아라, 네가 이미 홍계관의 공을 잊고 그

자식 죽 인 것이며, 홍산사람(鴻山人) 나계문(羅季文)을 죽여 그 아내 윤씨로 하여금 철천지 원한을 품게 한 것이며, 남의 논을 빼앗고 재물을 약탈한 것이며 그 외의 모든 죄과에 대한 보복을 내 비록 미천한 일개의 아녀자이지만 하늘에 대신하여 그 보복을 받게 하리라."

그는 주먹을 내두르고 이를 갈다가 다시 죽은 남편을 생각하여 눈물을 흘리며 이렇게 지루한 밤을 밝히었다.

다음날은 과연 왕의 행차가 지나가는데 가슴을 두근거리며 기다리던 허씨는 마침 어가가 그 버드나무 가까이 이르렀을 때,

"상감마마 어전에 드릴 말씀이 있나이다."

하고 소리를 질렀다. 무심히 행차를 재촉하시던 왕은 어디서 무엇이라고 연 해 호소하는 소리가 들리므로 우선 사람을 보내어 살피게 하시니,

"저기 버드나무 위에 한 여인이 있어 슬피 통곡하며 상소하올 말씀이 있다 하옵니다."

하고 아뢰었다. 왕은 의아한 생각으로,

"곧 가서 알아보라."

하고 분부하시니, 명을 받은 사람이 급히 달려가 그 연유를 물으나 허씨는 고개를 흔들고,

"소원이 심히 중대하와 권신(權臣)에게 관한 말씀이옵기 입을 건너 말씀 드릴진댄 필시 그 뜻이 달라질 듯하와 감히 사뢰지 못하겠나이다."

하니 그것은 비록 무식한 촌부(村婦)이나 그동안 가지가지 곡경을

겪는 중 모두 홍윤성의 세력 앞에 정당함을 잃고 사리를 그릇 판단하는 법관들에게 그만 혼이 난 까닭이었다.

왕은 이 말을 들으시고 친히 주련(駐輦)하기를 명하신 후,

"하전(下前)하라."

는 분부를 내리셨다.

허씨는 그제야 비로소 눈물을 거두고 옷매무새도 단정히 한 후 나무에서 내려와 지극히 황공한 태도로,

"상은의 지극하심과 넓으신 베푸심을 받자와 홍윤성의 숙부의 계집이 감 히 어전에 이르렀나이다."

그 목소리 낭랑하여 비록 왕의 앞이나 일호의 주눅 됨이 없었다.

왕도 흡족한 듯이 고개를 끄덕여 보이시며,

"소관사를 아뢰라"친명을 내리시매 여인은 윤성의 잘못됨과 악행을 일일이 고해바친 후, 말이 억울하게 횡사한 그 남편의 이야기에 미치자 그만 눈물만이 비 오듯 하여,

"형조 불수하고, 헌부 역시 불청하오니 이 원념이 가실길이 없사와 감히 직소로 사뢰고자 하왔나이다."

말을 맺고는 그만 땅에 머리를 조아리며 부복하였다.

왕은 이윽히 그 모양을 바라보시더니 맑은 용안에는 점점 노기가 치밀어 오르시며,

"짐은 윤성을 그 같은 악행자로 믿지 않았더니 이제 말을 들으매 용서할 수 없은즉 잘 인지하여 처리하겠노라."

하신 후 곧 말씀을 이어

"위세를 두려워하지 않고 지아비의 원수를 갚으려 하는 그 절의

장하도다."

하신 후 여인에게 급미십곡(給米十斛) 하사하라는 고마우신 어명을 내리셨다.

여인의 기쁨과 만족은 말로 다할 수 없다.

더욱이 몇 날 후 왕께서 윤성을 친문하시고 일층 대노하사 곧 죽이려다가 옛날 한강 선상에서 윤성의 도움을 입고,

"어떤 일이 있든지 목숨은 살려주마."

하시며 언약하신 것을 생각하사

"경은 전은을 잊어버리고 계관의 아들을 죽였지만 짐은 그렇지 아니하노라."

하시는 비웃음과 함께 그 창두(蒼頭) 수십 인을 대신 죽여 그 죄를 벌하셨다는 이야기를 듣고는 그만 뛰어오를 듯이 기뻐하였다.

이 일이 있은 후로는 과연 그처럼 횡폭 무비하던 윤성도 깊이 깨닫는 바가 있어 전행을 뉘우치고 나라의 일을 근심하니 오로지 숙모 허씨가 가진 바 절의에 감동한 까닭이었다.

그러나 항상 가슴 속에 근심되는 바가 있었으니 그것은 홍계관이 옛날

"적악하는 바가 있을진댄 무자하리다."

하던 예언이다.

그 말을 들을 때도 심상히 넘어버리고 그 후 여러 가지 악행을 하면서도 생각나는 일이 없더니 이 같은 변고를 겪고나서 스스로 자기를 돌아다볼 여유가 생기고 여러 가지 전과에 대한 후회하는 마음이 일어나는 동시에 새삼스럽게 이 일이 근심스러웠던 것이다.

그리하여 어떻게든지 그 죄과를 풀어 보고 저 홍계관과 그 아들을 위하여 큰 재를 올리며 지금은 초야의 한구석에 흩어져 있던 삼촌의 뼈를 모아 다 시 후히 장례를 행하고 옛날 홍계관이 살던 동네를 홍계관리(洪繼寬里)라 이름까지 주었다.

그렇건만 무자를 염려하는 마음은 가시지 아니하여 드디어 처가 있음에도 불구하고 또한 처를 맞으며 그밖에 많은 첩을 두었으나 과연 생자하는 사람이 없이 다만 첩실에 한 딸을 두었을 뿐이니 이는 그 죄과를 생각하면 영영 무자녀할 것이로되 나중 후회하고 선행한 것으로 보아 하늘이 도우심일시 분명하다.

여하튼 두 처를 두기는 했으나 한 사람은 산중에 또 한 사람은 숭례문(崇禮門) 밖에 살게 하여 서로 상종이 없었더니 드디어 윤성이 늙고 병들어 여전히 무자함을 탄식하며,

"한 사람의 숙부에게 베풀은 적악의 보복이 이만할진댄 참으로 세상에 죄 과 같이 무서운 것이 없을 것이요, 또한 절부같이 귀한 것이 없으리로다."

한 말을 남기고 죽으니 서로 적처(嫡妻)임을 다투어 아무리 오랜 시일이 지나도 그 싸움이 그치지 않음에 윤성의 집안은 순식간에 그 호화도 간곳없고 다만 두 여인이 아옹거리는 수라장으로 바뀌어 버렸음이 모두 인과보복 을 밝혀 가르쳐 주는 현상이었다.

그리하여 드디어 상소가 일어나매 임군께서도 어이 판단할 길이 없어 특히 영을 내려 두처(二妻)를 허락하시며 남은 가산은 이분(二分)하여 가지게 하 시니 윤성의 후신도 이로 인하여 연기같이 사라져 버린 셈이었다.

제13편. 보은단 유래

선조(宣祖) 十八[십팔]년 임오(壬午) 가을 어느 날 아침이었다.

왕께서는 일찍부터 근정전에 납시어 모든 신하들의 예궐을 기다리고 계시었다.

왕께서 이렇게 일찍부터 — 신하가 예궐하기 전에 근정전에 납셔 조회를 기다리시는 전례가 없었다.

왕은 우수의 빛을 용안에 가득히 실으시고 용상 앞을 거니신다. 벌써 반시간 동안이나 이처럼 묵묵히 거니시며 이따금 넓은 뜰을 내어다 보신다.

오늘에 한해서 특히 늦은 것은 아니지마는 왕은 신하들의 태만이 괘씸하지 다는 듯이 불쾌한 눈으로 멀리 대문 쪽을 바라보신다.

품석이 늘어서 있는 넓은 뜰에는 황엽된 낙엽이 소슬한 바람에 휩쓸리어 이리저리 굴러다닐 뿐이었다.

상감께서 벌써부터 근정전에 납셨다는 소식은 영상 박순(朴淳)을 몹시 초조케 하였다. 그는 예궐하는 대관들을 동독하여 황황히 전내로 들어왔다.

좌상 노수진(盧守慎) 우상 권철(權轍) 기타 여러 관원이 영상의 뒤를 따랐다.

왕은 이제껏 용안에 실려 있는 불쾌한 빛을 눅이시고 조용히 용
상에 오르셨다.

희로애락을 얼굴에 나타내지 아니하고 왕의 관인대도를 보이시기
위하심이었다.

영상 박순은 여러 관원과 황황히 들어오며 어제 왕께서 분부하신
성지에 대하여 아뢸 것을 생각해 보았다. 어제 조회를 파하고 삼상
(三相)이 자리를 같이 하여 서로 의견을 바꾸어 보았으나 결국 신
통한 것을 얻지 못하였을 뿐이다. 그러나 오늘은 어찌 하든지 아뢰
어야 할 자기의 책임을 생각할 때 어찌 하든지 선조께서 구하시는
인물을 다소간 인망이 부족한 사람이라도 결정해서 아뢰지 않을
수 없었다. 종계변무(宗系辯誣), 이 문제는 오래 전 부터 내려오는
문제요. 십여 차례 명나라에 사신을 파견하여 종계개록에 대한 승
인을 얻으려 하였으나 실패에 돌아가고 말았던 것이다. 그러나 지
금 선조께서는 기어이 이 문제를 밝히시고 대명(大明)의 승인을 얻
으려 결심하시었던 것이다.

그리하여 몇 번이나 선조께서도 친히 사신을 대명에 보내시었으
나 도무지 시원한 승인을 얻지 못하시고 말았던 것이었다.

이 문제는 비단 나라에 있어서 뿐 아니라 왕가(王家) 종계(宗系)에
큰 문 제라 하루 바삐 변무코자 하시었으나 명에서는 이리저리 구
실을 부쳐가며 승인을 거절하였던 것이었다.

이와 같이 거절당하는 도수가 늘어 갈 때마다, 선조께서는 이 책
임이 명나라에 들어가는 사신의 잘못보다는 같이 들어가는 역관(譯

官)의 불찰이라 생각하시었다.

그리하여 어제 조회에서 영상에게 사개(使价) 간택하라고 분부를 내리시고 그 대답을 기다리시느라고 오늘 이와 같이 일찍부터 납신 것이었다.

선조께서는 모든 신하가 부복한 것을 한참이나 내려다보시다가 짐짓 명쾌한 어조로 영상에게 하교를 내리시었다.

"사개를 간택하랬더니 어찌 되었소?"

영상 박순은 몇 걸음 앞으로 나와서

"잠시 여유를 주시면 곧 결정해 올리겠나이다."

하고 좌우 양상을 슬며시 돌아보았다.

어전에 벌려 선 모든 여러 벼슬아치들은 이것이 여러 번 실패를 거듭한 중 대한 소임이라 혹여 피선이나 될까하고 염려하는 빛이 얼굴에 가득하였다.

묵묵히 생각하고 있던 영상 옆에서 권철이 입을 열어 영상에서 말을 하였다.

"대감 어제도 말하였거니와 지금 조정을 휘둘러보아야 상사될 재국은 율곡 밖에 없으니 상감께 율곡(栗谷)으로 아뢰는 게 지당하겠소."

하고 자기의 의견이 가장 탁월하다는 듯이 영상의 얼굴을 쳐다보았다.

그러나 영상은 머리를 흔들었다. 그리고 짐짓 침착한 어조로

"그야 지금 조정 인물 가운데에 율곡을 당할 사람이 없는 걸 모르는 건 아니로되 동서당론(東西黨論)이 갈리어 사류(士類)가 불화

하는 이때 사론(士論)을 진압할 사람이 누구이오? 율곡이 아니고는 다시없으니 이러한 위기에 율곡으로 하여금 잠시라도 조정을 떠나게 하는 것은 크게 재미없는 일이오."

 이와 같은 이론이 생기어 얼마 동안을 결정치 못하다가 급기야 상사에 황정 욱(黃廷彧)과 부사에 김계휘(金繼輝)로 하자는 말이 유력하게 되어 그대로 선조께 아뢰게 되었다.

 선조께서는 이 두 사람을 탑전으로 부르자 특별히 이번에 수고할 것을 부탁하시고 다시 하교를 내리시었다.

 "상사 부사는 이미 결정되었거니와 이와 같이 몇 차례를 거듭 실패한 그 원인은 역관의 실책이라 만일에 이번에도 이루지 못하고 돌아오면 단연코 역관을 참하리라."

 이와 같이 하교가 내리자 역관들은 얼굴빛이 질리어 얼마동안 아무 말도 못 하고 고개를 숙이고 있을 따름이었다. 이 역관이란 벼슬은 그리 대단치 않은 벼슬이지마는 중대한 통역을 하는 관계로 인물 선택을 소홀히 할 수 없고 그 사명의 성부에도 책임이 없다고 할 수도 없는 것이었다.

 엄지(嚴旨)를 받은 역관들은 서로 아무 말 없이 다만 고개를 숙이고 깊이 생각할 뿐이었다.

 나라를 위해서 가는 이 길, 누가 갈는지 아직 역관들 가운데서 작정은 안 되었으나 그들 앞에는 크나큰 재앙이 가로 막고 기다리는 것 같았다. 그리 하여 어찌하던지 이번에 역관으로 뽑히기를 회피할 구실을 얻으려고 애들을 썼다.

 임금을 위해서 죽는 것이 떳떳한바 아닌 것은 아니지마는 미미한 일개 역 관자리에 있는 그들은 공을 이루고 임금과 나라를 위하는 것보다도 자기네들의 보신지책이 더 큰 것이었다.

세상에 요행이라는 것이 없는 것도 아니지마는 그동안 수십 차례를 오고 가 고 해도 이루지 못한 일을 이번이라고 특별히 이루어지리라고는 누구 한 사람 믿는 사람이 없었다. 다만 헛된 수고이거니 하면서도 선조의 지중하신 명령이라 싫거나 좋거나 신하된 도리에 가야 할 길이 아닌가? 갔다 오기만 하면 목숨이 없어질 것은 삼척동자라도 알만한 일이었다.

누가 죽음을 일부러 찾아 다니리오 마는 이 길은 스스로 죽음을 찾아가는 길에 지나지 않는 것이었다. 그러나 가야 할 이 길 누구든지 가고야 말 이 일을 서로 얼굴을 맞대고 앉아서 생각에만 그칠 일도 아니요, 가야 할 커다 란 사실을 앞에 놓고 있는 그들은 다만 누가 갈 것인가가 큰 문제였다. 평상시에 저 잘났다고 큰 소리 하던 위인들도 생사를 목전에 놓고 있을 이런 위기를 당하면 갑자기 저 잘났다고 떠들어대던 게 후회 나는 법이다.

그리하여 다만 그들 가운데서는 최후에 가까운 가장 비장하고 침통한 목소리로

"무슨 좋은 방법이 없소?"

하고 마치 몇 백길 함정에서 실낱 같이 보이는 햇빛을 붙잡으려는 사람 같이 요행으로 좋은 의견이나 없나 하고 서로 얼굴을 쳐다 볼 뿐이었다.

역관 가운데에는 여러 나라 말에 따라 이번 문제에 하등 관계가 없는 사람 도 없는 것은 아니었지만 직접 당면한 역관들은 정신이

아뜩해서 아무 묘책 도 생각이 들 여유가 없었다.

오히려 묘책을 세워서 이번 일을 성공해서 다시없는 공을 세워보겠다는 기개보다도 어떠한 구실이든지 지어가지고 이번 길에 빠지려는 생각이 가득 한 그들에게 묘책인들 있을 수 있으랴.

이같이 착잡한 분위기 속에 침묵이 계속될 뿐이었다. 이때 침묵이 계속되는 가운데 누구인지

"홍순언이가 있었다면."

한다. 이 소리를 들은 그들은 별안간 소리 나는 곳으로 고개를 돌리었다.

이 말을 무심히 한 사람은 몽고어 역관이었다. 그들 가운데서는

"홍순언……. 홍순언……."

하고 두어 번이나 뇌까리는 사람조차 있었다.

"그러나 홍순언이는 금부에 갇혀 있으니 될 수 있나……."

그들은 마치 죽음 속에서 살길을 잡았다 놓친 것 같이 다시 시커먼 절망으로 달음질할 뿐이다.

"여보 할 수 없소. 누구든지 가야 할 것이니 이번에 가는 사람이야 운수니까 할 수 있소? 그러니 운수거니 하고 누구든지 작정을 합시다." 최후로 모든 것을 단념하고 갈 사람을 결정하려 할 때 누군가 무릎을 탁 치며

"옳지 그러면 되겠군……."

하는 사람이 있었다.

여러 사람은 이 이상한 부르짖음에 새로운 살길이나 찾은 듯이 일제히 그 사람에게 시선을 던졌다.

"여보 좋은 수가 있네. 사람이 죽으란 법이 있소?"

이 말에 여러 역관은 아주 살길이나 찾아진 듯이 좋아하였다.

그러나 아직 어찌하면 좋다는 말을 듣지 못한 그들은 그 다음 말이 궁금하였다.

"아니 좋은 묘책이 계시면 말 좀 하시우."

"아까까지도 별반 좋은 생각이 아니 나더니 어느 분이 홍순언이 이름을 말씀하시니까 좋은 묘책이 있기는 하나 여러분의 의향이 어떠실는지……."

그는 여기까지 말을 하고 여러 사람의 얼굴을 돌아보았다.

"의견이고 여부 있소. 우리의 안전지책만 선다면 무엇이든지 할 수 있지요."

사실은 그러하였다. 지금의 그네 앞에는 죽음이 가로 놓여 있지 않은가?

죽음보다 더 무섭고 두려운 일이 어디 있으랴. 그들은 이 어려운 책임만 무사히 벗어 날 수만 있다면 무엇이든지 사양치 않으려 하였다. 이와 같은 눈치를 안 그는

"그러면 말씀하지요. 돈 이천 냥만 있으면 여러분은 무사히 이 책임을 벗을 수가 있지만 여러분이 돈 이천 냥을 아까워하시지 않으실는지……."

죽는 것도 어려운 일이지만 이천 냥도 또한 쉬운 문제는 아니었다. 그러나 이천 냥으로 목숨을 바꿀 수는 없다.

그들은 서로 얼굴을 돌아보며 이번 문제를 당면한 몇 사람 역관이 이천 냥을 각각 노나 맡기로 공론을 작정하고 그 쓸 곳을 물었

다.

"여러분이 그렇게까지 하시겠다면 말씀하지요. 지금 금부(禁府)에 갇히어 있는 홍순언이는 여러분이 아시다시피 연전에 역관으로 명 나라에 갔다가 나랏돈 이천 냥을 흠포한 죄로 갇히어 있지 않습니 까? 그 사람이 이 돈 이천 냥을 못해 놓으면 불문가지 그 사람의 목숨은 없는 것인데 이래도 없는 목숨이오. 저래도 죽을 목숨일 바 에야 여러분이 그 돈 이천 냥을 물어주고 그 사람을 빼낸 다음에 이번 사행 떠나는 길에 역관으로 보내었으면 여러분 은 돈 이천 냥으로 그 사람의 목숨을 사서 보내는 것이니 이 아니 좋은 묘책 이오."

이 뜻밖에 좋은 묘책을 들은 여러 역관들은 고개를 끄떡이어 그 의 묘한 의견에 은근히 탄복하였다.

자기가 죽음을 두려워한다면 똑 같이 다른 사람도 죽음을 두려워 할 것이다. 위기를 당하여 돈으로 다른 사람의 생명을 사서 보낸다 는 것이 결코 좋은 일은 아니었다. 그러나 이 죄수로 말하면 이천 냥이나 되는 큰돈을 자기 힘으로 판출할 힘을 갖지 못한 사람이다. 그 때는 나랏돈을 쓰고 물어 놓지 못하면 목숨으로 대신하는 법 이다. 그런 고로 그네들은 결코 좋은 일이라고 생각지 않았으나 이 왕 죽을 바에는 한동 안 세상구경이나 다시 하다 죽는 것도 결코 언짢은 일은 아니었으며 그 덕에 자기네들의 위험을 벗어날 수 있 는 것을 생각하고 당장에 돈 이천 냥을 마련해 가지고 금부로 이 죄수를 찾아 가게 되었다.

여기서 이야기는 잠간 다른 곳으로 돌아간다.

선조 십육년 늦은 봄, 만화방창에 향기가 무르녹아 만인의 마음을 호탕케 하는 때였다.

선조께서 내리신 엄중한 하교를 받고 멀리 명나라를 향하여 떠나는 사신을 따라가는 한 역관이 있었으니 그는 홍순언(洪純彦)이었다. 그는 비록 미미 한 역관의 자리에 있어 사람에게 그 존재가 알려지지 않았으나 천성이 호방 하고 마음이 활달하여 일찍이 의로운 일을 사랑하고 남의 어려움을 자기 일 같이 구해주는 의협심이 가득한 사나이였다. 이와 같이 마음이 호방하니만큼 그 반면에 가끔 어지러운 발자취가 청루를 밟는 때도 있던 것이다.

역관의 중임을 지고 열흘 만에 의주를 지나 심양을 거쳐 다시 산해관을 지나서 며칠 만에 북경서 삼십 리 떨어져 있는 통주(通州)까지 다다라 하룻밤을 쉬게 되었다.

원래 조선서 들어가는 사신은 누구나 통주까지 들어가서 하룻밤을 쉰 다음에 북경까지 들어가는 것이 전례가 되어 있는 것이라, 이 곳 통주라 하는 곳 은 그리 넓지는 않은 곳이나 각국 사신이 들어오면 반드시 이 곳에서 하루를 묵게 되는 고로 비교적 적으면서도 중국의 문물을 자랑하기에 그리 부끄러움은 없을 만큼 된 곳이었다.

통주까지 이르러 하루를 쉬게 된 이 일행이 여러 날 행로에 시달린 몸을 정결한 공관(公舘)에서 쉬게 되었다. 홍순언은 저녁을 먹은 다음 몇 차례나 역관으로 이곳에 와 본 일은 있었으나 한가히 이곳 통주의 풍경이나 물색을 구경할 겨를이 없었던 것을 늘 유감으로 생각하던 끝이요 더욱 이 날은 유난히 달이 밝아 뜰 앞에 벌려 있는 이름 모를 꽃들이 풍기는 향내음새가 이 상하게 마음을 충동하는지라 순언은 달빛의 유혹을 받고 꽃향기에 이끌리어 통주 길거리로 거닐게 되었다.

달빛에 잠겨있는 통주의 풍경은 아름다웠다. 깨끗하면서도 고요한 거리는 잠든 듯 할 뿐이요, 이따금 화류춘몽에 들뜬 젊은 탕아들의 몽롱하게 취한 발자취가 잠든 듯한 공기를 흔들며 지나갈 뿐이었다. 그는 이리저리 걸으며 고국서 이 곳까지 오면서 군데군데 지나던 아름다운 풍경을 생각해 보았다.

그리고 내일 들어가 역관으로서의 마지막 책임을 다 할 방책도 생각해 보았다. 그러나 그에게 있어서는 일찍이 떠날 때부터 이 길이 첫 번이 아닌지라 물론 되지 않으리라는 것도 잘 알고 있었다.

그리하여 걸으면서 이렇게 떠오르는 머릿속 생각을 몇 번이나 잊어버리려고 고개를 흔들었다.

이와 같이 오락가락하는 토막생각을 하는 사이에 어느 곳까지 왔는지 지금 까지 고요하던 거리가 갑자기 소란하며 환한 불빛에 무심히 길 양편을 바라보니 이 곳은 통주에서도 가장 유명한 청루촌(青樓)이었다. 그는 갑자기 발길을 멈추고 이 곳까지 온 것을 새삼스럽게 후회하는 듯이 도로 오던 길로 돌아 서려 하였으나 거리의 번화한 것이라든지 이곳저곳에서 들려오는 거문고 소리나 또는 여자의 간질간질한 웃음소리가 그의 마음을 이 곳으로 끌기 시작했다.

무심히 이 곳까지 온 것을 후회하던 생각은 어느덧 어디로 사라져 버리고 이 알 수 없는 유혹에 끌리어 여러 날 객지에서 쓸쓸히 지내던 마음을 이곳에세 하루 밤 어여쁜 기녀(妓女)에게 풀어 버리려는 호방한 마음이 걷잡을 수 없이 치밀어 올라왔다.

그리하여 마치 무슨 힘에 끌리는 사람 모양으로 이집 저집을 물색하고 걸 으며 하루 밤의 객회를 위로할 상대를 은근히 고르기 시작하였다.

그 곳에는 이곳저곳에 이상한 현판이 붙어 있었다. 혹은 백냥방(百兩房)이라고 써 붙인 집도 있고 삼백냥방(三百兩房)이라고 써 붙인 집도 있었다.

이러한 집에서는 거문고 소리도 들려나왔으며 남자의 거친 웃음소리에 섞이어 여자의 웃음소리도 들리었다.

이렇게 이곳저곳으로 시선을 돌리는 사이에 홍순언의 눈을 놀라게 한 것 이 있었다. 이와 같이 백 냥 방 혹은 삼백 냥 방이라 써 붙인 집에서 조금 떨어 져서 커다란 글자로 천냥 방이라고 써 붙인 집이 있었다.

"천 냥 방?"

그는 이렇게 엄청난 거액을 써 붙인 그 집을 바라보고 입을 딱 벌렸다.

"이 세상에 하루 저녁에 천 냥을 던질 그런 사람이 있을까? 과연 굉장한 현판이다."

이렇게 속으로 뇌까리면서 어찌된 일인지 그의 발이 이곳에서 좀처럼 떨어지려고 하지 않았다.

"천 냥? 천 냥? 하루에 천 냥이나 하는 그 기녀는 어떠한 사람일가? 물론 인물이 뛰어나게 아름답겠지?"

궁금한 생각 끝에 일어나는 호기심에 끌리어 한발 두발 가까이 이르러 그는 전후를 생각할 여지없이 자기도 모를 만큼 이상해진 순간에 이 집 안으로 발길을 들여놓았다.

이 집에서 객을 인도하는 파파는 이 뜻밖의 낯선 손님이 들어온 것을 어린듯이 물끄러미 쳐다보더니 갑자기 생각이 난 듯이 허리를 굽히어 인사를 한 다음에 아무 말이 없이 그를 정결한 객실로 인도하였다.

그는 술 취한 사람같이 인도하는 대로 객실에 들어가 앉아서 이 파파의 거동을 살필 뿐이었다.

정결하면서도 청초한 이 객실이 은연중에 주인의 마음을 말하는 것 같은 감상이 떠올랐다. 그러나

"과연 어떠한 여자이기에 이렇게 대담한 현판을 붙였나?"

하는 궁금한 생각에 그의 마음은 진정할 수가 없었다.

어리둥절하고 있는 손을 바라보던 파파는

"오늘 이 곳에서 쉬어 가시겠습니까?"

하고 객의 마음을 공손히 물었다.

그는 자기 옆에 사람이 있는 것을 새삼스럽게 깨달은 듯이 고개를 돌리며

"그야 물론 자려기에 온 것이지. 그런데 대관절 이집 낭자는 얼마나 잘 생기었나?"

하고 웃음 섞인 어조로 물었다.

"그야 당장 들어올 테니까 아시지요보시면. 아이고, 참 이상도 하지. 내가 이 집에 온지가 다섯 달이 되어도 손님이라고 오는 것을

보질 못했더니 이렇게 오시는 손님이 다 계시니 이제는 낭자의 소원을 이룰 때가 되셨군."

이렇게 혼자 알 수 없는 말을 중얼거리고 나가는 파파의 말이 이상하게 그의 귀에 울리어지는 것이다.

"소원이라니? 무슨 소원일구?"

그러나 그 알 수 없는 지껄임보다 낭자 본인이 한없이 궁금하였다.

그가 하룻밤에 은 천 냥이라는 막대한 돈을 한때 호탕한 마음으로 내놓지 않으면 안 되게 된 것을 후회하는 생각이 없는 것은 아니었으나 기왕 저질러 논일을 이제 와서 슬그머니 도망질해서 나갈 수도 없는 일이라, 다만 자기의 경솔한 것을 꾸짖어 가면서도 은 천 냥이라는 것은 두말없이 내 놓고야 말 형편이 되고 말았다.

이왕 이렇게 된 이상에는 어찌되던지 될 대로 되어라 하는 생각을 하면서도 한편으로는 오늘 저녁에 천 냥과 몸을 바꾸어 자기의 여러 날 시달린 피로를 위안해 줄 그 여자가 어떠한 사람인가가 한 없이 궁금하였다.

무엇 때문에 하루 저녁 소창에 지나지 않는 이 청루의 계집으로 이러한 고 가의 화대를 붙이었을까? 더욱이 오륙개월 동안을 한사람도 손님이라고 찾아오는 사람을 보지 못하였다는 파파의 말도 그에게는 그저 아무 생각 없이 들리지는 않았다.

그러나 그것은 원체가 하루 밤에 천 냥이나 하는 큰돈을 아무리 오입을 일삼고 청루를 집을 삼아가며 자기의 오입의 자랑을 하는 사람이 있다 할지라도 이것은 어려운 일이라기보다 없을 것이 더

환한 사실이다. 그러나 자기는 지금에 이 세상에서 남들이 감히 생각도 못하는 오입을 하고 있지 않은가? 그것을 생각할 때 한 옆으로는 마치 돈을 잊고 다만 의협과 의기로 일생을 보내는 호협한 사나이도 된 것과 같으며 남이 따를 수 없는 영웅적 기상이 자기에게만은 충분히 있는 것 같은 자긍하는 마음도 한편 구석에선 속살거리는 것이었다.

그러나 자기에게는 그런 크나큰 돈을 어렵지 않게 이런 청루의 계집을 위해서 내던질만한 힘이 있었던가? 그것은 자기로서도 큰 의문이었다. 그러나 이제 와서 어떠한 돈이든지 쓰게 된 이상 그런 것을 생각하는 것이 오히려 오늘 저녁에 천금이나 던져 가며 하루 밤의 쾌락을 얻으려는 흥에 겨운 마음을 여지없이 두들겨 버리는 것 같아서 그는 이런 자디잔 생각을 아니하려 고 몇 번이나 머리를 흔들었다.

그가 이와 같이 착잡한 생각에 깊이 묻혀서 멀거니 앉았을 때 죽은 듯이 고 요하게 닫쳐 있던 객실 문이 바스스 하고 열리었다. 그는 이 문 열리는 소리와 아울러 오늘 저녁에 돈 천 냥을 낚으려는 장본인이 들어오려니 하는 예감에서 날카로운 시선을 열리는 문 쪽으로 던지게 되었다. 그러나 그의 기대는 엄청나게 어그러졌다. 이제쯤은 지분을 곱게 다스리고 찬란한 의상에 싸인 선녀 같은 계집이 자기의 넋을 빼려 들어오려니 하던 것이 뜻밖에 열두어 살 밖에 안 되는 어린 계집애가 들어오는 것이었다.

그러나 그는 이 아이가 이 집 주인 앞에서 심부름하는 계집 하인이라는 것을 즉각으로 깨달은 순간에 일어나는 불쾌한 생각을 억제할 수 없었다.

"저 아씨께서 안으로 모시고 들어 오시래유."

어린 계집애는 공손히 허리를 잠간 굽혀 이렇게 객에게 전갈을 한다. 홍순언은 두말 않고 이 계집애의 뒤를 따라 인도하는 대로 서슴지 않고 따라 들어갔다.

조그마한 복도를 지나서 다시 아담하게 모아 논 화원 사이를 거쳐서 침실 앞까지 이르렀을 때에 그 앞에 이편에서 가는 사람을 물끄러미 바라보고 있는 사람의 그림자가 보였다.

얼마 아니하여 순언의 눈에는 그리 화려한 의상을 입진 않았으나 달빛에 더욱 아름답게 빛나는 여자의 얼굴을 발견하였다. 그 여자는 이편에서 가까이 감을 기다려 공손히 고개를 약간 숙이어 맞이하는 인사를 수집은 듯이 하고는 아무 말 없이 침방 문을 열어 홍순언으로 하여금 안으로 들어가라는 뜻을 보이었다.

홍역관은 서슴지 않고 안으로 들어갔다. 문밖에서 지금 길 인도하던 시비를 보낸 다음 그 여자는 고요히 다시 문을 닫고 홍역관 곁에서 조금 떨어져 앉은 다음 아무 말이 없이 자기의 발끝을 내려다보고 있을 뿐이다.

홍역관은 찬찬이 그의 모양을 먼저 살피어 보았다. 나이는 아직도 이십이 못 된 듯 하나 두 볼에 약간 부끄러움을 띄운 듯한 불그레한 빛이 다물고 있는 입술 빛과 조화가 되어 더욱 그의 예쁘게 생긴 코를 희게 하였다. 그리고 그리 사치하게 입지 않은 그 의상이 기녀라기보다 양가의 규수에 가까울 만큼 고결한 자품이 은은히 보이었다. 그러나 마치 피려는 꽃이 반쯤이나 피려할 때 몇 방울

이슬에 젖어 달빛 아래서 가벼운 바람조차 이길 수 없어 하늘거리는 것같이 청초하고 고결하면서도 뛰어나게 성적으로 상대를 정복하려는 강한 힘이 홍역관의 마음을 어지럽게 하기에 조금도 부족이 없었다.

"과연 천 냥도 아깝지 않다."

이렇게 속으로 칭찬하면서 그의 변화하지 않은 것이 조금 부족한 듯하였다. 잠자는 듯이 가만히. 앉았던 그 여자는 가냘프면서도 분명한 음성으로

"상공께서 이런 누추한 곳을 찾아 주시니 감사합니다."

이같이 말을 하고는 비로소 객의 얼굴을 고요히 쳐다본다.

그 여자의 쳐다보는 얼굴에는 조그마한 티도 찾을 수 없었다.

"관계있나?"

홍역관은 말끝을 웃음 속에 흐려 버리고 어린 듯이 그 여자를 바라보았다.

그리고 홍역관의 마음은 이 한마디 주고받는 사이에 이상하게도 마치 그전부터 친한 사람을 대하는 듯한 마음을 느끼면서 어느 한편으로는 차마 그 여자를 가까이 범하기 어려운 무엇이 가로 막힌 것 같은 답답한 증을 느끼었다. 그러나 그는 얼른 이런 마음을 없애 버리려고 말끝을 끊지 않으려 하였다.

"내 낭자의 이름을 일찍 듣고 한번 보려 하였으나 멀리 외국에 있는 고로 뜻을 이루지 못하였더니 오늘이야 한자리에 그대의 얼굴을 보게 되니 이 마음에 즐거우나 이런 곳에 있기에는 너무나 ―."

홍역관은 이렇게 말을 늘어놓고 여자의 대답을 기다리었다. 그러나 어찌된 일인지 그 여자는 고개를 숙인 채 아무 말도 없을 뿐이다. 홍역관은 싱거운 듯이 차를 마시기 시작하였다.

차를 들어 한 목음 마시며 그 여자의 어깨가 이상히 파동하고 있는 것을 발견하였다. 홍역관은 이상한 이 광경을 멍하니 바라볼 뿐이었다. 그 여자는 울고 있었다. 무슨 설음이 속에 있는지 천 냥이나 되는 거대한 돈을 거침없이 던지러 들어온 세상에 드문 호협한 손님 앞에서 우는 것이 결코 좋은 일은 아니다.

그러나 그 여자는 이 알 수 없는 손님, 더군다나 같은 나라 사람도 아닌 조선 사람을 앞에 앉히고 울고 있지 않은가?

이 수수께끼 같은 광경을 당하고 있는 홍역관의 마음은 마치 알 수 없는 요정(妖精)에게 유혹을 당하여 헤매는 듯하였다. 그러나 그는 태연히 앉아서 한참이나 소리 없이 흐느끼는 여자를 바라보다가

"내 이곳에 들어옴은 여러 날 행로에 울적해진 마음을 위로하러 왔거늘 우는 까닭이 무엇이뇨?"

하고 물었다. 그 여자는 눈물에 젖은 얼굴을 가만히 들어 미안하다는 듯이 객의 얼굴을 쳐다보며

"대단히 죄송합니다. 객인을 위로해 드리지 못하고 도리어 상공 앞에 추졸한 꼴을 보이게 되었으니 실로 무엇이라 말씀을 드릴 수가 없습니다."

여기까지 말을 하고 그 여자는 다시 눈물을 거두고 자리를 고쳐 앉으며

"상공은 멀리 조선서 오신 듯한데 저만한 여자를 무엇 때문에 천금을 아 끼지 않으시고 이같이 누추한 곳까지 찾으셨는지요?"

하고 물으며 홍역관의 얼굴을 가장 의미 있게 쳐다본다. 홍역관은 이 질문에 창졸간 대답하기가 힘들었다. 그러나 그는 태연히

"그야 내게 묻는 것보다도 그대가 생각하는 게 더 빠르지 않은가? 사나이 마음이란 남이 하기 어려운 일을 손쉽게 하는 때 같이 마음이 상쾌할 때는 없으니까."

이렇게 막연히 얽어대 버리었다. 그러나 그 여자는 객의 이 말을 결코 무의미하게 듣지 않았던 것이다.

"그러나 나로서 한 가지 알 수 없는 일은 어찌하여 천 냥 방이라는 거대한 현판을 붙이었나?"

이렇게 재처 질문을 던지고 고요히 그의 대답을 기다리었다. 그 여자는 다시 옷깃을 다스린 다음

"그렇게 간곡히 물으시니 말씀하지요. 청루에 있는 창녀의 몸으로 이런 말씀을 드리는 것은 크게 의심을 받을 말이나, 첫째는 천 냥이라는, 사람이 내기 어려운 방을 붙이어 제 몸을 헛되이 더럽히지 않자는 것이오, 그 다음에 만일에 천 냥을 아끼지 않고 던지는 분이 계시면 그 분을 쫓아 일생을 마치자는 작정으로 그리 한 것이랍니다."

홍역관은 창녀의 몸으로 몸을 깨끗이 갖기 위해서 천 냥이라는 방을 붙이었다는데 크게 놀라지 않을 수 없었다. 그러면 이 여자는 아직도 동정(童貞) 을 깨뜨리지 않은 깨끗한 처녀였던가? 깨끗한 처녀로 이런 곳에 대담히 나선 여자라면 그 이면에 반드시 무슨

깊은 사정이 있어야 할 것이다. 홍역관 은 그 이유가 알고 싶었다.

"그러면 그대가 이 곳까지 몸이 떨어지게 된 데는 무슨 까닭이 있겠지?"

이같이 묻고는 그 여자의 행동을 유심히 바라보았다. 그 여자는 이 물음에 얼마간 주저주저 하다가 모든 것을 결심한 듯이

"천한 몸에 관계되는 말씀으로 상공의 정신을 어지럽게 해드려 죄송합니다마는 그 같이 친근히 물어 주시니 말씀하지요. 그러나 말씀하기 전에 한 가지 제 결심을 어찌했으면 좋을지 모르겠어요."
하며 홍역관의 얼굴을 쳐다본다.

"무엇인데."

홍역관은 이렇게 재처 물었다.

"다른 게 아니라 어느 분이든지 저에게 천 냥을 던지시는 분을 따라 일생을 바칠 결심을 했는데 오늘, 천만 뜻밖에 상공께서 이같이 찾아 주시니 이것 은 실로 제가 창녀가 된지 다섯 달 만에 처음으로 손님을 맞는 자리라 상공께서 더럽다고 버리시지 않으시면 이 몸을 받쳐 일생을 상공 곁에 모시겠습니다마는 저의 나라법이 외국사람을 따르지 못하게 하옵기 이것이 저의 마음을 괴롭게 하오니 어찌하면 좋을지요."

이같이 말을 하고는 고개를 숙이고 너무나 자기의 모든 환경이 숙명적인 것을 한탄하는지 처참한 빛이 가득해진다. 홍역관은 이 말에 무어라 대답하여야 좋을지 몰랐다. 실로 그는 한때의 협기로 이 곳에 들어 왔던 것이다.

그러나 이같이 이상한 결심을 가진 여자를 앞에 놓고 생각할 때

그의 마음 은 이상하게 어지러워지는 것이다. 그러나 그는 마음속으로 그 여자의 자 세한 내력을 들어 본 다음에 여기에 대한 대답을 하기로 마음에 작정을 하였다.

"그거야 형편이 되어가는대로 해도 늦지 않은 일이나, 나는 무엇보다도 그대의 내력을 듣고 싶은데."

말끝을 마치지 않고 그 여자의 입에서 스스로 나오는 말을 기다렸다. 간곡 히 묻는 홍역관의 말에 그 여자는 감사에 넘치는 눈물이 눈 속에서 핑 돌았다. 그리고 자기의 환경을 간곡하게 말하게 되었다.

그 여자는 호부시랑(戶部侍郎)의 무남독녀 외딸이었다. 아버지가 그 같이 상당한 관직에 있는지라 규중에서 고이 길리어 규수(閨秀)로서의 모든 교육 과 부모의 넘치는 사랑을 받아가며 열일곱 살되는 작년 겨울까지 고이 길리웠던 것이다. 원래가 그 아버지는 청빈(請貧)한 터이라 치산에 힘쓰지 않아 집안이 넉넉지는 않았으나 그다지 군색한 것을 모르는 집안이었다. 그러나 불량한 사람으로 말미암아 국고(國庫)에 이천 냥이 없어지자 아버지는 그 혐의를 입고 그만 벼슬을 잃고 옥에 갇히고 말았던 것이다. 별로 친척도 없고 또한 집안에 많은 재산이 없으매 아버지를 구할 길이 막연하여 백방으로 생각하던 끝에 그 규수는 옥에 갇힌 아버지로 하여금 다시 백일을 보시게 하기 위하여 아직도 세상에 아무 갈피를 모르는 처녀의 몸으로 이 청루에 몸 을 던져 아버지를 구하기로 한 것이었다.

그러나 고결한 그는 섣불리 뭇 사람에게 몸을 받치기를 원하지 않았다.

 그 해 겨울에 통주에는 청루 하나가 늘었으니 곧 이 여자의 집이었다. 그러나 이 엄청난 방이 대문에 붙어 있는 고로 웬만한 오입쟁이는 며칠 동안 기웃거리다가 이제는 들여다보는 사람조차 없게 되었다. 이와 같이 됨을 따라 문전은 한없이 냉락하여지기 시작하였다.

 그 집에 있는 파파는 차마 보다 못하여 낭자에게 현판 고치기를 몇 번이나 말했으나 그는 조금도 뜻을 굽히지 아니하고 다섯 달 동안을 때만 기다리고 있었던 것이다 만일에. 찾아 주는 사람이 없으면 운명이거니 하였다. 그리고 만일 천 냥을 아끼지 않고 찾아오는 사람이 있다면 아버지도 구해 드릴 수 있으려니와 자기의 일생을 바쳐도 믿을만한 인물이 될 것을 짐작한 까닭 이다.

 눈물겨운 처지에서 자기의 숙망을 위하여 꾸준히 다섯 달이나 싸워오던 끝에 마침내 나타난 사람이 같은 나라 사람이 아닌 홍역관이었다. 그 여자는 이 알 수 없는 숙명의 상대자를 앞에 놓고 마음속으로 한없이 울었다. 비록 나이는 엄청나게 틀려서 마치 딸이 아버지를 대하는 듯한 느낌이 있다할 지라도 오늘까지 같은 나라 사람으로 이같이 호협하고 대담하게 찾아주는 사람이 있었던가 하는 생각이 떠오를 때 그의 마음은 더 한층 쓸쓸하였다.

 여기까지 자세한 사정을 듣고 난 홍역관은 크게 한숨을 내 쉬었다. 그는 한 때 호협한 마음으로 청루에 무심히 발을 들여 놓았다 이 같은 세상에 드문 사실을 듣고 나니 다만 마음속이 답답하였다. 그리고 아까까지도 야비한데 가까운 생각이 떠오르던 것이 안개같이 사라지고 마치 선경에 앉은 것 같이 마음이 고요하여지며 이 눈물겨운 이야기에 사나이의 굵다란 눈물이 그의 옷깃에 떨어지는 것이었다.

"몰랐소이다. 그 같이 하늘이 감동할 효성이 있는 사람인줄 모르고 한낱 지저분한 생각을 했다는 것이 큰 잘못이오. 자, 돈 이천 냥이 여기 있으니 아버지를 바삐 구하시오."

홍역관은 돈 이천 냥을 서슴지 않고 그 여자에게 주고 그 자리를 일어섰다.

그 여자는 뜻밖에 객의 이 같은 의협한 행동에 넋이 날아가는 듯하여 한참을 아무 말도 못하고 섰다가 표연히 떨치고 나가는 객의 소매를 힘 있게 붙들었다.

"여보세요, 이같이 많은 돈을 아끼지 않고 이 천한 몸을 위하여 주시니 감사합니다마는"

"천만에요, 이것은 내가 주는 게 아니라 하늘이 당신의 효성에 감동하사 주시는 것이오."

이같이 대답하고 뿌리치고 나오려 하였다. 그러나 그 여자는 홍역관의 소매를 놓지 않았다.

"가실 때 가시더라도 제 말 한 마디만 듣고 가세요."

이같이 애원하는 소리가 그의 귀에는 처량히 들려 지는 것 같았다. 아까지 아름답지 못한 생각을 한 것을 후회하였다. 그리고 한번 자기가 의협을 내어 그 여자에게 동정을 해준 이상 잠시라도 그 자리에 있는 것이 자기로 서는 괴로웠던 것이다. 그러나 그 여자는 이 세상에 다시없는 은인의 성명이라도 알려고 그를 붙들고

놓지 않는 것이다. 그리하여 다만

"이것을 놓이오. 그리고 한시라도 빨리 옥중에서 고생하시는 아버지를 찾아 가시오."

이렇게 말을 하고 그는 붙잡는 소매를 가만히 뿌리쳤다.

"아버지를 구해 주시는 은인, 아버지라고 부르는 것을 용서해 주세요. 그리고 존함이나 일러주시면 일생을 두고 잊지 않겠습니다."

하고 간곡히 묻는 말에 성명 쯤 일러주는 것도 그 사람의 소원을 이루어주는 것 같았으나 그것은 마치 은혜를 준 사람을 잊지 말라고 하는 것 같은 생각이 들었다. 그래서 다만,

"나 같은 사람의 성명이 필요 있오? 다만 홍역관으로 알아 두시오."

그는 이렇게 일러 주고는 소매를 뿌리치고 나와 버리었다.

홍역관이 귀국한 이튿날 나졸들이 금부의 명령이라 하여 그를 몰아 금부로 갔다.

그가 금부로 잡혀간 원인은 공금 이천 냥을 험포냈다는 것이다. 그리하여 그 돈 이천 냥을 물어 놓지 않으면 그는 영영 이 옥을 벗어나지 못할 뿐 아니라 나중에는 이천 냥으로 해서 목숨이 없어지고 마는 것이다. 그러나 홍역 관은 별로 후회하지도 않았다. 다만 가만히 앉아 닥쳐올 죽음을 고요히 기다릴 뿐이었다. 그가 옥에 들어 간지 벌써 두해가 지나갔다.

그는 세상에 봄이 와서 꽃이 피거나 명랑한 가을 달 아래 단풍잎이 붉은 웃음을 웃거나 그에게는 아무 상관이 없었다. 다만 초췌해진 얼굴이 가죽만 남아서 보기에 너무나 눈물겨운 꼴이었다. 그가

역관으로 있을 때에는 같은 동관에 친구도 많았으나 몸이 한번 옥에 들어온 후로는 한 사람도 찾아 주는 사람을 보지 못하였다. 그러나 그는 친구의 무정함을 원망해 본 적도 없다. 그러나 이태 동안이나 보지 못하던 역관들이 친히 자기가 있는 옥문으로 찾아왔을 때 그는 한없이 이상히 생각을 했다.

"홍형, 얼마나 고생이 되시오?"

이렇게 묻는 말도 그리 반갑게 들리지 않았다.

"고생이랄 거 있소."

다만 이렇게 대답하고 말 뿐이었다.

"홍형, 우리들이 백방으로 주선해서 험포된 돈을 오늘 바치었으니 이제는 나가시게 되었소."

이 역관들의 하는 말에 그는 놀래었다. 무엇 때문에 그들이 내가 쓴 돈을 대신 물어 놓았을까. 그것도 적은 돈이라면 모르겠으나, 이천 냥이라면 그들에게 있어서 한사람으로는 도저히 감당하지 못할 거액이다. 그런 것을 무슨 까닭으로 대신 바치었을까? 그것은 알 수 없는 큰 의문이었다. 이미 바치었다는 것을 이 자리에서 거절할 필요도 없는 것이다.

"제형의 후의를 감사히 생각하오."

그는 다만 간단히 이렇게 감사한 뜻을 말할 수밖에 없었다. 얼마 있지 않아 옥졸은 그의 있는 곳까지 와서 굳게 잠긴 문을 열고 오랫동안 갇혀 있던 홍역관은 비로소 하늘빛을 보게 되었다.

오래간 만에 옥문 밖을 나선 그의 정신은 아찔하였다. 그리고 볕빛까지 노랗게 보일 뿐이었다. 그러나 뜻밖에 이렇게 옥문밖에 나온 홍역관은 자기 스스로 알 수 없는 기적을 걷는 것 같았다.

아무리 같은 동관들이나 그들이 이렇게 자기를 위해서 이천 냥이 나 되는 거대한 돈을 아끼지 않고 내던지어 오랫동안 영오(囹圄)에 싸여 신음하던 자기를 구해낸 것이 알 수 없는 일이었다.

인색하기 짝이 없는 그들이 무엇 때문에 이렇게 자기에게 호의를 보여줄가? 그에게는 오히려 오래간 만에 백방이 된 즐거움보다도 알 수 없는 불길의 조심이 앞에서 기다리는 것 같은 생각이 들었다.

그러나 얼마 있지 아니하여 그는 모든 것을 알게 되었다. 그가 자기 목숨이 이천 냥과 바뀐 것을 알았을 때 사람의 무상한 심사를 쓸쓸히 느끼면서도 특별히 그들을 얄밉게 생각하려고는 하지 않았다. 오히려 그네들이 이번에 자기에게 한 일이 한 없이 약고 현명하다는 생각까지 하였다.

홍역관은 옥에서 나온 다음, 이번에 죽을 역관을 대신하여 마지막 죽음의 길을 떠나게 되었다.

몇 차례나 핀잔을 맞고 쫓겨나온 이 일이 이번이라고 특별히 허락이 되지 않을 것은 너무나 똑똑한 사실이다. 이와 같은 것을 잘 아는 홍역관은 이번 길이 마지막이라는 것을 알면서도 어찌된 일인지 마음이 침착하였다.

사람은 언제까지든지 사는 것이 아니다. 언제든지 죽어야 할 커다란 사실을 앞에 놓고 삶을 주름잡고 죽음 앞으로 한 걸음 두 걸음 가까이 가는 것이 곧 사람의 길이라고 생각했다.

옥중에서부터 죽음을 각오한 그는 고요히 걷고 있을 뿐이었다.

번화한 중국의 문물도 그의 눈에는 마지막이었다. 그가 이태 만에 또 다시 산해관을 지나 통주까지 이르렀을 때는 이태전이나 지금이나 조금도 변화가 없었다.

고요하면서도 번화한 통주 거리. 그에게는 한없이 감개가 깊었다. 그 여자는 지금쯤 어찌 되었을까? 그러나 그는 이것을 알아보려고 하지 않았다.

알아보기보다도 그의 머리에서는 벌써 그 여자에 대한 기억이 멀리 사라져 있었던 것이다.

그는 사행의 뒤를 따라 북경(北京) 조양문(朝陽門)을 향하고 걸었다. 이 문을 바라보고 가고 오고 한 것도 한두 번이 아니었다.

몇 번을 왔다 갔다 할 때도 그는 조마조마한 마음 가운데서 일루의 희망을 바라보았던 것이다. 그러나 이번에는 그러한 생각조차 들지도 않았다.

그전의 조양문은 알 수 없는 희망의 재(嶺)로 보였으나 그러나 이번에 조 양문은 마치 저승길을 들어가는 관문같이 시커먼 입을 벌리고 있었다.

그가 사신을 따라 조양문을 들어섰을 때 이상한 광경이 눈에 띄었다. 문부터 시작해서 길 양편에는 비단 장막을 드리우고 사람이 바다를 이루고 있었다. 그러나 그는 아마 오늘 어떤 대관의 행차가 이리 가는가 보다 할 뿐 이었다.

이것이 자기를 맞이하기 위해서 이렇게 굉장히 해놓았으리라고는 꿈에도 생각이 들지 않았다.

이와 같이 이상하게 차려논 길 양편을 돌아보며 무심히 갈 때 중국 대관이 수많은 종자를 데리고 이 편을 향하여 가까이 와서 차에서 내리더니 상사 일행을 향하고 걸어 왔다. 이 편 일행도 말에서 내리어 그를 맞이하였다.

그는 천천히 걸어 이 편으로 오더니

"홍역관이 어느 분이십니까?"

홍역관은 상사를 맞이하러 나온 사람이거니 하고 상사일행을 따라 뒤에 섰다가 자기를 찾으매 홍역관은 공손히 허리를 굽혀 존경하는 뜻을 보이고

"제가 홍역관이올시다."

하고 한 걸음 나섰다. 홍역관이 한 걸음 나서는 것을 보더니 중국 대관은 반가운 빛이 얼굴에 가득하여 땅에다 무릎을 꿇고 절을 하며

"장인께서 오시느라고 얼마나 수고를 하시었습니까?"

이와 같은 뜻밖에 광경을 당한 홍역관과 상사일행은 이 뜻 모를 광경에 다 만 놀라운 표정으로 바라볼 뿐이었다.

"누구신지 나를 장인이라 부르시니 사람을 잘못 아신 게 아닙니까?"

하고 그를 얼빠진 사람같이 바라볼 뿐이었다.

"물론 그렇게 말씀하실 겁니다. 하여간 자세한 말씀은 집에 가서 여쭙겠지만 집에서도 장인 오시기를 기다리고 있는 사람이 있어 장인을 봐오면 한없이 즐거워할 터이니 같이 잠간 가시지요."

하고 홍역관의 소매를 끌어 같이 마차에 탄 다음에 풍우 같이 몰아가는 것이었다.

홍역관은 아무 영문도 모르고 끌려갈 뿐이다. 그는 끌려가면서도 상사 일행을 생각하였다. 너무나 급하게 끌려가는 바람에 미처 상사에게 한마디 말도 못하고 이렇게 알 수 없는 봉변을 당하고 보니 상사에게 책망 당할 일도 민망하였다.

"이태나 두고 오시기를 기다려도 영 ─ 오시지를 않아서 퍽 궁금히 생각했습니다."

이같이 이태나 자기를 기다렸다는 말에 더 한층 홍역관은 놀라지 않을 수 없었다.

"누구신지는 모르겠으나 저 같은 미관말직에 있는 사람을 어찌 아십니까?"

"네, 저는 예부시랑(禮部侍郎)(지금의 외무차관 같음)으로 있는 석성(石星)이 올시다."

홍역관은 더욱이 놀래었다. 이만한 지위에 있는 사람이면 자기 같은 사람쯤은 존재조차 알아줄 까닭도 없는 일이다. 예부시랑 하면 외국 사신과 마주 앉아 모든 외교에 관한 일을 처리하는 사람으로서 일개 역관에 지나지 않는 자기를 무슨 까닭으로 이렇게 공손히 우대를 해줄까? 그러나 홍역관으로서는 아무리 머리를 기웃기웃하고 옛 생각을 더듬어 보아도 이렇게 큰 대접을 받을 만한 기억이 조금도 없었다.

어느덧 마차는 석시랑의 궁궐 같은 집 앞에 닿았다. 석시랑은 먼저 내려서 홍역관에게 공손히 내리기를 권고하였다. 홍역관은 다만 그가 하라는 대로 하지 않을 수 없었다.

홍역관은 석시랑의 뒤를 따라 그가 인도하는 대로 번화하게 차려

논 객실로 들어갔다.

석시랑은 홍역관을 객실로 인도하여 정한 자리를 권하여 앉힌 다음,

"자세한 말씀은 제가 하는 것보다도 미구에 나와서 반가이 할 사람이 있으니 잠간만 기다려 주십시오."

하였다. 그러나 홍역관은 아무 대답도 못하고 석시랑의 하는 양만 바라볼 뿐이었다. 대체 나를 만나 말할 사람은 누구일가? 일찍이 중국에 역관으로 몇 차례 드나들기는 했으나 한 사람도 친한 교제를 해본 사람이 없는 홍역관으로서는 도무지 궁금한 것보다 마치 꿈 속 같아서 알 수 없는 일이었다.

홍역관은 알 수 없는 불안에 싸여 그 시간이 오기만 기다릴 뿐이다. 그 옆에 앉아 있던 석시랑은 홍역관이 초조해하는 얼굴빛을 보고 빙그레하고 웃고 있을 뿐이다.

홍역관은 속으로 불안한 마음 한편에 의심증조차 치받치어 올라왔다.

그러나 석시랑에게 대해서

"여보 대체 나를 어찌할 셈이요."

하고 묻고 싶기도 하였으나 차마 체면에 그렇게 화증을 낼 수도 없고 더욱 이 정도가 넘치도록 해주는 석시랑의 친절에 그만 기가 질려서 그런 말이 입 밖에 나오질 않았다.

홍역관이 이같이 불안과 초조에 싸여 있는 동안 객실 문밖에서 가만히 걸어오는 발자국 소리가 나더니 객실 앞까지 와서 그쳤다. 그 다음에 객실 문 이 소리 없이 가만히 열리더니 찬란한 의상을

입은 귀부인이 두 계집종을 데리고 소리 없이 들어왔다.

홍역관이 뜻밖에 들어오는 미인을 보고 급히 자리에서 일어나 피하려 하였다. 그러나 석시랑은 홍역관의 소매를 붙잡으며

"장인께서는 오래간만에 만나는 따님을 보시지 않고 어디로 피하려 하십니까?"

이 말이 떨어지기 전에 그 귀부인은 가만히 걸어 홍역관 앞에 와서 부형에게 보는 예로 공손히 절을 하였다. 홍역관은 다만 멍하니 서서 어쩔 줄을 모를 뿐이다.

그 귀부인은 다시 자리를 고쳐 앉은 다음에 홍역관을 가만히 쳐다보며

"아버지께서 저를 잊으셨습니까?"

홍역관은 비로소 그 여인의 얼굴을 쳐다보았다. 그러나 본 듯한 얼굴이나 얼른 기억이 나질 않았다.

"글쎄요, 뵈올 듯한 생각이 없지는 않으나 도무지 생각이 나질 않습니다."

"저 — 이태 전에 통주에 오셨을 때 천 냥 방에서 뵈었지요?"

이 뜻밖의 말에 홍역관은 다시 그 여인을 쳐다보았다. 하루 밤 만나서 눈물에 얽힌 효녀의 말에 감동해서 나랏돈 이천 냥을 두말 없이 내주고 오늘 자기는 죽음의 길을 밟고 있지 않은가? 그의 의식은 분명하여졌다.

그것도 그럴 것이다. 이태 전 그는 의복도 달랐고 있던 곳도 달랐었다. 그러나 이태 후 오늘에는 그는 의복이라든지 있는 곳이라든지가 하늘과 땅 같이 변하지 않았는가? 홍역관이 한참동안 알아

보지 못한 것도 무리는 아니었다. 그래서 이 뜻밖의 해후에 홍역관은 다만

"어 ― 참 그렇군."

하고 말할 뿐이었다. 그 여인의 눈에는 구슬 같은 눈물조차 맺혀졌다.

"제가 그때 하늘같은 은혜를 받은 다음 아버지도 무사하시게 되었고 더 군다나 오늘에는 이렇게 석시랑의 아내가 되어 몸이 영화로우매, 아버지께 대한 은혜를 조금이라도 보답할까 하고 늘 ― 조선서 사신이 들어올 때면 석시랑이 반드시 대하는 때문에 늘 부탁을 해도 오시지 않아서 자나 깨나 마음이 편치 못했습니다."

이같이 지낸 말을 간단이 한 다음에 즐거움과 만족에 넘치는 빛이 얼굴에 가득하였다.

실상 오늘 조양문에서부터 비단 장막을 쳐논 것도 홍역관이 이번에 들어온 다는 것을 알아가지고 석시랑이 자기 아내의 은인에게 대해서 조금이라도 우대하는 뜻으로 특별히 해 놓았던 것이다.

더군다나 이번에 취후의 사명을 띠고 들어온 커다란 용무도 이 석시랑이 결정하기에 달린 일이었다.

이같이 뜻밖의 해후가 홍역관에게 커다란 힘을 주었다. 그 뿐 아니라 이같 이 홍역관이 마지막 책임을 지고 말하자면 목숨을 내놓고 들어오게 된 것을 안 석시랑은 별말 안하고 오랫동안을 두고 승강이해 오던 종계변무를 두말없이 주선해서 주었다.

홍역관은 물론 상사도 이 같은 전후사연을 알고 춤을 출 듯이 기뻐하였다.

상사 일행이 뜻밖에 성공을 해가지고 조선으로 돌아오는 날 석시랑 부처는 조양문 밖까지 전송을 나왔다. 그리고 그 앞에는 이름 모를 비단이 수백필이 쌓여있었다.

"이것이 아무것도 아니나 은인을 생각하는 간곡한 정성이오니 받아 주십시오."

하고 그 수많은 비단을 홍역관에게 주었다. 그러나 홍역관은 좋게 거절을 하였다.

"아버지, 언제 뵈올지 모르겠사오나 길이 안녕하십시오."

하고 인사를 마친 석시랑의 부인은 고개를 숙이고 옷자락을 눈에다 대었다.

홍역관은 모든 사람을 작별하고 주는 비단까지 굳게 사양한 후 길을 재촉 하여 조선을 향하여 떠났다.

"이번 일은 전혀 홍역관의 공일세."

돌아오는 도중에 상사 황정욱은 홍역관을 돌아보며 만족한 듯이 말하였다.

"천만에요. 다 성상(聖上)의 복이시고 대감의 공이지요."

이렇게 서로 말하며 어느덧 압록강을 건너게 되었다.

상사 일행이 압록강을 막 건너자 그곳에는 한때의 중국 사람이 모여 있었다. 그리고 상사 일행이 가까움을 보고

"이것 석시랑께서 이곳까지 갖다가 홍역관께 드리고 오라고 하세요."

하며, 수백필의 비단을 내놓았다. 이것은 먼저 굳게 거절했던 비단이었다.

"여보게 홍역관, 너무 남의 정을 막지 말고 받아 두시게."

상사도 석시랑의 넘치는 정성에 이렇게 홍역관에게 권했다. 수백 필 비단에는 끝마다 비단 수실로 보은(報恩)이라고 수가 놓여 있었다. 선조께서 이번에 오랫동안 끌어내려 오던 종계변무가 무사히 통과됨을 한없이 기뻐하시었다. 그리고 더욱이 홍역관의 전후 내력을 들으시고 한없이 기뻐하시며,

"이번 일은 전혀 홍역관의 공이다."

하시고, 홍역관의 공을 표창하시와 당릉군(唐陵君)을 봉하시었다. 비단 끝에 수논 비단이 처음 들어온 후로부터 그 비단을 보은단(報恩緞)이라 부르게 되었다.

그리고 당능군이 사는 동네를 보은단골이라고 불렀다.

제14편. 우연의 기적

김진사(金進士)는 그 동안 몇 해를 두고 아들의 혼담이 거의 결말이 나다가 도 종당은 이상스런 소문에 파혼이 되고말고 해서 인제는 아마 도 내 대에 와서 절손이 되고 마는가 보다하고 절망을 한 것이 이번에 뜻 밖에 혼담이 어렵지 않게 성립되고 택일날자까지 받아 놓았은즉 의당 기뻐서 날뛸 일이고 혼수만단에 안팎으로 드나들며 수선깨나 늘어놓을 것인데 실상은 택일 첩지를 받은 날부터 안방에 꽉 들어 박혀 앉아서 무슨 의논인지 부인 곽씨와 수군거리기를 이틀이나 하였다.

이틀이나 하였건만 시원스럽지 못하였던지 눈살을 꽉 찌푸리고는 얼마 전부터 병으로 누워있는 아들의 방에를 하루도 몇 차례 씩 들락날락 하였다.

아들 경환(景煥)이는 김진사에게는 여벌이 없는 독자이라 그야말로 쥐면 깨여질까 불면 날까 애지중지 기른 것이 전부터 얼굴에 이상스런 종기가 나기 시작하여 한군대가 합창이 된 듯하면 또 다른 데에 이들이들하고도 시 뻘건 종기가 툭 불거지기 시작하여 걷잡을 수가 없었다.

김진사는 대대 벼 백이나 착실히 하는 재산가이라 의원이라 약이라 하고 써 볼대로는 써 보았지만 일향 효험이 있기는 고사하고 얼굴 빛이라든지 눈 섭이 문정 문정 빠져가는 것이라든지 갈데없는 천형병(天刑病)의 증세이었다.

그 동안에 의원들이 경환이의 증세를 보고는

"나는 의술이 미숙해서 이게 무슨 병인지 알 수가 없다."

하고 물러가기를 일수하였다. 그럴 때마다 일만의 의운이 김진사의 머리에 피어오르기는 했지마는 그래도 자식을 아끼는 욕심에

"설마하니 내 자식이 문둥이라니."

하고 스스로가 간신히 위로하여 왔었다. 그것이 인제는 누가 보든지 현저히 천형병 환자의 증세가 나타나고 본즉 김진사는 몇 백길 깊은 골에 거꾸로 박히는 듯싶은 절망을 느끼지 않을 수 없었다.

재산도 아깝지 않다, 누구라도 이 병만 고쳐주었으면 하는 생각과 하루 바 삐 장가를 들이어서 그 몸에서 손을 얻는다는 것보다 그 병으로 말미암아 장가도 들어보지 못하고 총각으로 죽는다는 원한이나마 풀어 주고 싶은 생각에 초조한 날을 보내게 되었다.

그러나 김진사의 이 애절한 희망 — 경환이의 장가들인다는 것도 거의 절망이 되어 왔었던 것이다. 왜 그러냐 하면 동네 사람들은 김진사 듣는 데서는 차마 아무개 아들은 문둥이라 하는 말을 하지 않았지만 돌려 세워 놓고는

"제기 참 재산이 아깝지, 천석 만석을 하면 무얼해, 누가 문둥이한테 딸을 줄라고."

하여 비웃기도 하고 가여워 하기도 하였다.

그리고 본즉 이 소문이 자연이 퍼져서 누가 청혼을 하는 사람도 없었거니 와 간혹 그 사실을 모르고 청혼하는 사람이 있다가도 세상에는 남의 험담이 라면 밥을 싸 가지고 다니며 하는 무리가 있는지라

"여보, 딸을 어디다가 못 주어서……."

하고 훼방을 놓는 바람에 매양 허사가 되고 마는 것이었다.

이 사연을 뻔히 짐작하건 마는 김진사는 어이 할 방도가 없었다. 돈으로 남의 입을 막을 수는 없었다.

그러던 것이 이번에 천우신조해서 이웃 고을에 사는 송××란 사람이 청혼을 해 왔다.

그 동안 사람을 이웃 골로 내놓아서 규수만 얌전하면 가세는 빈한하더라도 그야말로 신부를 싸서 데려 오겠고, 친정의 먹고 살 것까지 주겠다는 말로 몰래 혼처를 구하였던 효과가 이루어진 것이었다.

김진사의 아들이 문둥병이라는 소문이 이웃 고을까지는 퍼지지 않았던 덕도 있었다.

송씨 집에서는 신랑의 집이 무위하고 문벌도 과히 처지지 않은 것에 더구나 재산가란 말에 혹하여서 귀여운 딸을 깊은 조사도 하지 않고 내 놓기로 작 정하였다.

김진사는 이 통혼을 받고는 두말없이 쾌락을 하고는 송씨의 호감을 사기 위하여 적지 않은 금품을 혼수에 쓰라고 사주와 함께 보내기까지 하였다.

송씨 집에서는 난생 처음 만져 보는 거액의 돈에 눈이 어두워서

신랑을 선 볼 생각도 하지 않았다.

기실은 눈 하나 멀었던들 상관이랴 다리 하나 절던들 어쩌랴 생각을 먹었을는지도 모를 형편이었다.

그래서 곧 택일단자를 보냈다.

이편 김진사로 말하면 천재일우라는 생각과 또 어름어름하다가 이상한 소문이 신부집 귀에 들어갈까 하는 염려가 있어서 통혼이 되자마자 사주단자를 보낸다. 금품을 보낸다 허둥지둥 하였다.

그리고 부랴사랴 택일을 해 보내라고까지 독촉한 것이었다.

그런 것이 원수에 택일단자를 받아 놓자마자 아들 경환이가 앓아 누웠다.

어느 병 같으면 그야말로 약사발을 머리에 이고라도 장가를 가겠지만 얼굴에 종기가 별안간 버썩 성해서 차마 볼 수 없는 형편이고 보니 아무리 장가들이기 급한들 그 꼴을 신부집 사람들에게 보일 수는 없었다.

만일에 한번만 본다면 파혼이 될 것은 다시 말할 나위도 없는 일이 아닌 가.

"원수에 하필 보름만 더 참아 주지, 하느님도 무심해."

김진사는 택일단자를 꺼내 들고 탄식 탄식하였다.

이리하여 김진사는 혼례날을 닷새 앞두어서부터 칭병하고 사람을 보지 않았다.

남에게 이 초초한 낯을 보이고 싶지도 않고 또 조용히 좋은 방도로 생각해 보고도 싶어서 그러는 것이었다.

그야 택일을 물리는 수가 없는 것도 아니었지만 만일에 택일을 물리어 놓았다가 호사다마 격으로 어느 놈이 어떤 소리를 지저귈는지도 모르는 일이니 까 만사를 젖히고라도 부랴부랴 성혼을 해버리는 것이 제일 상책이라고 생각한 것이었다.

그래서 택일을 물리지도 않고 자식의 그 흉악한 낯을 보이지도 않고 어떻게 성혼할 길이 없을까 이러한 요술에 가까운 재주를 생각해 보는 것이었다.

궁한 나머지에는 전일에 그리 해 보지 않던 일 마누라와 의논까지 해 보았지마는 물론 시원한 결론을 얻지 못했을 것은 상상하기 어렵지 않다.

무정한 날자는 벌써 이틀이 지났다. 인제 사흘 밖에 남지 않았다.

대사날을 만 이틀을 앞둔 날 아침에 김진사는 평소에 생각지도 않던 방문자를 맞게 되었으니 면장하상기(面長河相基)의 아들이 뜻밖에 찾아온 것이었다.

면장 하씨와 김진사는 숙친한 사이라 그의 아들 역시 가끔 그의 부친의 심부름으로 오는 때가 있기는 하여 낯을 잘 알기는 하지마는 편지도 가지고 오지 않고 무슨 긴한 사단이 있는 듯한 모양이 김진사의 마음을 끌었다.

그러나 가슴 한 구석에 무지근한 근심덩이가 뭉쳐 있는지라 눈살을 펴지 않은 채로

"집에 무슨 일이 생겨서 왔느냐."

"녜."

하고 대답하는 면장의 아들은 눈을 내리감고 잠시 머뭇머뭇 하더니만

"오늘 실상은 아버지께서도 모르시게 저 혼자 생각으로 어르신네께 봐오러 왔습니다."

하고는 다음과 같은 청을 하였다.

"여쭙기 염치없습니다마는 돈 삼천 냥 돌려주셔야 멸문지화를 면하겠습니다."

김진사는 '돈' 이라는 것보다 '멸문지화'란 말에 깜짝 놀라서

"멸문지화?"

하고 재처 물었다. 그리고

"그게 웬 소리냐."

하며 뒷말을 기다리는 듯이 고개를 약간 앞으로 내민다.

하면장의 아들의 이야기를 들어보면 이러하다 하면장은 팔년 동안이나 면장소임을 맡아보는 동안에 돈을 모으기 커녕은 논마지기나 있던 것을 다 없애고 필경에 가족을 먹여 살릴 수가 없으니까 일확천금의 꿈을 꾸고 관금을 가져다가 투기에 이용하였더니 일이 꼬이느라 고 비뚜로 들어맞아서 점점 구멍이 커가고 커가면 커갈수록 당황 초조하여 그것을 복구하려다가 마침내 삼천여냥의 커다란 구멍을 내고야 말았다.

제 돈 같으면 탄식 몇 번으로 마감이 될 것이지마는 관금 횡령만은 종당 영 오(囹圄)의 수인되고 말 것이니 하씨에게는 물론 다시 회복키 어려운 치명상이 될 것이오, 따라서 집안은 유리 자산하는 수밖에 없었다.

면내에서 그만한 돈을 능히 주변할 사람은 김진사 밖에 없다고 하 면장은 생각하였다. 그러나 그에게는 전에도 수십 차를 돈으로

해서 미안을 끼쳤을 즉 무슨 염치로 또 돈을 취해 달라고 하랴 액수가 작기나 한가 삼천 냥이란 거액을 ―.

 그래서 침식을 전폐하다시피하고 고민한 나머지 필경 고육지계(苦肉之計)를 써 보기로 한 것이었다.

 하 면장은 아들 순옥을 불러 앉히고 관금 횡령의 사실을 이야기를 해 들리고 나서

 "애비 돼서 이런 말을 자식에게 하기는 차마 못할 짓이다마는 발등에 불이 떨어진 오늘에 그런 저런 생각을 할 수가 있느냐. 너 알다시피 김진사하고 나하고는 숙친한 친구이지마는 그 동안에 하도 여러 번 염치없는 짓을 해놔서 지금 또 돈을 취해달라고는 차마 입이 떨어지지 아니 하니 네가 찾아 가서 아비의 사정을 잘 이야기하구 네 말로 돈을 돌려 줍시사고 하면 자식이 애비를 생각하는 정성에 감동이 돼서 혹시 쉽게 승낙이 되는지도 모르니 집안을 위해서 한번 가 보는 게 어떠냐."

 하는 의논을 하였다 순옥이는. 열아홉이 되는 오늘 날까지 남에게 어려운 사정 이야기를 해본 적도 없고 동무에게도 동전 한 잎을 취해 본적이 없는 터라 김진사에게 가서 엄청나게 큰돈을 취해 달라고 해볼 용기는 없었지마는 가만히 생각해 보니 어지간한 일이 아니면 아버지가 그처럼 자식에게 간청하다시피 할 리도 없으려니와 사실 공금 횡령이 탄로되면 아버지는 죄인 이 되고 이 집안이 망할 것은 긴 설명이 없어도 넉넉히 짐작할 수 있었다.

 그래서 순옥이는 마침내 걸핏 하면 옴츠러드는 용기를 억지로 북돋으며 오늘 김진사 집을 방문한 것이었다.

김진사는 순옥이의 이야기를 잠자코 듣고 있더니만 말이 끝난 후에

"돈이 얼마냐?"

"삼천 냥이올시다."

"음"

하고 고개를 끄떡하고 나서 또다시 잠자코 무엇을 생각하고 있다가 이번에는 순옥이의 얼굴을 멀끔히 바라본다.

순옥이는 가슴이 떨렸다. 응낙이냐 거절이냐.

"네 자의로 내게 왔다고 했겠다."

"네."

"음 기특한 일이다. 자식이 돼서 부모의 근심을 남의 일 보듯 해서야 자 식 좋달 게 어디 있나."

혼자 말 비슷이 이렇게 중얼거리고 나서

"주지."

하고 선선히 응낙을 한다.

"네?"

"여느 일 같으면 삼천이나 되는 큰돈을 주겠다고 하겠니마는 일이 급하기 도 하려니와 네 정성이 기특해서 내 주는 것이니 그리 알아라. 그런데 돈을 주기는 주겠다마는 내 청이 하나 있으니 그걸 들어 주겠니?"

"네, 무슨 부탁이신지 모릅니다마는 저의 집을 구해주시는 은덕을 결초보은이라도 하겠삽는데 몸으로 될 일이라면 무엇인들 못하겠습니까."

"다른 청이 아니라……"

하고는 얼른 말하기를 어려워하는 눈치를 보이며

"이건 참 말하기 부끄럽다마는……"

하는 말을 전제로 아래와 같은 청을 하였다.

먼저 아들 경환의 병이 남이 싫어하는 문둥병인 듯하다는 것과 그 동안의 매혼이 모두 이것 때문에 파탄된 사실 그리고 이번에 천우신조하여 택일단자까지 와서 이제는 목적을 달하였구나 하였더니 그것마저 하느님의 시기 인지 아들 경환이가 수일 전부터 병석에 누워 있으니 대례를 치르러 갈 수 없다는 것 그리고 이번, 혼사를 놓치고 보면 다시는 절망의 길 밖에 남지 않았다는 고충을 이야기하고

"네가 내 자식 대신 신부집에 가서 대례를 지내고 며느리를 데려다 주기 만 하면 나중 일은 내가 담당할 터인즉 제발 그리해 주는 게 어떠냐! 그 집에선 천행으로 내 자식의 선을 보지 않았으니까 네가 내 아들이라 해도 모를 것이니."

"신방을 꾸밀 것이니 그 아니 딱합니까."

"그것 쯤야 도리가 있겠지, 별안간 몸이 불편하다고 하면이야 게 선들 억지로 한 방에 들리고야 하려구."

하고 이번에는 김진사가 순옥이의 얼굴을, 눈치를, 이윽히 바라본다.

순옥이는 얼른 좌우의 대답을 하지 못하였다. 대답하기에는 너무나 짐이 무거운 문제였다.

그러나 나중 일은 김진사가 담당하겠다고 언명하였고 그보다도

만약 김진사의 청을 들어 주지 않으면 삼천 냥에 대한 승낙조차 어찌될런지 알 수 없다는 상상을 할 수 있었다.

그래서 순옥이는 마침내 승낙하고 말았다.

"그럼 돈은 오늘 곧 보낼 테니 이번 일만은 너하고 나하고만 알고 있자."

"물론 후행 가는 사람과 내 집안사람들이야 자연 알아야만 하겠지마는."

하고 무한히 기뻐하였다.

김씨 집과 송씨 집 대례는 예정대로 신부집에서 거행되고 송씨는 똑똑한 사 위를 얻은 것을 무한히 기뻐 자랑까지 하였다.

사위가 별안간 몸이 아프다 하여 신방을 꾸미지 못한 것쯤 큰 문제가 아니었다.

신부를 잠간 대좌시키고는 순옥이 혼자만을 자게 하였다.

이리하여 삼일을 치른 후에 순옥이는 신부를 데리고 폐백을 드리러 김진사 집에를 와서는 곧 뒤로 빠져 나가서 자기 집으로 돌아가 버리었다.

며느리만 데려다 준다면 하는 약속을 완전히 치르고 간 것이었다.

폐백을 드린 날 밤 신부는 너무나 의외 일에 눈물도 나오지 않았다.

초례를 지낸 남편은 간 곳이 없고 병석에 누워 있는 차마 볼 수 없는 흉상의 사나이가 정작의 남편이라니 시아버지는 며느리를 붙들고 사정 설파를 하고는 모든 것을 팔자로 여기어 달라고 사정사정하였다.

김진사의 배짱은 며느리를 데려다 놓고 사정하면 어린 신부가 제아무리 똑똑한들 별수 있으랴 한 것이었지마는 신부의 마음은 그렇지 않았다.

 남편이 흉한 병자라는 것은 오히려 문제가 아니었다.

 예를 갖추어 하늘에 맹서한 사람이 따로 있게 되었으니 그 사람이야 말로 정작 남편이 아닌가. 만일에 시부의 청을 듣는다면 그것은 시집간 지 사흘 만에 두 낭군을 맞이하는 것이 아니냐.

 이렇게 생각하고 그는 밤에 잠을 이루지 못하고 고민하였다.

 이튿날 아침에 김진사의 집엔 마치 불이 꺼진 집모양으로 상하가 실색하여 끽소리도 못하였다.

 새 며느리가 승야도주하였다.

 뉘게다 이런 말을 내랴.

 이래도 창피 저래도 창피 투성이다. 김진사는 다시 머리를 싸고 눕게 되고 돈 삼천 냥이 가상으로 없어진 셈이다.

 신부는 밤중에 시집에서 빠져 나와 자기 친정으로 도망해 간 것이었다.

 물론 송씨 집에도 남에게 말 못할 큰 소동이 일어났다. 김가에게 속은 것이 분하고 괘씸하고 딸을 버린 것이 절통하였다.

 그러나 딸은 김진사 집에다가 시비를 거는 것보다 대례를 지낸 신랑을 찾아 달라고 하였다.

 그리 하는 것이 두 집안 창피를 면하는 길이고 또 자기가 응당 밟아야 하는 길이라고 역설하였다.

 사리가 합당함에는 부모의 힘도 소용이 없었다. 그래서 우선 그

신랑을 찾기로 결정이 되었거니와 생각할수록 어설픈 맹랑한 경우에 빠진 것이 김진사이었다.

며느리는 얻지도 못하고 돈 잃고 창피보고 더구나 남에게 사정이야기도 못 할 부끄러운 일이 아니냐.

김진사의 집은 천인 나락에 빠진 집안처럼 깊은 수색에 잠기어 있게 되었다.

이 형편을 잘 아는 하 면장 부자는 남의 일 같지 않아서 근심이 되지 않을 수 없었다.

남에게 큰 불행을 끼치고라도 자기만 일이 피우면 고만이라는 격이 되고 만 것이었다.

더구나 송씨 집에서 김신랑 대신 온 신랑이 하 면장의 아들이라는 것을 염탐하여 알고는 강경한 담판이 왔다.

사리가 사리니 만치 그리로 장가를 아니 가겠다고 뻗댈 길이 없었다. 실상 은 대례까지 지냈으니 폐백만 받으면 고만인 셈이다.

만일에 그것에 응치 않는다면 사기결혼의 공모로 몰릴 것이니 크나 큰 발목을 잡힌 이상 다시 두 말을 할 수 없게 되어서 필경 신부의 집의 요구대로 그리로 장가를 다시 가지 않을 수 없었다.

이 사연을 곁에서 듣고 앉았던 순옥의 누이동생 순희(順姬) —(나이 열일곱 살) — 가 별안간, 아버지 하고 부른다.

"제가 무얼 알겠습니까마는 어른들 하시는 일을 곁에서 보온즉 우리 집에나 송씨 댁에는 잠간 창피를 보셨을 뿐이지 전화위복이라더니 무어 그리 손댈 일은 없었습니다마는 제일 가여운 것이 김진사 어른이 아니오니까!

아버지께서 그 어른의 돈이 아니더면 지금 어느 경우에 빠지셨을 는지 모를 것을 그 어른의 돈으로 피우고 나서 그 은혜를 갚기는 고사하고 도리어 근심을 더 해주게 됐으니 세상에 그럴 법이 어디 있습니까. 만일에 우리만 잘 되었다고 그 댁 일을 피어 주지 않으면 첫째 하느님이 용서하시지 않을 일이올시다."

"글쎄 네 말이 옳기는 하다마는 애초에 우리가 그리 하자고 해서 한 일도 아니고 또 지금 김진사의 근심을 덜어 주잔들 별도리가 없지 않으냐."

"김진사 어른은 며느님 하나만 생겼으면 이 근심 저 근심 없어지지 않아 요."

"그야 그렇지."

"그럼 제가 그 댁으로 들어가겠습니다."

"무어 어째."

하 면장은 자기의 귀를 의심하였다.

"아니 문둥이의 계집이 되잔 말이냐."

"문둥이 아니라 미친 사람에게도 가야만 될 형편이면 가야 합지요, 막비 저의 팔자입지요, 저 하나 이 세상에 없더니라. 생각하시고 그리로 보내 주 시면 아버지께서는 의리 있는 사람이 되지 않으십니까. 저의들이 잘 살고 남을 구렁에 집어넣은들 그 영화가 오래 간다 생각하십니까."

순희의 나이보다 성숙한 말에 하 면장은 아무 대답을 못하였다.

김진사는 하 면장의 자원 — 딸을 며느리로 보내겠다는 — 말 듣고 눈물로 써 감사의 뜻을 표하였다.

절처에서 살 길을 얻은 셈이오, 어둠에서 등불을 얻은 격으로 그들의 우수에 잠긴 가슴에는 명랑한 광명이 비쳐 주었다.

어제까지 죽은 듯 고요하던 집안이 오늘은 웃음 바탕으로 하 면장의 딸을 며느리로 맞이하였다.

그리하여 하나에도 며느리, 둘에도 며느리, 며느리가 아니면 날이 새지 않는 듯이 귀여워하고 사랑하였다.

남편 경환이도 물론 크게 만족하여서 한 때라도 순희가 곁에 없으면 생 짜 증을 내었다.

그러나 병세는 점점 더 하여가서 순희가 들어온 지 석달 되는 요즈음에는 경환이는 다만 죽는 날을 기다릴 뿐 쇠약하고도 차마 눈으로 볼 수 없는 형태만이 자리에 누워 있을 뿐이었다.

약석도 효험이 없었고 순희의 지극한 정성도 아무런 효험이 없었다.

경환이가 누워 있는 방에는 여느 사람으로는 코를 들 수 없는 악취가 가득 하건마는 순희는 그 방에서 밥을 먹고 그 방에서 함께 자며 간호에 전력을 다 하였다.

순희가 이집에 들어온 지 사개삭 되는 날밤 순희는 최후의 결심을 하였다.

그 날은 초저녁부터 남편 경환의 병세가 이상하고 이따금 헛소리로 지껄이는 말조차 죽음의 전구인 듯이 소름이 끼쳐지는 것이었다.

이따금 아내 순희를 알아보지 못하고

"날 좀 살려 주."

하는 소리만 할 뿐이었다. 순희의 눈에는 죽음의 검은 뚜껑이 남편의 가슴을 한겹 한겹 덮어 가는 것 같았다.

순희는 남편에게 육적인 애정을 느끼지는 않았다. 그러나 이 집에 들어와 차차 남편을 간호하는 동안에 경환이 ─ 아무 죄 없는 경환이 ─ 전도가 양 양한 청년이 그 모진 병으로 하여 세상을 떠나는 일을 생각하니 무한한 동 정이 가슴에 샘솟듯 솟는 것이었다.

내 성력으로 살려보자. 이것이 순희의 결심이었건마는 그 정성도 이제는 아무 힘도 나타내지 못하고 불쌍한 경환이 불귀의 사람이 될 것을 생각하매 순희는 이 세상에 살아 있을 생각이 없었다.

무슨 년의 팔자가 악병 있는 남편을 맞게 되고 그리고 또 무엇이 부족하여 그 병든 남편조차 잃어 과부로 평생을 마치게 되는 것인고.

아마도 하느님이 나를 자기 밑으로 불으시려나 보다.

이러한 생각에 순희는 살그머니 장문을 열고 미리 준비해 두었던 비상을 내었다.

이 비상은 전일에 여자로서 당치 못할 굴욕을 당할 때에는 목숨을 끊어 깨끗한 최후를 하리라고 몸에 지니고 있던 약이었다.

그것이 이제 내용이 다르나마 소용이 되게 된 것이었다.

순희는 그것을 물에 개어 머리맡에 놓고 뒷문을 바스스 열고 밖으로 나섰다.

뒤꼍 동산에 올라 멀리 친가 쪽이나마 바라보고 보이지 않는 부모에게 최후의 고별을 하자는 것이었다.

동산에 오른 순희는 의외로 긴 시간을 거기서 보냈다.

급기 죽으려는 결심을 하고나니 모든 것이 사라지고 마는 마당이 건마는 원 수의 잡념이 이 기억에 추억을 가져다가 최후의 단애에 올라선 그의 가슴을 괴롭게 하는 것이었다.

거기서 한 동안을 울음으로 보내고 있던 순희는 자기가 빠져나온 동안에 운명의 장난이 또 한 번 있었던 것을 알 수는 없었다.

자리에 누워 신음하며 잠들었다 깨었다 하는 경환이는 모진 갈증에 어렴풋이 눈을 뜨고 아내를 찾았다.

그러나 아내는 곁에 있지 아니하고 다만 머리맡에 한 개의 대접이 놓여 있을 뿐이었다.

그 속에 무엇이 담겨 있는지는 생각할 여유도 없어 경환이는 그 그릇을 끌어다가 들어 마셨다 약인지 물인지 그에게는 판단할 능력조차 감각조차 마비해 버렸다.

몇 십분 후 ─

눈물을 거둔 순희는 병실로 조용히 돌아 왔다.

동시에 그는 비인 대접을 보고 실색해 떨었다.

확실히 남편이 독약을 들어 마신 것이다.

얼마 동안 그는 어쩔 줄을 몰라 남편의 얼굴을 들여다보며 몸을 떨었다.

경환이는 눈을 번쩍 뜬다. 그리고 꽤 생기 있는 목소리로

"목이 마루."

한다. 순희는 무엇보다도 먼저 신기한 생각에 허둥지둥 밖으로 나가서 냉수를 떠가지고 들어 와서 그것을 입에 대어 주려니까 남편은

"아니 냉수 말고 아까 먹은 걸 좀 주."

한다.

아까 먹었다는 것은 비상을 탄 물이다. 비상도 이제는 없으려니와 있은들 그걸 알고서야 어찌 주랴.

순희는 듣지 아니하고 냉수를 먹으라고 권하였다. 권하면 할수록 경환이는 짜증을 내어

"아까 먹은 것."

을 달라고 조른다.

"대관절 아까 이 그릇에 무얼 담아서 먹였기에 저 애가 자꾸 그것을 달란 단 말이냐."

김진사는 며느리를 보고 묻는다.

"무언지 제 먹고 싶다는 대로 주려무나."

한다. 순희는 하는 수 없어 비상을 물에 개어놓은 이야기를 말하지 않을 수 없었다. 한동안을 이상한 눈으로 아들의 얼굴을 내려다보던 김진사는 며느리를 데리고 밖으로 나가서

"어서 그것을 타서 주어라 비상은 사랑에 얼마든지 있으니. 그것이 여느 사람이 먹으면 죽되 그 병 있는 자가 먹으면 약이 되나보다. 만일에 그것으로 해서 죽는다 한들 기왕 죽에 된 자식이니 무슨 한이 되겠느냐."

하고 비상을 갖다가 며느리 손에 쥐어 주었다.

우연한 기적이오. 과학을 초월한 신비이다.

남편 경환의 얼굴에서 종기의 자취가 하나 하나 사라져가는 것을 들여다보고 있던 순희는 천정을 쳐다보며 눈을 감았다. 보이지 않는 신명께 감격을 묵연히 표하는 순간이었다.

제15편. 원수로 은인

군언(君彦) 이주국(李柱國)이 무과총사(武科總使)로서 처음으로 제장을 통솔하여 한강의 모래밭에 군기를 배열하고 습진(習陣)을 벌린 것은 정조 기유(正祖己酉) 이월, 부는 바람도 아직은 으스스한 이른 새벽이었다.

"무(武)는 숙(肅)이니, 제장의 명을 준용하라."

"군법에 거역하는 자는 일호의 가차 없이 처형 하리라."

높이 우는 말의 울음. 새벽바람을 타고 흩어지는 포라 소리. 눈코 뜰 수 없이 어수선한 사이로, 목소리를 가다듬어 이같이 명령을 내리는 주국의 태도는 말할 수 없이 늠름하였다.

싸움은 무르익어 간다.

바로 눈앞 한강의 얼음은 아직 다 풀리지 않았건만 그 사장을 에워싼 군사들의 이마에는 벌써 땀이 맺히었다.

"이번의 이총사(李總使)는 참 엄격해……"

"흥 그 사람이 뉘 아들이라구."

이런 소리를 해가며, 눈을 껌벅이는 늙은 군사들 틈에 끼어 처음 싸움터에 나온 듯한 젊은이들은 모두 울상들을 하고 있었다. 해가 올라왔다.

 어장(御將) 금장(禁將) 훈장(訓將) 형판(刑判)등 샛별 같고 맹호 같
은 장수 들을 지휘하여 넓은 사장을 달려가고 달려올 제, 아직 젊
은 주국의 마음은 기쁨과 자족(自足)함에 쿵쿵 소리를 내고 뛰었
다. 그러나 그것도 순식간, 곧 이맛살을 찌푸리지 않을 수 없는 사
실이 눈앞에 나타났으니, 한편 군사 의 행군하는 뒤를 쫓아 말을
달리던 그는 문득 자기 등 뒤에서 몹시 허덕이는 듯한 사람의 기
척을 느끼었다.

 "낙오자(落伍者)"

 이렇게 생각하자, 주국은 갑자기 머릿속이 불쾌해지며 말고삐를
낚아 뒤로 돌렸다.

 이 무슨 모욕(侮辱)일가.

 자기의 한 마디 명령 한번 움직이는 손끝을 따라 정연하게 오고
가는 군대에 뒤떨어져, 괴로운 숨을 내 뿜으며 억지로 따라오는 한
사람의 병사가 있었다.

 "옛끼, 고약한 놈! 어쩌다 뒤떨어졌어?"

 주국은 핏대를 세우고 호령하였다.

 뒤떨어진 군사는 있는 힘을 다하여 어찌할 줄 모르고 발을 빨리
하는 모양이 건만 벌써 서너 마장이나, 앞선 군대를 따를 수 없음
을 각오하였던지 그만 푹 거꾸러져 버린다.

 파리한 몸집, 창백한 얼굴, 쥐면 바스러져 버릴 듯한 손발, 어깨
에 멘 바랑의 무게에도 견디어내지 못할 듯한 병사의 모양은, 아마
중병 치른 뒤나 그렇지 않으면 몇 끼 굶은 사람같이 가엾건만, 무

골(武骨)의 집안에 태어난 엄격한 무인으로 성장한 주국에게는 미처 그것을 살필 겨를조차 없었다.

"그 모양을 하고 어찌 금부를 지키는 중직을 감당할까."

하고 그는 다시 한 번 소리 질렀다.

군율을 지키지 못하는 자, 군오(軍伍)에 뒤떨어진 놈, 이 같은 생각에 괘씸한 마음만이 먼저 치밀었던 것이다.

"자, 일어나거나, 어서 일어나!"

그는 몇 번이나 말 위에서 소리를 질렀으나, 엎어진 군사는 꼼짝도 하지 않았다.

드디어 주국은 성이 발끈 났으니, 그것은 그 병사가 일부러 자기 명에 거역하려는 것같이 보였기 때문이었다.

"정 그럴 것 같으면 군법대로 시행하겠다."

하고 주국은 씹어 뱉듯이 말을 던지고, 급히 앞서 간 군오를 향하여 달려갔다.

그때 군법으로 말하면, 군대에서 낙오된 자가 있으면 곤장 삼십을 치는 법 이었으므로, 얼마 후에 형기를 갖춘 몇 사람을 데리고 주국이 돌아왔을 때, 넘어진 군사는 여전히 그냥 거꾸러져 있었다.

"아마 신병이 있어 쓰러진 모양이옵니다."

곤장을 치려던 한 사람이 가엾은 듯이 손을 멈추고 주국을 바라보았을 때, 그의 눈도 처음으로 엎어진 자의 파리한 모양을 발견하였다.

그러나 그는 냉철일관(冷徹一貫)의 사람이었다. 그의 독특한 고집과 엄격 한 뜻으로,

"정경은 가엾으나 군법을 꺾을 수는 없다."

하고 눈을 감았다.

폭풍우가 몰려간 뒤같이 군사들의 자취가 사라진 강변은 선득할 만큼 고요 한데, 곤장을 내리는

"딱……딱"

하는 소리와 거기 따라

"어험……어허 허……"

하며 신음하는 병사의 목소리가 소름이 끼치도록 음산하였다. 한 개, 두개, 다섯 개, 열개 — 처음

"아야! 아야!"

하던 소리가

"아이구구 ……"

하는 외마디 신음으로 변하고, 그리고는 그저

"어허허……"

할 뿐이었다. 다리가 터져서 피가 흐르며 엉덩이에 살점이 무덕무덕 묻어나자, 병사는 아무 소리도 지르지 못하였다. 그리하여 스물다섯 대, 서른 대 —— 여러 사람들이 남은 매를 마저 때리고 물러났을 때, 그는 이미 숨이 끊어 져 있었다.

"후지자(後至者) 몸이 약해와 매 아래 죽었나이다."

주섬주섬 끊어진 곤장을 주워섬기며 한 장정(杖丁)이 이렇게 말하니 아까부터 눈을 딱 감고 고개를 돌리었던 주국의 눈에서 처음으로 눈물이 주르르 흘러내렸다.

"정경이야 가엾지만 군법은 꺾을 수 없었다."

그는 같은 말을 한 번 더 뇌이며 창황히 말등에 올라탔다.

저녁때가 훨씬 넘어 그날의 습진(習陣)은 마치었다.

종일을 달려 다닌 피곤과, 그 보다 더하게 한 사람의 무죄한 생명을 끊게 한 후회에 넋을 잃고 묵묵히 돌아오는 주국(柱國)은, 아까 병사가 넘어졌던 자 리 가까이 이르자 창자를 에이는 듯한 슬픈 애곡성이 들렸다.

"이 무슨 소린이고?"

가뜩이나 들 수성거리는 마음에, 그 애틋한 곡성을 들은 그가 이렇게 묻자 한 영인(夵人)이 앞으로 나서며,

"아까 매 맞아 죽은 병사의 아내와 그 아들이 시체를 안고 통곡하는 소리 옵니다."

하고 아뢴다.

주국은 갑자기 가슴이 찌르르 아팠다. 병든 남편을 할 수 없이 습진에 내 어 보내고, 가슴을 졸이며 두 모자(母子)가 그의 비명에 죽은 소리를 듣자 얼마나 놀라고 원통하였을까 생각하니 엄격한 일면 또한 다감한 그의 가슴은 에이어져 나가는 것 같았다.

"요망한 계집이 되어, 아무리 금하나 듣지 않고 몸부림을 치며 우나이다."

영인은 주국의 창연해 하는 기색을 죽은 자의 처자에 대한 분개로 오해함이리라 어쩔 줄 모르고 손을 맞부비며 변명한다.

"아니 내가 보리라."

하고 주국은 그 말은 들은 척도 아니하고, 말에서 뛰어내려 모자가 있는 곳으로 가까이 향해서 갔다.

피에 젖은 시체를 얼싸안고 광란한 듯이 애통하는 여인.

그것은 가엾은 정경이었으나 천군만마(千軍萬馬)사이를 우왕좌왕하는 주국에게는 그리 큰 감격을 가져오지 못하였다.

그러나 그 곁에 딱 버티고 서서, 노한 듯이 이편을 노려보는 소년을 맞보자 용감 무비한 무과총사(武科總使)도 주춤하고 발을 멈추었다.

나이는 열 살이나 열한 살. 딱바라진 어깨에 작달막한 키 동글납작한 얼굴에 박혀 있는 조그만 입을 꼭 다물고 있는 그 모양은, 이것이 저 발아래 늘어 져 있는 창백한 송장의 아들인가 의심되리만큼, 차돌같이 굳세고 단단한 감상을 던져 주었다.

더욱이 그 눈.

번개 같은 광채를 발하고 거침없이 이편을 쏘아 보는 그 소년의 눈에는 한 방울의 눈물 흔적도 없지 않은가! 주국은 이 눈의 광채에 정신이 송연하여 차마 마주 보지 못하고 고개를 돌렸다.

"범연한 아이가 아니다!"

하는 생각이 그의 마음을 잡아 흔들었을 때,

"총사각하 오셨다 —."

하고 영인이 길게 뽑았다.

"예?"

놀라 흙을 털고 일어나며 흐트러진 머리를 쓰다듬는 어미의 통통 부은 눈을 흘낏 쳐다보고 다시 주국에게로 시선을 돌리는 소년의 눈에는 갑자기 놀라운 살기(殺氣)가 어린다.

주국은 한발 앞으로 가까이 가며

"너희는 심히 나를 원망하겠지마는 네 아비를 죽인 것은 내가 아니라 군율이다. 나도 그 죽은데 대하여서 깊이 가엾게 생각하노라."

하고 되도록 부드러운 말씨로 동정의 듯을 나타내었다.

병사의 아내는,

"황공하옵니다. 지아비가 일찍 병들어 쾌치 못하오나 집안이 고독하여, 이번 습진에도 다른 사람을 대신 보내지 못하옵고 몸소 출진하였다가 이 변을 당하니……."

하며 미처 눈물이 앞을 가리어 말을 맺지 못하는 것을 소년은 억울한 듯이 흘겨보고,

"어머니는 물러가오."

하고 제법 어른처럼 호령한다.

"아무리 군율도 중하지만 인정도 중할 것을, 인정 없는 사람들이 군율만 내세우는 것은 모두 속임수지요."

소년의 아드득 이 가는 소리가 둘러선 사람들의 등골에 소름이 끼치게 하였다.

"네가 어린 마음에 언뜻 그렇게 생각하기도 예사이겠다 마는 근본 실수는 네 아비에게 있는 터인즉 나를 원망할 것은 없다."

하고 주국이 여전히 목소리를 다정히 하여 소년을 위로하니, 그 어미는

"아이구 대감께서는 그까짓 어린 녀석이 발칙하게 놀리는 주둥이를 용납 하소서……."

하며 너무나 황송하여 쩔쩔맬 뿐이었다.

"글쎄, 이 녀석아 감히 뉘 앞이라고 그 따위 수작을 하니?"

"아니 어머니는 뭘 안다고 원수의 앞에서는 말 한 마디 못하우?"

병사의 아내는 기가 막힌 듯이 주국의 앞에 꿇어앉아 손을 모으고 백방으로 비는데 소년은 끝까지 어린 가슴에 품은 원독(怨毒)을 풀지 않고 분개하니 주국도 할 수 없이 우선 그 어미를 위로하고,

"차차 후히 쓸 비용을 보내마."

한 후 발길을 돌리었다.

약속대로 장사 지낼 것과 우선 호구할 것으로 얼마의 비용을 보내었지마는, 소년의 얼굴에 살기가 여전히 풀리지 않는 것을 보고 마음에 심히 꺼리었다.

그러다가 하루는 그 어미를 불러들이어,

"네 아들을 나를 주면 우선 부리다가 좋도록 성취시켜 주마."

하니, 이것은 은혜로써 감화하여 소년의 품은바 뜻을 돌리고자 한 까닭에서였다.

병사의 아내는 그렇지 않아도 감사함을 마지못하던 중 이 말을 듣자 눈물을 흘리며,

"지아비가 죽사온 후로 더욱 생계는 곤란하고 일가친척 없사오며 어린 것을 맡아 교육할 길 없사와 주야로 그것이 걱정이옵던 중, 대감마님께서 먼저 이 같은 처분을 내리시니 그저 고마울 뿐이옵니다." 한다.

"그럼 내일이라도 곧 데려 오게."

주국이 이렇게 말하니 계집은 무슨 말을 하려고 한참 머뭇거리더니,

"몇 날만 더 유예를 주시면 좋겠습니다."

하며 여간 어려운 소청이 아닌 듯 이마의 땀을 씻었다.

주국은 의아하게 생각하며,

"무슨 까닭이 있는가? 병이나 났는가?"

하고 물으니, 계집은 더욱 쩔쩔매며,

"아니옵니다."

"그럼 무슨 일로……. 어떠한 말이라도 탓하지 않을 터이니 바른 대로 이 야기하라."

하니 병사의 아내는 마지못하여,

"저희 부부가 일찍 무자하옵더니 늦게 그것 하나를 얻어 애지중지 하옵던 중, 아직 나이 어리오나 효행이 지극하와 마을에서도 칭찬이 자자하옵나이다."

그는 잠간 말을 끊었다가,

"그러하오나 일전 아비가 그처럼 비명에 죽사온 후로 침식을 잊고 장난도 하지 않으며 아주 병색을 이로운 중 더욱이 대감마님께옵서 그처럼 후한 급비(給費)를 보내주셨건만, 아직도 마음을 풀지 못하옵고……."

하더니 황송한 듯이 허리를 굽히고 말을 잇지 못한다.

주국은 쾌연히 웃고

"그래 나를 원수로 벼른단 말이지?"

"그놈이 나이 어린 생각에 아직도 바른 생각을 하지 못하고 감히 대감마님을 원망하는 듯하옵니다."

"그래서?"

"몇 날만 말미를 주시면 소첩이 그 앞에서 목숨을 끊을지언정 마음을 돌 게 하여 데려올까 하나이다."

"효자의 일념은 아무도 꺾지 못하는 법. 염려 말고 그냥 데려오게."

주국은 말을 남기고 일어나 버렸다.

응당 싫다고 버티었을 아들을 밤사이 어떻게 구어 삶았는지 다음 날 아침 일찍이 병사의 아내는 소년을 데리고 이주국 집 소슬대문을 들어섰다.

"글쎄 이 애야 너도 생각을 해 봐라. 그렇게 고마우신 어른이 너의 아버지를 죄 없이 죽이었을 리가 있겠니?"

주국을 만나기 전, 어미는 끝으로 이렇게 그 아들을 다시 한 번 타일렀다.

"이 댁 대감 말씀처럼 너의 아버지가 법을 범하니까 법이 죽인 것이지, 그러니 너도 이 같은 댁에 들어온 이상 부디 마음을 도사려 먹고 마님이나 대감마님이나 마음에 들도록 해라."

그러나 어린 아들의 말대답은 여전하였다.

"난 암만 생각해 봐도 이집 대감인가 하는 사람 때문에 우리 아버진 죽었어! 그 이가 조금만 인정을 베풀었다면 한 목숨이 억울하게 가지는 않았을 것 아니오?"

"글쎄, 얘야 네가 정 그러면 그게 모두 닥쳐오는 복을 발로 차는 것이다.

그러니 그 따위 생각일랑 말고 이 댁 대감마님을 그저 크신 은인으로 뫼시고 눈에 벗어나게 하지 말어라."

"암만 그래 보오. 내 뜻을 꺾을 사람은 없소."

"이 녀석아 그럴 것 같으면 왜 어젯밤 그 말을 권했을 때 이 댁으로 들어오겠다고 자청했었니?"

어미가 발끈 성을 내고 때리기나 할 듯이 다가서는 것을,

"난 이 집에 와서 틈을 엿보다가 원수를 갚으려고 그랬소."

하고 소년은 태연히 받아 넘기었다.

어미는 기가 막히어

"아이구 이 녀석아, 사람 말을 알아듣지 못하기로니……."

하며 어찌할 줄 모르는데, 이 모자가 문 앞에 이르렀다는 말을 듣자, 주국은 곧 사람을 시켜 불러들이었다.

"어제 네 어미 말을 들으니 아직도 네가 내게 원독을 가지고 있다 하지만 그것은 실없는 일이다. 이제부터는 그 같은 생각을 풀고 나와 함께 평화롭게 지내자."

주국이 모자를 후히 대접하고 다시 이렇게 타일렀으나,

"사람이 한번 먹은 원한은 이루어야 가시는 법이요. 누가 풀어라 말어라 하는 대로 잊어질 것이 아닌가 하옵니다."

소년의 대답은 끝가지 굽힘이 없었다.

주국도 딱하였으나, 어린 아이일망정 소년의 태도가 엄연하고 그 용모의 준수함을 사랑하여,

"제가 아무리 뽐내지만 아직 어린 것의 행동이니 눌러보고 은혜를 베풀면 드디어는 꺾이지 않고 어이하리……."

하는 생각으로, 집에 머물러 놓고 부리기로 하였다.

이 소년의 어머니는 주국의 이 너그러운 처사와 자기 딴으로는

감히 우러러 보지도 못할 이 같은 대감의 앞에서 발칙하게 놀리는 소년의 말을 민망히 여기어 울상이 되다시피 거듭거듭

"황송하옵니다."

소리만 되풀이하더니 저녁녘이 되었을 때 두둑한 음식부스러기를 꾸려가지 고 돌아갔다. 주국은 소년이 어미와 작별하는데 있어서도 일호도 동하는 빛 이 없으매, 일전 그 아비의 시체 곁에서 역시 그 태도를 늠름히 하던 것과 아울러 생각하고,

"과연 범인이 아니로다."

하는 감탄을 다시 한 번 거듭하며, 소년의 성이 자기와 같이 이가(李哥)임을 더욱 미쁘게 알아 친자식이나 친족과 같이 애휼(愛恤)하였다.

그리하여 신분이야 비록 어찌 되었던지 부리던 터이니, 만사에 신임하고 사랑하는 품이 칠팔년 지나는 동안에 창고의 열쇠며 하인들을 통찰하는 소임까지 맡기게 되었다.

더욱이 이 이생(李生)의 미쁘고도 침착한 성격은 안방마님의 신뢰함을 받아 무시로 내정에 출입하며 때로는 안방에도 드나들 뿐 아니라, 주인집 자질들과 유희도 하고 같이 글도 읽었다.

그러나 주국은 쉬지 않고 소년의 표정을 관찰하는데 그 얼굴에 역력히 감사의 정이 나타나건만 한편 의연히 살기(殺氣)가 남아있어 그 원념(冤念)을 풀지 못하는 모양이 이 집으로 처음 들어올 때와 조금도 다른 바가 없으므로, 주국이 탄식하며,

"참으로 마음대로 못하는 것은 사람의 마음이로구나."

하고 고개를 흔드니, 마침 곁에 있던 그 부인이 이 말을 듣고 의

아한 듯이 묻는 말이

"대감께서는 무엇을 그리 마음대로 못하시어 탄식하시는 중이요."

주국은 쓸쓸히 웃고,

"내 몸이 무과에 뽑힌 지 이미 이십년, 총사의 소임을 맡은 지도 십여 년에 수 천 수만 명을 내 뜻대로 움직이고 내 호령대로 행하게 하였건만, 십년을 노력하여도 여태 한사람의 마음을 내 마음대로 풀어 주지 못하니 이 어찌 탄식할 일이 아니오." 한다.

부인은 더욱 이상히 여겨

"대감도 나라의 한 주석이니 한 사람이 마음을 돌리려고 그처럼 오랜 시 일을 허비하였다니 그는 필시 높은 고관이나 나라 일에 상관되는 크신 어른일시 분명하니 부녀자의 입으로 무엇이라 말할 수는 없지만 인력을 다한 후엔 천명을 기다리는 법이라 그리 상심하실 건 없으실 줄 생각하오."

하고 간절히 위로하려 든다.

주국은 한편 딱하고 또한 그럴 듯도 하여 묵묵히 입을 다물고 있는데, 부인 은 그 모양을 일층 수심에 싸인 양 오해하였음이리라.

"한 사람이 맡아하는 것보다 두 사람이 나누어 하면 근심도 가벼워지는 법. 그러니 그렇듯 뜻을 꺾을 수 없는 이가 누구인지 들려주시면 이 몸의 의견에도 도리가 있을 듯하오."

하니, 주국은 한번 얼굴을 찡그린 후,

"우리 집에서 부리는 이모(李某)의 일이라우."

하고 뱉듯이 한마디 한다.

부인은 순간 자기 귀를 의심하였다.

"이모라니요? 그까짓 아이의 뜻이 무어 그리 대단하기에 십년이나 걸리어 노력하시고도 여태 이리 심화란 말씀이오?"

그 말씨에는 분명히 웃음을 참는 빛이 역력하니, 주국은 갑자기 정색을 하고,

"세상에 사람이 귀하다는 것은 그 지위가 높고 낮음을 이르는 것이 아니 라, 그 뜻의 맑고 흐림을 두고 하는 소리요. 부인도 아는 바와 같이 저 이 아무개로 말하면 비록 내 몸을 원수로 노리기는 할망정, 십년간 품은 뜻을 꺾지 않고 아비 원수 갚기를 한시 잊지 않으니 이 어찌 출천의 효자가 아니겠소. 그러므로 이제는 그의 뜻을 꺾으려던 내가 도리어 부끄러운 생각이 들며 탄식하는 소리가 절로 나는구려."

하니 부인도 그럴 듯이 생각하여

"그럼 어떻게 하여야 대감의 마음도 풀리시고 그 아이에게도 그 같이 무거운 짐을 이루게 해줄 수 있을까요?"

"글쎄, 내 생각 같아서는 아주 도리가 없을 것 같소, 그 뜻대로 원수를 갚게 해 줄 수밖에……."

"그렇다고 대감같이 한 나라의 기둥으로 어찌 그 같은 원념을 품고 있는 어린 사람의 손에 맡길 수야 있겠소."

"그러니 딱하지 않소?"

하고 주국은 고소(苦笑)하였다.

한참을 두 사람이 말이 없다가 이윽고 부인은 무슨 수가 났는지 무릎을 앞으로 다가 앉으며,

"그럼 이렇게나 해 봅시다. 그 아이도 나이 이십이나 가까이 되었

으니, 어디 마땅한 처녀를 골라 배필을 정하고 제 처의 힘으로 마음을 돌리도록 해보면 그래도 세상에 제일 가까운 것이 부부이니, 아마 대감께서 혼자 애쓰시는 바 무슨 수가 있을 듯 하오."

하니 주국도 그럴 법한지,

"그렇지만 어디 마땅한 곳이 그리 쉬 있겠소? 그래도 상당한 집안이면 그 까짓 이가에게 딸 줄 리 없고 너무 얕은 곳에는 이편에서 싫고, 내가 장담 하고 말한 이상 제 어미 보기라도 버젓하게 장가를 들여 주어야 하지 않겠소."

그것은 천군만마 사이를 헤치고 달리던 무인 말답지 않게 자상한 생각이었다. 부인은 눈을 크게. 뜨고 십 년 전 이생의 아비를 죽일 때는 그의 병든 모 양이 미처 보이지 않고 군율 어긴 것만 분개하였다는 성격의 어른이 어느 결에 저리도 세세한 생각의 주인공으로 변했나 놀라며,

"과연 효자의 힘이란 놀라운 것이다."

하고 한숨을 쉬었다.

그러나 주국의 하는 말에 따라 버릴 수도 없어,

"골라 보시지도 않고 그런 말씀만 하세요."

하며 웃어 보이니, 주국도 처음 밝은 안색으로 따라 웃었다.

이렇게 하여 다음날부터 사방으로 정탐하여 마땅한 처녀를 구하는데, 마침 얌전하고 집안도 그리 상스럽지 않은 처녀가 있어 예를 갖추어 성혼하게 되었다.

혼인날 ― 특히 성례는 주국의 집에서 하기로 하였다. 주국은 비용을 아 끼지 않고 내놓아 사람들은 눈코 뜰 사이 없이 동동거리

고 돌아다니는데 하인 들을 지휘하던 그 부인이 저녁 안으로 들어온 남편의 소매를 잡아당기며 고요한 뒷마루로 이끌고 가서,

"오늘 신랑 되는 아이의 태도가 도무지 이상하오. 아마 너무 좋아 그런가 하고 유심히 보았지만 그런 것 같지도 않고……." 한다.

주국도 벌써부터 이생(李生)의 얼굴에 이상한 살기가 떠도는 것을 보지 못 한 바도 아닌 터이라 고개를 끄덕여 같은 뜻을 보이면서도,

"염려 말고 있소."

하고 태연히 사랑으로 물러나왔다.

그러나 저녁때가 지나고 손이 거의 물러간 후 점점 밤이 가까워 올수록 이생의 얼굴에 서린 원독의 살기는 더욱 성하여지며 힐끗 보아도 소름이 쭉 끼칠 만 하다.

그리하여 주국의 부처는 침방인 안방 장치를 반쯤 열고 어느새 촛불이 꺼 진 뜰아랫방 즉 오늘의 신랑 색시를 위하여 꾸민 신방을 바라보며 소군소군 이야기를 하는 것이었다.

"암만 해도 그 애가 기색이 이상해."

"참 그놈 하필 오늘 그렇듯 성미를 부린담."

"왜 그럴까요?"

하고 끝까지 의아한 듯이 약간 소리를 높였을 때,

"쉬이!"

주국은 그 입을 손등으로 막고 아랫방을 가리키었다.

오늘은 혼례 날이라고 드문드문 세워 놓은 촛불까지 벌써 어렴풋이 빛을 잃고 조는 뜰 앞, 지금 막 신방의 문을 열고 나온 이생의

모양이 뚜렷이 드러나지 않는가.

부인은 하마터면 '악!' 소리를 지를 뻔하였으나, 주국은 그 귀에 입을 대 고,

"무슨 일이 날까 보오. 아무튼 마음을 진정하고 내 하라는 대로 좇으오."

하고 나직이 말하였다.

뜰에 내려선 이생은 눈을 들어 휘이 사방을 살피더니, 으슥한 안방에 주인 부처가 일어나 엿보던 것이야 알 것 없이 살금살금 발길을 죽여 대문 가까이 가더니 빗장을 벗기고 어디론지 가버린다.

주국은 괴로운 듯이,

"화가 목첩 간에 이르렀소. 부디 진정하고 놀라지 마오."

하더니 편채로 놓여 있는 이불속에는 양주가 사용하는 장침(長枕)을 집어넣어 사람이 있는 것 같이 꾸며 놓은 후, 옷을 풀어 윗목에 밀어놓고 두 사람은 뒷장지를 열고 몸을 감추었다.

과연 얼마 후 침방문이 사르르 열리더니 이생이 손에 칼을 들고 들어와 핏 발 선 눈으로 윗목의 옷들을 흘겨보자마자 비조(飛鳥)같이 뛰어들어 이불을 찔렀다.

부들부들 떨리는 손, 꼭 담은 이빨! 흥분한 그는 평소의 침착도 어디 갔는지 칼끝에 감촉되는 인체(人體)의 감각도 잃었음이리라. 이불깃에 엎어져 흐득흐득 느끼기 시작하였다.

"소인이 이미 대감마님의 넓으신 은혜를 입사옵고, 또한 오늘까지 크신 돌보심까지 받았삽더니 이제 이같이 죽을죄를 짓사옴은 오로지 사람의 자 식으로 아비의 원수를 갚지 않을 수 없었음이오니

대감께옵서도 부디 소인 의 배은함을 탓하지 마옵소서."

말끝이 눈물에 막히어 한참 주저하더니,

"십년간 먹은 마음이 일시인들 변함이 있사오리까 마는, 이제 더욱 더욱 크신 은혜를 자꾸 입사오니 일편단심 먹은 마음 혹시나 변할까와, 구태여 오늘 이 같은 대죄를 저질렀나이다."

한 후, 다시 한 번

"배덕한 이놈을 용서하소서."

하고는 칼을 쑥 뽑아 제 목을 찌르려 한다. 장지 뒤에 숨어 그 모양을 역력히 보고 있던 주국은, 이때 날쌔게 몸을 빼쳐 뛰어 나오며 그 손목을 덥석 잡으니, 아무리 이생의 혈기 왕성한 젊은이라 한들 삼십년간 닦은 무예(武藝)의 힘에야 어찌 당하랴.

칼을 떨어뜨리고 부복하는 것을, 주국은 그의 등을 어루만지며,

"용하도다. 네 참 장하게도 아비 원수를 갚았구나!"

하고 음성이 감격에 떨리니, 이생은 더욱 송구해 하며, 그저 소리를 죽여 가며 울 뿐, 아무 대답이 없다. 주국은 말을 이어,

"네 몸이 아직 젊고 또한 네게는 다만 하루일지라도 백년을 약속한 아내 가 있고, 또한 위로 늙은 어미가 있는 몸으로 어찌 소홀히 목숨을 끊으려 하느냐. 이제 네 혼자 하는 말을 듣고 보니 나는 도리어 네 뜻을 가상히는 알지언정 고약하게는 생각지 않는다."

하자 이생은 일어나 절한 후 그 발아래 쓰러지며,

"죄송하옵니다."

한다. 주국은 더욱 음성을 가다듬어,

"네 어미 아비의 원수를 이제 갚았으니 하필 나를 죽여야만 시원

할 것이야 무엇 있느냐. 오늘 밤일은 내 너의 효행에 감심하여 조금도 어떻게 생각하지 않을 것이니, 너는 마음을 돌려 다시 내 집에 있으면, 이 일은 마님 밖에 아무도 아는 이가 없으니 네 의향이 어떠냐?" 하였다.

그러나 이생은 슬픈 듯이 한번 주인을 우러러 본 후,

"대감께옵서 높으신 뜻으로 소인이 만 번 죽어 가당하올이 죄를 용서하사 감히 문하에 머무르기를 허락하시니 감사하온 말씀은 어찌 다 사뢰올 수 없사오나, 이미 이 같은 행동을 하였사오니 아무리 보는 이 없다 한들 하늘이 무서워 봉준치 못하겠나이다."

하고 표연히 문을 열고 나가려 한다.

주국은 급히 그 허리를 뒤로 안으며,

"네 뜻은 갸륵하다마는 네가 나가면 필시 몸을 부지하지 않을 것이라. 아까도 말하였지만 늙은 어미와 젊은 아내를 위하여 혹시라도 딴생각 말고 내 집에 있어라."

다시 한 번 권하나, 이생은

"어찌 감히 받자오리까."

하고 들을 기색이 없음에 주국도 할 수 없이 이러다가 누가 보아도 " 모양이 아니니 우선 물러갔다가 밝은 날 다시 이 야기하자." 한 후 이생을 문 밖에 내 보내었다.

부인도 몹시 감격하여 주국을 위로하며

"지금도 그 애가 몹시 경박해 있는 모양이니, 밝은 날 순순히 타이르면 알아듣겠지요."

하고 혀를 끌끌 찼다.

그러나 다음날 아침 늦게야 잠든 주국의 부처는 미처 일어나기도 전에 이 집의 아래 위는 온통 야단들이 났다.

"아니 글쎄 어저께 혼인한 사람들이 어쩌면 바로 첫날밤에 야간 도주를 했어……."

"그러기에 말이지. 난 나이 육십에 무던히 세상 풍파도 겪었지만 이런 일은 참 처음이야."

"암만해도 어저께 신랑 기색이 이상하더라니 그래 내가 아무리 어디 아프냐고 물어봐도 고개만 흔들더니, 아마 밤중에 도망할 궁리하느라고 그랬던가봐."

이 구석 저 구석 비복들 청지기들이 몰케 서서 주고받고 야단들인 중 그중 분별 있는 사람이 황망히 손을 내 저으며,

"그래도 대감마님께 여쭈어야지."

하니 여태까지 제풀에 떠들고 있던 사람들도 겨우 생각이 돈 듯

"참 그래 일이 그래 봬도 여간 변이 아닌걸."

하고 안방문 밖에 이르러 '마님! 마님!' 부른다.

이때 방안에서도 주국이 벌써부터 눈을 뜨고 있어 방안에서 소연해하는 기척을 들으며, 이생의 종적이 사라진 것을 미리 짐작하고 있었으므로 급기야 방문 밖에서 찾는 소리가 나자, 아직 옆에서 곤히 잠들어 있는 부인의 팔을 잡아당기며,

"아무개가 기어이 달아났나 보오."

하니, 부인도 놀라 일어나며

"제 처는 어떻게 하고?"

"데리고 갔겠지……."

"저를 어떻게 하나 그 애가 참 영리하고 진실하여 십여 년을 겪어도 이번 일 외에는 한번 실수하는 것을 보지 못하겠더니 이제 밤을 타서 몰래 도주 할 제는 이 집과 인연을 끊을 작정인 모양이지……."

하고 초연히 눈물을 씻었다.

주국도 따라 쓸쓸한 기색을 감추지 못한 채 혼잣말처럼 중얼거린다.

"인물이 진실한 만큼 고지식해. 어저께 그처럼 타일렀것만 참을 수 없었던 게지……."

"정말 그래요. 그럴 줄 알았다면 날 새기까지 기다리지말고, 어젯밤에 기 어이 마음을 돌려놓고 말 걸……."

부인이 끝까지 서운해 하는 것을,

"긴말하면 뭘 하우. 어디 자세한 이야기나 들어 봅시다."

하고 드윽 장지를 열어 젖혔다. 밖에서 기다리던 청지기는, 마치 제 죄나 되는 것처럼 새삼스럽게, 밤사이 이생의 부처가 없어진 것을 말 한 후,

"아마 그때가 자시는 넘었을 때, 소생이 등심지를 돋구고자 마당에 나왔더니, 신방에서 소군소군 이야기 소리가 납디다."

하며 머리를 굽힌다.

주국은 한참을 말없이 있다가,

"그 어미는 돌아갔느냐."

하고 물으니, 청지기는 어쩐 영문도 모르고

"네, 어제 저녁 혼례 마치는 대로 저의 집에 갔습니다."

"사환을 보내어 그 어미가 집에 있나 알아보라."

명을 내리었다.

한참 후, 사환이 돌아와 이생과 그 어미가 함께 집에 있지 않더란 말을 전 하였을 때 마침 아침상을 받고 있던 이주국은 모르는 결에 숟갈을 놓으며,

"허 아까운 사람 잃었구나!"

하고 깊이 탄식하였다.

그 후에 그는 더욱 벼슬이 오르고 왕의 총애하심을 받아 영광이 지극하였으나, 한갓 미천한 병사의 아들을 못 잊어 끊임없이 탐문하였는데, 혹 소식에 들리기를 길을 잃은 나그네가 강원도 어떤 산골에서 밭을 가는 세 사람이 그 사람인 듯 하드라고도 하고, 혹은 어느 승방에서 머리를 깎고 염불을 외우던 사람들이 그럴 법하더라도 하나 끝까지 진부는 알 수 없었다.